AMOR Y TRABAJO

AF274433

BRENDA JACKSON
La noche de su vida

HARLEQUIN

Editado por Harlequin Ibérica.
Una división de HarperCollins Ibérica, S.A.
Avenida de Burgos, 8B - Planta 18
28036 Madrid
www.harlequiniberica.com

© 2025 Harlequin Ibérica, una división de HarperCollins Ibérica, S.A.
N.º 92 - 10.7.25

© 2011 Brenda Streater Jackson
La noche de su vida
Título original: A Wife for a Westmoreland

© 2011 Paula Roe
Un ardiente amor
Título original: Promoted to Wife?
Publicadas originalmente por Harlequin Enterprises, Ltd.
Estos títulos fueron publicados originalmente en español en 2011

I.S.B.N.: 979-13-7000-804-8
Depósito legal: M-8058-2025
Impreso en España por: BLACK PRINT
Fecha impresión Argentina: 6.1.26
Distribuidor exclusivo para España: LOGISTA
Distribuidores para Argentina: Interior, DGP, S.A. Pienovi 211 - Avellaneda
Cap. Fed./Buenos Aires y Gran Buenos Aires, VACCARO HNOS.

Capítulo Uno

A Lucia Conyers le latía el corazón con intensidad cuando tomó la curva a toda velocidad. Sabía que debería ir más despacio, pero no podía. En cuanto supo que Derringer Westmoreland había sido trasladado a urgencias después de caerse del caballo, una parte de ella había estado a punto de morir.

Daba igual que Derringer actuara la mayoría del tiempo como si ella no existiera, ni que tuviera reputación de mujeriego en Denver. Lo que importaba era que, aunque le gustaría que fuera de otro modo, estaba enamorada de él y probablemente siempre lo estaría. Había tratado de desenamorarse varias veces y no lo conseguía.

Los cuatro años que había pasado en una universidad de Florida no habían cambiado lo que sentía por él. En cuanto regresó a Denver y él entró en la tienda de pinturas de su padre a comprar algo, Lucia estuvo a punto de desmayarse en una mezcla de deseo y amor.

Sorprendentemente, se acordaba de ella. Le dio la bienvenida a la ciudad y le preguntó por sus estudios. Pero no le pidió que fueran a tomar algo para recordar viejos tiempos. Pagó lo que había comprado y se fue de allí.

Su obsesión por él había empezado en el instituto, cuando Lucia y la hermana de Derringer, Megan, habían trabajado juntas en un proyecto para la clase de ciencias. Lucia nunca olvidaría el día que su hermano vino a recogerlas a la biblioteca. Estuvo a punto de desmayarse la primera vez que puso los ojos en el guapísimo Derringer Westmoreland. Creyó que había muerto y estaba en el cielo, y cuando los presentaron, él sonrió y le salieron unos hoyuelos que deberían estar prohibidos. A Lucia se le derritió el corazón entonces y no había vuelto a su estado sólido. El día que le conoció acababa de cumplir dieciséis años hacía unos meses. Ahora tenía veintinueve y seguía poniéndosele la carne de gallina cuando recordaba aquel primer encuentro.

Desde que su mejor amiga, Chloe, se había casado con Ramsey, el hermano de Derringer, le veía con más frecuencia, pero nada había cambiado. Cuando se encontraban se mostraba amable con ella. Pero sabía que no la veía como a una mujer en la que podría estar interesado.

Entonces, ¿por qué no seguía adelante con su vida? ¿Por qué se arriesgaba ahora conduciendo como una loca por la carretera que llevaba a su casa? Cuando supo la noticia corrió al hospital, pero Chloe le dijo que le habían dado el alta y estaba recuperándose en su casa.

Seguramente Derringer se preguntaría por qué precisamente ella iba a ir a ver cómo estaba. No le sorprendería que alguna otra mujer ya estuviera allí cuidándole, pero en aquel momento no importaba. Lo único que importaba era asegurarse de que Derringer estuviera bien. Ni siquiera la amenaza de tormenta había conseguido disuadirla. Odiaba las tormentas, pero había salido de su casa para comprobar que un hombre al que apenas conocía seguía con vida.

Era una estupidez, pero continuó a toda velocidad por la carretera. Ya pensaría más tarde en lo absurdo de sus acciones.

El fuerte sonido de los truenos en el cielo sacudió prácticamente la casa y despertó a Derringer. Sintió al instante una punzada de dolor que le atravesó el cuerpo. Era la primera vez que le dolía desde que tomó la medicación para el dolor, lo que significaba que había llegado el momento de tomar más.

Se incorporó lentamente en la cama, extendió la mano hacia la mesilla y agarró las pastillas que le había dejado su hermana Megan. Dijo que no tomara más antes de la seis, pero al mirar de reojo el reloj vio que eran sólo las cuatro, y él necesitaba el alivio ahora. Le dolía todo y se encontraba como si tuviera la cabeza dividida en dos. Se sentía como un hombre de sesenta y tres años, no de treinta y tres.

Llevaba menos de tres minutos subido a lomos de Sugarfoot cuando el perverso animal le lanzó por los aires. Algo más que su ego había resultado herido, y cada vez que respiraba y le parecía sentir las costillas rotas, lo recordaba.

Derringer se volvió a tumbar en la cama. Se quedó mirando el techo y esperó a que las pastillas le hicieran efecto.

La Mazmorra de Derringer.

Lucia disminuyó la velocidad de la camioneta

cuando llegó al enorme indicador de madera de la carretera. En cualquier otro momento le habría parecido divertido que todos los Westmoreland hubieran marcado sus propiedades con aquellos nombres tan curiosos. Ya había pasado por El Local de Jason, La Guarida de Zane, El Risco de Canyo, La Fortaleza de Stern, La Estación de Riley y La Red de Ramsey.

Había oído que cuando los Westmoreland cumplían los veinticinco años, cada uno de ellos heredaba cuarenta hectáreas de tierra en aquella parte del estado. Por eso vivían todos unos cerca de otros.

Paró el motor y se quedó sentada un instante pensando. Había actuado impulsivamente y por amor, pero lo cierto era que no tenía motivos para estar allí. Derringer probablemente estaría en la cama descansando. Tal vez incluso estaría medicado. ¿Sería capaz de llegar hasta la puerta? Si lo hacía, probablemente la miraría como a un bicho raro por haber ido a ver cómo estaba. Eran conocidos, no amigos.

Estaba a punto de marcharse de allí cuando se dio cuenta de que había empezado a llover muy fuerte y que la caja grande que había en las escaleras del porche se estaba empapando. Lo menos que podía hacer era meterla bajo techado para que la lluvia no cayera sobre ella.

Agarró el paraguas del asiento de atrás, salió a toda prisa de la camioneta y corrió hacia el porche para acercar la caja a la puerta. Dio un respingo al escuchar un trueno y dejó escapar un profundo suspiro cuando un relámpago pasó casi rozándole la cabeza.

Recordó entonces que Chloe le había contado en una ocasión que los Westmoreland eran conocidos por no cerrar con llave la puerta, así que movió el picaporte y descubrió que su amiga estaba en lo cierto. La puerta no estaba cerrada.

La abrió lentamente, asomó la cabeza y le llamó en voz baja por si acaso estuviera abajo dormido en el sofá en lugar de en su habitación.

–¿Derringer?

Al ver que no contestaba, Lucia decidió que lo mejor sería meter la caja. En cuanto entró miró a su alrededor y admiró el estilo decorativo de su hermana Gemma. La casa de Derringer era preciosa, y las ventanas que iban del suelo al techo ofrecían una vista maravillosa de las montañas. Estaba a punto de salir por la puerta y cerrarla tras de sí cuando escuchó un estrépito seguido de un golpe seco y luego una palabrota.

Actuando por instinto, subió las escaleras de dos en dos y entró en varias habitaciones de invitados antes de entrar en lo que debía ser el dormitorio principal. Miró a su alrededor y entonces lo vio tirado en suelo, como si se hubiera caído de la cama.

–¡Derringer!

Corrió hacia él y se arrodilló a su lado tratando de no pensar que sólo llevaba puestos unos calzoncillos negros.

–Derringer, ¿estás bien? –le preguntó con cierto tono de pánico–. ¡Derringer!

Él abrió lentamente los ojos y Lucia no pudo evitar que le diera un vuelco el corazón al mirar aquellas maravillosas profundidades oscuras. Lo primero que notó fue que los tenía algo vidriosos, como si hubiera bebido demasiado… o como si hubiera tomado muchas pastillas. Lucia dejó escapar el aire que tenía retenido cuando una sonrisa lenta se dibujó en sus labios.

–Vaya, qué guapa eres –dijo arrastrando las palabras–. ¿Cómo te llamas?

–Bananas –respondió ella burlona.

La actitud de Derringer demostraba claramente que había tomado demasiadas pastillas, porque actuaba como si no la hubiera visto en su vida.

–Es un nombre muy bonito, nena.

Lucia puso los ojos en blanco.

–Lo que tú digas, vaquero. ¿Te importaría explicarme por qué estás en el suelo y no en la cama?

–Es muy sencillo. Fui al baño, y cuando volví alguien había movido la cama de sitio y fallé.

Ella trató de reprimir una sonrisa.

–Está claro que fallaste. Vamos, agárrate a mí para que te ayude a subir.

–Puede que alguien la vuelva a mover.

–Lo dudo –aseguró Lucia sonriendo mientras pensaba que a pesar de estar bajo los efectos de la medicación, su voz hacía maravillas en ella–. Vamos, tiene que dolerte mucho. Deja que te ayude a volver a meterte en la cama.

Tuvo que hacer varios intentos antes de conseguir poner a Derringer de pie. No fue fácil arrastrarlo hasta la cama, y de pronto Lucia perdió el equilibrio y cayó de espaldas sobre la cama con él encima.

–Necesito que apartes un poco el cuerpo, Derringer –dijo cuando pudo recuperar el aliento.

Sus hoyuelos volvieron a aparecer y habló con voz cargada de sensualidad.

–¿Por qué? Me gusta estar encima de ti, Bananas.

Lucia parpadeó y se dio cuenta de la situación. Estaba en la cama, en la cama de Derringer, con él encima. Sentía entre los muslos el bulto de su erección a través de los calzoncillos. Un lento calor se abrió paso en su interior y se expandió por todo su ser.

Como si hubiera sentido la reacción del cuerpo de Lucia, Derringer alzó la vista y sus ojos vidriosos estaban tan cargados de deseo que ella contuvo el aliento. Algo que no había experimentado con anterioridad, un calor intenso, se le aposentó entre las piernas, humedeciéndole las braguitas, y vio cómo él abría las fosas nasales en respuesta a su aroma.

Temerosa ante su reacción, ella hizo amago de apartarlo con suavidad de sí, pero no era rival para su sólida fuerza.

–Derringer…

En lugar de responderle, él le sujetó el rostro con las manos como si su boca fuera agua y él estuviera sediento, y antes de que Lucia pudiera apartar la boca de la suya, Derringer apuntó directo y empezó a devorarla.

Derringer pensó que estaba soñando, y si así era, no quería despertarse. Besar los labios de Bananas era la encarnación del placer sensual. Eran perfectos, calientes y húmedos. En algún rincón de la mente recordó que se había caído de un caballo, pero en ese caso debería sentir dolor. Pero la única molestia que experimentaba estaba localizada en la entrepierna, y señalaba un deseo tan intenso que su cuerpo temblaba.

¿Quién era aquella mujer y de dónde había salido? ¿Se suponía que la conocía? ¿Por qué le incitaba a hacer cosas que no debería? Una parte de él sentía que no estaba bien de la cabeza, pero a otra le daba lo mismo que así fuera. Lo único que tenía claro era que la deseaba.

Movió un poco el cuerpo y la llevó al centro de la cama con él. Levantó ligeramente la boca de la suya para susurrarle con voz ronca sobre los húmedos labios:

–Maldita sea, Bananas, me encantas.

Y entonces volvió a clavar la boca en la suya, succionándole la lengua como si fuera un hombre que necesitaba saborearla tanto como necesitaba el aire para respirar.

Lucia sabía que debía parar lo que estaban haciendo Derringer y ella. Estaba delirando y ni siquiera sabía quién era ella. Pero le resultaba difícil detenerlo cuando su cuerpo respondía a todo lo que le estaba haciendo. Nunca antes la habían besado así. Ningún hombre le había hecho sentir tanto placer como para no poder pensar con claridad. Siempre le había amado, pero ahora le deseaba de una forma desconocida para ella.

Hasta ahora.

–Te deseo, Bananas…

Lucia parpadeó cuando Derringer se apartó ligeramente de ella y fue consciente del momento. Se dio cuenta de que la parte honorable de Derringer no la obligaría a hacer nada que no quisiera hacer. Ahora tenía la oportunidad de salir de debajo de él y marcharse. Con un poco de suerte, él no recordaría nada de lo sucedido.

Pero hubo algo que se lo impidió. Que la hizo quedarse allí clavada mientras le miraba fijamente. Una parte de ella sabía que aquél era el único momento en el que tendría su atención de forma total. Cumpliría los treinta dentro de diez meses, y todavía no había experimentado lo que se sentía al estar con un hombre. Ya era hora de que lo hiciera, y estaba bien que fuera con el único hombre al que había amado en su vida.

Conservaría aquella noche en su alma, la acunaría en su corazón para siempre. Y cuando volviera a verle tendría un secreto del que él no sabría nada aunque hubiera sido el responsable de que ocurriera.

Cautivada por su mirada profunda y oscura, Lucia supo que era sólo cuestión de minutos que Derringer tomara su silencio como consentimiento. Ahora que había tomado una decisión, no quería esperar siquiera aquellos minutos. Cuando sintió más calor líquido entre las piernas, alzó los brazos para rodearle el cuello y puso la boca sobre la suya. En cuanto lo hizo, el placer estalló entre ellos y la lanzó a un espejismo de sensaciones con las que no había soñado siquiera.

Empezó a besarla apasionadamente, y en su mente ofuscada por el deseo, Lucia apenas fue consciente de que le estaba quitando la blusa por la cabeza y de que luego le desabrochó el sujetador. Lo que sí supo fue el momento exacto en el que se introdujo uno de sus pezones entre los cálidos labios y empezó a succionarlo.

Unas oleadas de placer atravesaron cada parte de su cuerpo, como si hubiera sido atravesada por un misil atómico. Sujetó la cabeza de Derringer entre sus brazos para evitar que dejara de besarla. Se le escaparon de entre los labios unos gemidos que no se creía capaz de emitir y no pudo evitar frotar la parte inferior de su cuerpo contra él. Necesitaba sentir la dureza de su erección entre las piernas.

Como si quisiera más, Derringer le levantó la falda y siguió la senda de aquel punto de su cuerpo que ardía más que cualquier otro: su húmedo y cálido centro. Deslizó una mano por el borde de sus braguitas y, como si su dedo supiera exactamente qué andaba buscando, lo dirigió con diligencia hacia su clítoris.

–¡Derringer!

Todo su cuerpo tembló y con la firmeza de un hombre con una misión, él empezó a acariciarla con unos dedos que deberían estar prohibidos, igual que sus hoyuelos.

–Te deseo –aseguró él con tono gutural.

Y entonces volvió a besarla apasionadamente, deslizando la lengua por toda su boca, saboreándola como si hacerlo fuera su derecho.

Estaba tan metida en el beso que no se dio cuenta de que se había quitado los calzoncillos y a ella las braguitas hasta que sintió su piel contra la suya. Derringer tenía la piel caliente y el contacto de sus muslos de acero sobre los suyos penetraba cada poro de su cuerpo.

Y cuando dejó de besarla para colocar su cuerpo sobre el suyo, Lucia estaba tan poseída por el deseo que fue incapaz de hacer nada para detenerlo.

Entonces él se inclinó y capturó su boca al mismo tiempo que entraba en su cuerpo. Lucia no pudo evitar gritar de dolor, y, como si presintiera lo que había ocurrido y lo que significaba, Derringer se quedó muy quieto. Apartó la boca de la suya y la miró mientras seguía dentro de ella. Sin saber qué pensamientos se le estaban pasando por la cabeza respecto a su virginidad y sin querer saberlo, le abrazó. Al principio pensó que iba a deshacerse, pero cuando el cuerpo de Derringer embistió el suyo le transmitió su ardiente calor, creando un fuego que ya no era capaz de seguir conteniendo.

La estaba devorando con sus besos como nunca antes la habían devorado, y Lucia no pudo evitar gritar cuando su lengua se hizo con el control. La parte inferior del cuerpo de Derringer le enviaba oleadas de placer que chocaban contra ella y que la hacían contener el aliento.

Derringer dejó de besarla para mirarla mientras seguía haciéndole el amor, cabalgándola como montaba a los caballos que domaba. Era bueno. Y también glotón. Para mantener su ritmo, Lucia siguió moviendo las caderas contra las suyas mientras las sensaciones de su interior se intensificaban hasta un grado que supo que no podría seguir manteniendo mucho tiempo. Entonces le pasó algo que nunca antes le había ocurrido, y supo lo que era en el momento en que tuvo lugar. Derringer entró más profundamente en ella, cabalgándola hasta un clímax de proporciones monumentales.

—¡Derringer!

Él bajó la cabeza otra vez y le deslizó la lengua en la boca. Ella continuó apretándose contra sus caderas, aceptando todo lo que le estaba dando. Unos instantes más tarde, tras dejar de besarla, echó la cabeza hacia atrás, susurró otra vez su nombre en tono gutural, y siguió acariciándola con dulzura.

***

Lucia abrió lentamente los ojos preguntándose cuánto tiempo habría dormido. Lo último que recordaba era que había dejado caer la cabeza sobre la almohada. Se sentía débil, agotada y completamente satisfecha tras haber hecho el amor con el hombre más sexy de la tierra.

Ya no estaba encima de ella, sino dormido a su lado. Echaba de menos sentir su peso. Echaba de menos el latido de su corazón contra el suyo, pero sobre todo echaba de menos sentirlo dentro.

Nunca olvidaría lo sucedido aquella noche. Quedaría para siempre grabada en su memoria a pesar de que seguramente él no recordaría absolutamente nada. Aquel pensamiento le hizo daño e hizo un esfuerzo por contener las lágrimas. Debería llorar de felicidad, no de tristeza, se dijo.

La lluvia había cesado y lo único que se escuchaba era la acompasada respiración de Derringer. Estaba amaneciendo, y tenía que marcharse. Cuanto antes lo hiciera, mejor. No quería ni imaginarse lo que pensaría si se despertara y se la encontrara en la cama con él.

Se levantó muy despacio de la cama tratando de no despertarle y miró a su alrededor para buscar la ropa. Encontró todo excepto sus braguitas. Derringer se las había quitado cuando estaba en la cama, así que seguramente estarían bajo las sábanas. Las levantó muy despacio y vio que las braguitas rosas estaban atrapadas bajo su pierna. Se quedó allí de pie un momento con la esperanza de que se moviera un poco para poder sacarlas.

Se mordió nerviosamente el labio inferior, consciente de que no podía quedarse allí para siempre, así que empezó a vestirse rápidamente. Y cuando el sol comenzó a asomar por el horizonte aceptó que tendría que marcharse de allí… sin sus braguitas.

Miró a su alrededor para asegurarse de que no se dejaba nada más y salió de puntillas de la habitación no sin antes dirigirle una última mirada a Derringer.

Unos instantes más tarde, cuando se alejaba de allí conduciendo, miró por el espejo retrovisor hacia la casa de Derringer y recordó todo lo que había sucedido aquella noche en su dormitorio. Ya no era virgen. Le había entregado algo que no le había dado a ningún otro hombre, y lo único triste era que él nunca lo sabría.

Capítulo Dos

Una mujer había estado en su cama.

El potente aroma a sexo despertó a Derringer, que abrió los párpados para volver a cerrarlos cuando la luz del sol que entraba por la ventana de su dormitorio le cegó. Movió el cuerpo y se estremeció cuando sintió una punzada en una pierna y un dolor en el pecho.

Levantó lentamente la cabeza de la almohada, pensando que necesitaba tomar más pastillas para el dolor, y la volvió a dejar caer cuando recordó que la noche anterior había tomado demasiadas.

Aspiró el aire y el aroma a mujer y a sexo seguía presente en sus fosas nasales. ¿Por qué?

¿Y por qué tenía en la cabeza imágenes de haberle hecho el amor a una mujer en aquella misma cama? Había sido el mejor sueño que había tenido en años. Era normal que soñara con algo así porque llevaba un tiempo sin hacerlo. Poner en marchar el negocio de los caballos con su hermano Zane, su primo Jackson y sus recién descubiertos parientes de Georgia, Montana y Texas le había consumido mucho tiempo últimamente.

Se estiró, lamentándose al instante cuando sintió otra punzada de dolor. Se inclinó para rascarse la dolorida pierna y su mano entró en contacto con un trozo de tela de encaje. Lo agarró y parpadeó al ver las braguitas que tenían el aroma femenino que le había despertado.

Se incorporó y observó la ropa interior que tenía en la mano. ¿De quién era aquello? El femenino aroma no sólo estaba en las braguitas, sino también en la cama.

Experimentó un pánico monumental. ¿A quién diablos le había hecho el amor la noche anterior?

Abrió los ojos y se quedó mirando a la pared, tratando de recordar todo lo posible respecto al día anterior. Recordó haberse caído del lomo de Sugarfoot; eso no había manera de olvidarlo. Recordó incluso cómo Zane y Jason se lo llevaron a urgencias, donde le vendaron y le enviaron de regreso a casa.

Recordaba que después de haberse metido en la cama, Megan se había pasado por allí camino del hospital en el que trabajaba de anestesista.

Recordó cuando le había dado las pastillas para el dolor con instrucciones de cuándo tomarlas. El dolor había regresado en algún momento después del anochecer y se había tomado unas pastillas. Más de las que le había recomendado el médico de urgencias. Pero eso no le daba derecho a ninguna mujer a entrar en su casa y aprovecharse de él.

Pensó en qué mujeres podrían haber oído lo de su caída y hubieran decidido ir a jugar a las enfermeras. Sólo Ashira habría sido lo suficientemente osada para hacer algo así. ¿Se habría acostado la noche anterior con ella? Cielos, esperaba que no. Puede que intentara algún truco, y él no quería ser el padre de ningún bebé todavía. Además, lo que había compartido con aquella misteriosa mujer había sido diferente a todo lo que había vivido con Ashira. Había sido más profundo.

Entonces recordó algo vital. La mujer con la que se había acostado era virgen, aunque le resultara difícil creer que todavía hubiera alguna. Y sabía a ciencia cierta que esa mujer no podía ser Ashira, porque no tenía ni un ápice de virginidad en todo su cuerpo.

Derringer suspiró profundamente y deseó poder recodar más detalles sobre la noche anterior, incluyendo el rostro de la mujer a quien le había arrebatado la virginidad. La idea le hizo estremecerse por dentro, porque sabía a ciencia cierta que no había utilizado preservativo. ¿Habría sido una trampa cuyo resultado sería un bebé dentro de nueve meses?

La idea de que una mujer se aprovechara de él de aquella manera, o de cualquier manera, hacía que le hirviera la sangre. Y comenzó a sentir una inmensa rabia. Si la mujer creía que le había engañado, iba lista.

Si tenía que levantar todas las piedras de Denver para descubrir la identidad de la mujer que había tenido el valor de intentar abusar de él, lo haría. Y cuando la encontrara le haría pagar por su engaño.

–Lucia, ¿estás bien?

Era mediodía y Lucia estaba sentada tras el escritorio de su despacho en la delegación de Denver de *Sencillamente Irresistible,* la revista pensada para la mujer de hoy.

La revista, que era creación de Chloe, había empezado como una publicación regional para el sureste hacía unos años. Cuando Chloe tomó la decisión de ampliar horizontes y abrir una delegación en Denver, había contratado a Lucia para que la dirigiera.

A Lucia le encantaba su trabajo como jefa de edición. Chloe era la editora jefa, pero desde que había nacido su hija Susan hacía seis meses, pasaba la mayor parte del tiempo en casa cuidando del bebé y de su marido. Lucia tenía un título universitario de dirección de empresas, pero cuando Chloe se quedó embarazada la animó a volver a las clases para sacarse un máster en Comunicaciones y así poder desarrollar su carrera en *Sencillamente Irresistible*. Lucia sólo necesitaba unas cuantas clases más para conseguir aquel título.

Dio un respingo cuando Chloe pronunció su nombre un poco más fuerte para llamar su atención.

–¿Qué pasa? Me has asustado.

Chloe no pudo evitar sonreír. Hacía mucho tiempo que no veía a su mejor amiga tan preocupada.

–Te he hecho una pregunta.

–¿Ah, sí?

Chloe sacudió la cabeza y sonrió.

–Te he preguntado si estabas bien. Pareces preocupada por algo y quiero saber de qué se trata. Lucia se mordió el labio inferior. Necesitaba decirle a alguien lo que había sucedido la noche anterior, y como Chloe era su mejor amiga, sería la persona más lógica. Pero había un problema. Chloe estaba casada con Ramsay, el hermano mayor de Derringer.

–De acuerdo, Lucia. Voy a preguntártelo una vez más. ¿Qué te pasa?

Lucia aspiró con fuerza el aire.

–Es Derringer.

Chloe frunció el ceño mientras la miraba fijamente.

–¿Qué pasa con Derringer? Ramsey le ha llamado esta mañana y estaba bien. Sólo necesitaba una dosis de pastillas contra el dolor y una buena noche de sueño.

–Estoy segura de que se tomó la medicación, pero

19

no diría lo mismo sobre la buena noche de sueño –aseguró Lucia con ironía antes de darle un largo sorbo a su capuchino.

–¿Y por qué crees que no ha tenido una buena noche de sueño?

–Porque he pasado la noche con él y sé con certeza que apenas hemos dormido.

A juzgar por la expresión de su rostro supo que Chloe estaba absolutamente perpleja.

–¿Derringer y tú por fin estáis juntos? –preguntó Chloe.

La expresión de sorpresa había sido reemplazada por una sonrisa.

–Depende de lo que entiendas por estar juntos. Ya no soy virgen, si es eso lo que quieres decir –aseguró Lucia–. Pero él había tomado tantas pastillas para el dolor que probablemente no se acuerde de nada.

A Chloe se le borró la sonrisa de los labios.

–¿Eso crees?

–Lo sé. Me miró directamente a la cara y me preguntó cómo me llamaba.

Se tomó los siguientes diez minutos para contarle a Chloe todo, incluido lo de las braguitas que se había dejado allí.

–Y ahí acaba todo –sentenció Lucia al terminar el relato.

Chloe sacudió la cabeza.

–Lo dudo por dos razones, Lucia. En primer lugar, porque estás enamorada de Derringer desde hace mucho. Y ahora que habéis tenido relaciones íntimas, cada vez que te lo encuentres se despertará automáticamente tu deseo.

La expresión de Chloe se volvió todavía más seria cuando dijo:

–Y más te vale que Derringer no encuentre tus braguitas. Porque si las encuentra y no recuerda a la mujer a la que se las quitó, hará cualquier cosa que esté en su mano para encontrarla.

Lucia prefirió no oír aquello. Apretó con fuerza la taza que tenía en la mano, se dio la vuelta y miró por la ventana hacia el centro de Denver.

–No sé qué va a ocurrir –dijo finalmente–. No quiero pensar a tan largo plazo. Quiero creer que no recordará nada y lo dejará pasar.

Transcurrieron unos segundos.

–Lo que he dicho antes es verdad. Cada vez que veas a Derringer vas a desearle –aseguró Chloe.

Lucia se encogió de hombros.

–Siempre le he deseado. Pero lucharé contra ello.

–No será tan sencillo –insistió Chloe.

De eso estaba segura. Nada relacionado con Derringer le había resultado sencillo nunca.

–Entonces, ¿qué sugieres que haga? –preguntó Lucia con tono resignado.

–Que dejes de esconderte de una vez por todas y vayas a por él.

No le sorprendió que Chloe le pidiera que hiciera algo así. Su mejor amiga era muy atrevida.

Chloe siguió presionando.

–Ve a por él, Lucia. ¿No crees que después de lo de anoche ya es hora de que lo hagas?

Una semana más tarde, Jason Westmoreland miró a su primo y sonrió.

—¿Eso es una pregunta trampa, o algo así?

Derringer negó con la cabeza y se reclinó en la silla. Durante los últimos días no había hecho otra cosa que seguir tomando las pastillas contra el dolor y dormir. Cada vez que se despertaba buscaba debajo de la almohada y sacaba las braguitas que había guardado allí para asegurarse de que no había sido un sueño.

Aquella mañana se despertó sintiéndose mucho mejor y decidió dejar la medicación. Confiaba en que, al tener la cabeza despejada, su memoria recordaría algo de lo sucedido la semana anterior. Pero hasta el momento no había sido así.

Jason se había pasado por allí para ver cómo se encontraba, y se estaban tomando un café madrugador en la mesa de la cocina.

—No, no es una pregunta trampa.

Jason asintió brevemente.

—De acuerdo. Repíteme la pregunta para asegurarme de que te he entendido bien.

Derringer puso los ojos en blanco y se inclinó sobre la mesa con expresión seria.

—¿Qué se puede saber de una mujer por las braguitas que lleva, tanto por el estilo como por el color?

Jason se rascó la barbilla un instante.

—Yo no tendría nada que decir al respecto a menos que fueran blancas y del estilo de las abuelas.

—No lo son.

No le había contado a Jason por qué le hacía aquella pregunta, y Jason, el más despreocupado de los Westmoreland, tampoco se lo iba a preguntar. Pero a Derringer no le cabía la menor duda de que los demás sí lo harían.

—Entonces no sé —aseguró Jason dándole un sorbo

a su taza de café–. Creo que hay prendas de ropa que se supone que dicen cosas sobre la gente. He dicho blanco porque normalmente significa inocencia.

–¿No quieres saber por qué te lo pregunto?

–Sí, tengo curiosidad, pero no tanta como para preguntar. Supongo que tendrás tus razones, pero no quiero imaginar cuáles pueden ser.

Derringer asintió. Entendía por qué Jason pensaba así. Su primo conocía su historial con las mujeres.

Dos días más tarde, Derringer salió de casa por primera vez desde el accidente y se dirigió a La Guarida de Zane. Se alegró de ver la camioneta de su hermano aparcada en la entrada, lo que significaba que había vuelto. Zane, que sólo tenía catorce meses más que él, era mucho más sabio en lo que a las mujeres se refería y no tuvo reparos en contarle lo que quería saber.

Según las leyes de Zane, había que mantenerse alejado de las mujeres que llevaban braguitas rosas porque tenían la palabra «matrimonio» escrita en la frente con luces de neón. Eran un cruce entre la inocencia y el ardor. Pero al final lo que querían era un anillo en el dedo.

–Bueno, y ahora que me has robado una hora de mi tiempo dime por qué estás tan interesado en las braguitas de las mujeres –le pidió Zane mirándole con curiosidad.

Durante un instante Derringer pensó en no contarle nada a su hermano, pero luego se lo pensó mejor. Estaba muy unido a sus cinco hermanos y a sus primos, pero había un vínculo especial entre Zane, Jason y él.

–Una mujer vino a mi casa la noche de mi accidente y entró en mi habitación. No recuerdo quién era, pero recuerdo haber hecho el amor con ella.

Zane se lo quedó mirando fijamente durante un instante.

—¿Estás completamente seguro de que no te lo has imaginado? Cuando te llevamos a casa desde el hospital estabas muy medicado. Megan pensó que seguramente dormirías toda la noche.

Derringer negó con la cabeza.

—Sí, estaba bastante drogado, pero recuerdo que hice el amor con ella, Zane. Y la prueba de que no lo soñé fue que a la mañana siguiente encontré sus braguitas en la cama.

Zane dejó escapar un profundo suspiro y dijo:

—Más te vale que no haya sido Ashira. Diablos, si no utilizaste un preservativo, estará encantada de asegurar que eres el padre de su futuro bebé.

Derringer se frotó las sienes, que habían empezado a dolerle de pronto.

—No era Ashira, te lo aseguro. Esta mujer me dejó muy impresionado. Nunca había hecho el amor así en mi vida. Además, Ashira llamó unos días después, cuando supo lo del accidente. Estaba fuera de la ciudad porque había ido a visitar a su abuela enferma en Dakota el día antes de mi caída y no volverá hasta dentro de unas semanas.

—Hay una manera de descubrir la identidad de tu visitante misteriosa. ¿Has olvidado las cámaras de seguridad que instalamos en tu propiedad para proteger a los caballos la semana anterior a tu caída? Quien haya entrado en tu terreno habrá sido grabado siempre y cuando haya llegado hasta el porche.

Derringer parpadeó al recordar las cámaras de seguridad y se preguntó por qué no lo habría recordado antes. Se levantó de la mesa de Zane y se dirigió a toda prisa a la puerta.

–Tengo que volver a casa y ver la grabación –dijo sin mirar atrás.

–¿Qué pasará cuando averigües quién es? –gritó su hermano.

Derringer se detuvo sobre sus pasos y miró hacia atrás.

–Sea quien sea lo lamentará –entonces se giró y salió de allí.

Regresó a La Mazmorra de Derringer en un tiempo récord, y una vez dentro se dirigió rápidamente a su despacho para cargar el ordenador. El técnico que había instalado la cámara de seguridad le había dicho que tendría acceso a la grabación desde cualquier ordenador con su contraseña.

Derringer aspiró con fuerza el aire cuando el ordenador cobró vida y tecleó el código de seguridad, y contuvo el aliento cuando buscó la fecha que le interesaba. Entonces se sentó con la mirada pegada a la pantalla y esperó a que apareciera algo.

Le pareció que transcurría una eternidad antes de que las luces de un coche aparecieran ante sus ojos. La hora indicaba que era al final de la tarde, todavía no estaba oscuro pero había una tormenta en camino.

Entornó los ojos para ver la imagen y trató de distinguir la camioneta que había entrado en su propiedad bajo la lluvia torrencial. Parecía que el tiempo hubiera empeorado y que la lluvia había comenzado a caer a chorros en el instante en que el vehículo hizo su aparición.

Tardó sólo un segundo en reconocer de quién era

la camioneta y entonces se reclinó en la silla sin dar crédito a lo que estaba viendo. La mujer que salió de la camioneta y que batallaba contra la lluvia mientras metía la enorme caja que estaba en el porche dentro de la casa no era otra que Lucia Conyers.

Derringer sacudió la cabeza y trató de encontrarle sentido a lo que estaba viendo. De acuerdo. Pensó que por alguna razón, seguramente para hacerle un favor a Chloe, Lucia había ido a ver cómo estaba y había tenido la amabilidad de meter la caja dentro de casa para que no se mojara.

Se quedó viendo la pantalla del ordenador esperando verla salir en cualquier momento y subirse a la camioneta para marcharse. Pensaba que cuando se hubiera ido, otro vehículo aparecería, y la conductora sería la mujer con la que se había acostado. Pero durante los veinte minutos que se quedó allí mirando la pantalla, Lucia no salió.

¿Lucia Conyers era su Bananas?

Derringer sacudió la cabeza y pensó que era imposible. Entonces decidió adelantar la grabación hasta las cinco de la mañana del día siguiente. Entornó los ojos con desconfianza cuando unos minutos más tarde vio cómo se abría la puerta de su casa y Lucia salía por ella como si estuviera huyendo de la escena del crimen. Y llevaba la misma ropa que tenía puesta cuando llegó la noche anterior.

Maldición. No se lo podía creer. No se lo creería si no lo estuviera viendo con sus propios ojos. Era la única mujer de la que no hubiera sospechado ni en un millón de años. Pero la prueba del vídeo demostraba que Lucia era la mujer con la que se había acostado. Lucia, la mejor amiga de su cuñada, la mujer que actuaba con timidez y retraimiento cada vez que lo veía.

La ira se apoderó de él. Lucia Conyers tenía muchas cosas que explicarle. Más le valía tener una buena razón para haberse metido en la cama con él dos semanas atrás.

Sacó el móvil del bolsillo y marcó el número de la revista de su cuñada.

–*Sencillamente Irresistible,* ¿en qué puedo ayudarle?

–Me gustaría hablar con Lucia Conyers, por favor –dijo tratando de controlar la furia–. Soy el señor Westmoreland.

–Buenas tardes, señor Westmoreland. La señorita Conyers ha salido a comer.

–¿Ha dicho dónde?

–Sí, señor. Está en McKay's.

–Gracias.

Derringer colgó el teléfono y se reclinó en la silla mientras una idea se le formaba en la cabeza. No le haría saber que había averiguado la verdad sobre su visita. Le dejaría creer que se había salido con la suya y que no tenía ni idea de que ella era la mujer que se había aprovechado de él aquella noche.

Y entonces, cuando menos lo esperara, mostraría sus cartas.

Capítulo Tres

Lucia no supo exactamente por qué, pero algo la llevó a levantar los ojos de la carta y mirar directamente a los ojos de Derringer Westmoreland. Se quedó completamente quieta mientras él se movía con fluida precisión hacia ella. Tenía una expresión inescrutable en el rostro.

Le miró y observó su figura de metro noventa con los amplios hombros bajo la camisa azul y unos vaqueros ajustados que le marcaban los músculos de acero de los muslos.

Y luego estaba su cara, tan atractiva que no había palabras para describirla, con su tono bronceado, los ojos del color del café oscuro y los labios firmes de aspecto seductor.

Durante un instante fue incapaz de moverse; estaba hipnotizada. Una parte de ella deseaba levantarse y salir corriendo, pero estaba pegada a la silla.

¿Por qué estaba allí y por qué se acercaba a su mesa? ¿Habría encontrado las braguitas y habría adivinado que ella era la mujer que las había dejado allí? Lucia tragó saliva y pensó que era imposible que hubiera descubierto su identidad.

Finalmente él se detuvo en su mesa y ella se humedeció nerviosamente los labios con la punta de la lengua. Era consciente de que su mirada seguía todos sus movimientos. Volvió a tragar saliva y pensó que estaba imaginando cosas, así que abrió la boca para hablar.

—Derringer, ¿qué estás haciendo aquí? Chloe me dijo que hace dos semanas te caíste del caballo.

—Sí, pero los hombres tienen que comer en algún momento. Me han dicho que los jueves sirven en Mc-Kay la mejor empanada del mundo y que siempre está abarrotado. Te he visto aquí sentada sola y pensé que lo menos que podíamos hacer era ayudar al local.

Lucia estaba tratando de seguirle y de no centrarse en cómo se le movía la nuez con cada palabra que pronunciaba. Alzó una ceja.

—¿Ayudar al local en qué sentido?

Derringer le dirigió una sonrisa tranquilizadora.

—Compartiendo mesa para dejar una libre.

Lucia estaba tratando de no mostrar ninguna emoción, y menos asombro y desconcierto, y también de que no se le cayera la carta que estaba sujetando entre las manos. ¿Estaba sugiriendo que compartieran mesa durante la comida? ¿Que respiraran el mismo aire?

Se sintió tentada y agarrar el vaso lleno de agua helada y apurarlo de un trago. Pero aspiró con fuerza el aire para evitar que el corazón siguiera latiéndole con tanta fuerza dentro del pecho. ¿Cómo era posible que una sola noche en su cama hubiera provocado en ella el deseo de olvidar la sensatez y explorar aquel mundo nuevo?

Lucia forzó una sonrisa.

—Me parece una buena idea, Derringer.

—Me alegra que estés de acuerdo —aseguró él sonriendo también y sentándose frente a ella.

Lucia suspiró y entonces cayó en la cuenta de lo

que había hecho. Había estado de acuerdo en que se sentara en su mesa. ¿De qué diablos iban a hablar?

La camarera les salvó de tener que decir nada cuando se acercó para tomarles nota. Cuando se marchó, Lucia lamentó no tener un espejo para ver el aspecto que tenía.

—Tengo entendido que has vuelto a estudiar.

—Así es. ¿Cómo lo sabes?

—Chloe lo mencionó.

—Sí, asisto al turno de noche para conseguir el título de máster en Comunicaciones.

Entonces, sin perder un instante más, dijo:

—Parece que te has recuperado muy bien de la caída.

En cuanto aquellas palabras salieron de su boca, deseó no haberlas pronunciado.

¿Por qué sacaba un tema relacionado con aquel día?

—Sí, me lo he estado tomando con calma durante la última semana y he dormido la mayoría del tiempo. Eso ayudó. Ahora me siento en muy buena forma.

No sabía cómo decirle que, en lo que a ella se refería, aquella noche también estaba en muy buena forma. Sus movimientos no estuvieron en absoluto limitados. El recuerdo de todo lo que le había hecho hizo que le ardiera el cuerpo.

—¿Y qué más has hecho últimamente?

Lucia sintió que el corazón le daba un vuelco dentro del pecho y se preguntó si él lo habría oído. Delante de él tenía al hombre que le había arrebatado la virginidad. El hombre que la había introducido en un mundo de placer del que sólo había oído hablar en las novelas románticas, y el hombre al que amaría eternamente. Y el hecho de que él no tuviera probablemente ni idea de nada de eso era el colmo de la locura. Pero ella conseguiría fingir y parecer la persona más desenvuelta del mundo.

–No mucho –se escuchó decir–. Las clases y la revista me tienen muy ocupada, pero como las dos cosas me gustan, no me puedo quejar. ¿Qué me dices de ti?

La mirada de Derringer se detuvo unos instantes en sus labios. Luego se rió.

–Aparte de hacer el idiota con Sugarfoot, poco más.

Lucia inclinó la cabeza.

–¿Qué diablos te llevó a montar ese caballo? Todo el mundo sabe lo malintencionado que es.

Derringer volvió a reírse, y aquel sonido le provocó escalofríos en los brazos.

–El ego. Pensé que sería capaz de dominarlo.

Lucia se puso de pie. Necesitaba escapar de allí aunque sólo fuera durante un instante.

–¿Me disculpas un momento? Tengo que ir al servicio.

–Claro, no hay problema –respondió Derringer levantándose.

Lucia dejó escapar un suspiro y deseó poder salir por la puerta del restaurante y no volver. Mientras seguía andando, podía sentir la mirada de Derringer clavada en la espalda.

Derringer observó cómo Lucia se marchaba y pensó que tenía un aspecto muy sexy con aquella falda por debajo de la rodilla y el jersey azul claro. Y no pudo evitar admirar la estrechez de su cintura y el movimiento de las caderas mientras andaba. Mediría un metro setenta y cinco y llevaba un buen par de botas negras de piel. Derringer recordó el buen par de piernas que tenía y cómo las había enredado en su cintura la noche que hicieron el amor.

Era el primero en admitir que Lucia siempre le había parecido bonita con su piel tostada y aquella lustrosa melena que normalmente llevaba recogida en una cola de caballo. Y luego estaban los ojos almendrados, los pómulos altos y la nariz recta. Y no podía olvidar su boca de aspecto carnoso, con la que probablemente podría hacerle cosas perversas a un hombre.

Se reclinó sobre la silla y recordó cómo años atrás, cuando ella tenía unos dieciocho años y estaba a punto de marcharse a la universidad y él a punto de volver a casa tras haber acabado sus estudios, le había llamado la atención. En recuerdo de sus padres y de sus tíos, que habían muerto juntos en un accidente de avión cuando Derringer estaba en el instituto, los Westmoreland celebraban todos los años un baile benéfico para la Fundación Westmoreland, que se había creado para ayudar en varias causas solidarias. Lucia había acudido aquel año al baile con sus padres. Derringer estaba al lado del ponche cuando ella llegó, y al verla con aquel vestido se quedó sin respiración. No había sido capaz de apartar los ojos de ella durante toda la noche. Estaba claro que los demás se habían dado cuenta de su interés, y uno de ellos fue el padre de Lucia, Dusty Conyers.

Aquella misma noche, algo más tarde, el hombre le llevó a una aparte y le advirtió que se mantuviera alejado de su hija. Le dejó muy claro que no toleraría que un Westmoreland anduviera detrás de su hija.

Derringer era consciente de que muchos padres estaban empeñados en evitarles a sus hijas lo que consideraban una ruptura irremediable. Una parte de él no podía culpar a Dusty Conyers de ser uno de ellos; sobre todo porque Derringer había gritado a los cuatro vientos que no pensaba sentar la cabeza con ninguna mujer. Una esposa era lo último que tenía en mente. Quería convertirse en un entrenador de caballos de éxito.

–Ya he vuelto.

Derringer alzó la vista y se puso de pie cuando ella se sentaba, y pensó que Lucia era todavía más guapa de cerca. Tenía el hábito nervioso de humedecerse los labios con la lengua. Él daría cualquier cosa por reemplazar su lengua por la suya. Y también le gustaba el sonido de su voz. Hablaba en un tono suave y al mismo tiempo sexy.

La camarera escogió aquel momento para llevarles la comida y tras dejarles los platos se marchó.

–Tengo entendido que Gemma se está adaptando a la vida en Australia.

Derringer no pudo evitar sonreír. Aunque echaba de menos a su hermana, sabía por sus conversaciones telefónicas que estaba bien. Era consciente de que Callum, el hombre que dirigía la granja de ovejas de Ramsey, llevaba un tiempo enamorado de Gemma aunque ella no lo supiera. Derringer aprobaba de todo corazón la relación de Gemma y Callum.

–Sí, hablé con ella hace unos días. Callum y ella están pensando en venir a casa para el baile benéfico que se celebra a fin de mes.

Se preguntó si Lucia tendría pensado ir y si ya tendría pareja.

–¿Sales con alguien en serio? –decidió preguntarle para poner su plan en marcha.

Lucia le miró tras introducirse una fresa en su sensual boca y tragó antes de responder.

–Las únicas citas que tengo últimamente son con los libros.

–Vaya, qué lástima, eso no suena divertido. ¿Te apetecería ir al cine este fin de semana?

Ella alzó una ceja en gesto sorprendido.

–¿Al cine?

Derringer estaba seguro de que la sugerencia le había sorprendido.

–Sí, al cine. Está claro que no te diviertes lo bastante, y todo el mundo necesita perderse de vez en cuando. Este fin de semana estrenan una película de Tyler Perry que me gustaría ver. ¿Quieres venir conmigo?

A Lucia empezó a latirle el corazón con fuerza dentro del pecho cuando llegó a la conclusión de que Derringer tendría que haber imaginado que ella era la mujer que había compartido de forma tan osada su cama. ¿Qué otra razón podía tener para pedirle salir? Sólo había una forma de averiguarlo.

–¿Por qué quieres salir conmigo, Derringer?

Él sonrió.

–Ya te lo he dicho. Pasas demasiado tiempo estudiando y trabajando y necesitas divertirte un poco.

Lucia seguía sin tragárselo.

–Nos conocemos desde hace años. Y nunca me habías pedido salir antes. De hecho, nunca has mostrado el menor interés por mí.

Él se rió entre dientes.

–No es que no quisiera mostrar interés, Lucia, pero valoro mi vida y todas las partes de mi cuerpo.

Ella alzó una ceja y detuvo el tenedor a medio camino de la boca.

–¿Qué quieres decir?

Derringer le dio un sorbo a su té helado y luego curvó los labios.

–Me advirtieron hace mucho que me apartara de ti y me tomé la amenaza muy en serio.

Lucia estuvo a punto de dejar caer el tenedor.

–¿Qué quieres decir con que te advirtieron que no te acercaras a mí?

Aquello era imposible. Nunca había tenido ningún novio tan celoso como para hacer algo así.

Una sonrisa iluminó el rostro de Derringer.

–Créeme, tu padre sabe cómo asustar a un hombre.

A ella empezó a darle vueltas la cabeza al mismo tiempo que el corazón le latía con fuerza contra las costillas.

–¿Mi padre te advirtió que te alejaras de mí?

Él sonrió.

–Sí, y me lo tomé muy en serio. Fue el verano en el que ibas a irte a la universidad. Tenías dieciocho años y yo veintidós, y acababa de volver a casa de la universidad. Asististe al baile benéfico de los Westmoreland con tus padres. Él me vio mirándote, seguramente pensó que mi interés no era noble y me llevó a un aparte para decirme que mantuviera mis ojos apartados de ti, o en caso contrario…

Lucia tragó saliva. Conocía a su padre. Ladraba más que mordía, pero la mayoría de la gente no lo sabía.

–¿O en caso contrario qué?

–O en caso contrario me sacaría los ojos de las órbitas. Lo último que quería era que su hija saliera con un Westmoreland.

Lucia no sabía si reír o llorar. Sabía que su padre sería capaz de hacer una amenaza así porque era muy protector con ella. Pero dudaba que Derringer supiera lo mucho que la halagaban sus palabras. ¿Se había interesado en ella cuando tenía dieciocho años?

Lucia se humedeció nerviosamente los labios con la punta de la lengua y no pudo evitar ver cómo la mirada de Derringer se deslizaba hacia su boca. La piel empezó a arderle al pensar que se había sentido atraído hacia ella sin que ella tuviera la menor idea, y sin embargo...

–Vamos, Derringer, eso fue hace más de diez años –le dijo con tono burlón.

–Sí, pero seguramente no recuerdes que hace unos cuantos años me pasé por la tienda de pinturas para comprar algo y tú estabas en el mostrador y me atendiste.

Oh, Lucia recordaba muy bien aquel día, habían pasado tres años y no había sido capaz de olvidarlo. Pero por supuesto, eso no iba a contárselo.

–Fue hace mucho, pero creo que recuerdo aquel día. Necesitabas un bote de disolvente –podría decirle de qué marca era y cuánto había pagado por él.

–Sí, bueno, aquel día tenía pensado pedirte que saliéramos, pero el señor Conyers me dirigió una mirada que me recordó la conversación que habíamos tenido hacía unos años.

Lucia no pudo evitar reírse. Se sentía bien. Así que Derringer también había querido hablar con ella.

–No puedo creer que le tuvieras miedo a mi padre.

–Créeme, esa mirada asustaba. Y tampoco ayudó que mi primo Bane le robara unos años antes un bote de pintura y lo utilizara para hacer un grafiti en la puerta de la tienda del señor Milner. Firmó diciendo que era un regalo de tu padre.

Lucia se secó las lágrimas de la risa.

–Yo estaba en la universidad, pero me enteré de la noticia. Mamá me escribió y me contó todos los detalles. Tienes razón, papá estaba enfadado, y también el señor Milner. Tu primo Bane tenía fama de meterse en todo tipo de líos.

Bane no era el único Westmoreland que tenía mala reputación. Los hermanos pequeños de Derringer, los gemelos Adrian y Aidan, así como su hermana pequeña, Bailey, habían estado siempre pegados a Bane y se habían metido en tantos líos como él.

No hacía falta decir que todo el mundo en la ciudad se ponía a la defensiva al ver a un Westmoreland cruzarse en su camino. Pero Lucia había oído a su padre decir más de una vez últimamente que Dillon y Ramsey habían hecho un buen trabajo criando a sus hermanos y manteniendo unida a la familia, y que les admiraba por ello. Sabía que mucha gente en la ciudad pensaba lo mismo. Todos los Westmoreland habían ido a la universidad y habían emprendido negocios prestigiosos o tenían buenos trabajos. Y juntos formaban una de las familias más ricas del país. La gente ya no les temía, les respetaban.

–Mira cómo han salido las cosas al final, Derringer –se escuchó decir–. Los gemelos están en Harvard. Bailey terminará sus estudios en la universidad de aquí en un año, y Ramsey mencionó que Bane quiere convertirse en marine. En ese caso tendrá que aprender disciplina, entre otras cosas.

Derringer se rió entre dientes.

–Eso no será fácil para él –le dio otro sorbo a su té

helado–. Entonces, ¿salimos el sábado por la noche o qué?

Una cita con Derringer Westmoreland…

No pudo evitar sentir un escalofrío de emoción. Pero al mismo tiempo sabía que debía ser realista. Saldría con ella el sábado por la noche, y probablemente con otra chica el domingo. Le había dicho que fueran al cine, no a Las Vegas a casarse.

Se tomaría aquella cita como lo que era y no pondría demasiadas ilusiones. Pero no pudo evitar sonreír al pensar en que se sentía atraído por ella desde que ella tenía dieciocho años.

–Sí, me encantaría ir al cine contigo el sábado por la noche, Derringer.

Capítulo Cuatro

Derringer frunció el ceño en cuanto se detuvo en la entrada de su casa y vio el coche de su hermana Bailey allí. Lo último que necesitaba era que se pasara por allí para volver a hacer de enfermera. Ya tenía bastante con Megan, pero su hermana pequeña era todavía peor. Sólo tenía siete años cuando sus padres murieron. Y ahora, a los veintidós, iba a la universidad, y cuando no tenía la nariz en algún libro, la tenía puesta en los asuntos personales de alguno de sus cinco hermanos.

No estaba en el porche, lo que significaba que había entrado en casa. No le habría resultado difícil, porque Derringer nunca cerraba con llave. Su hermana abrió la puerta de golpe en cuanto él pisó el umbral. La expresión de su rostro le hizo saber que estaba metido en un problema. Bailey estaba presente cuando el médico le prohibió hacer casi todo durante dos semanas aparte de respirar y comer.

–¿Dónde has estado, Derringer Westmoreland, en tus condiciones?

Él pasó por delante de ella para dejar el sombrero cn cl perchero.

–¿Y qué condiciones son ésas, Bailey?

–Estás herido.

–Sí, pero no estoy muerto.

Lamentó al instante haber pronunciado aquellas

palabras en cuanto vio la expresión del rostro de su hermana. Sus hermanos y él y sabían que la razón de que Bailey fuera tan protectora con ellos se debía a su miedo a perderlos como había perdido a sus padres.

Seguramente él también tendría aquel mismo miedo, y si analizaba más profundamente la situación, seguramente concluiría que Zane también. Todos ellos estaban muy unidos a sus padres y a sus tíos. Todos habían encajado muy mal su muerte. El modo en que Derringer lo había manejado era no mirando atrás y no encariñándose demasiado de nadie. Ya tenía a sus primos y a sus hermanos. Les quería, y no necesitaba nada más. Si se enamoraba, le entregaba su corazón a una mujer y algo llegara a ocurrirle, no sabría cómo enfrentarse a ello. Le gustaban las cosas tal y como estaban. Y por eso dudaba que llegara a casarse alguna vez.

Se acercó a su hermana y le puso una mano en el hombro cuando vio que estaba temblando.

—Eh, vamos, no es para tanto. Tú estabas en el hospital y escuchaste lo que dijo el médico. Ya han pasado casi dos semanas y estoy bien. Mira, a menos que hayas venido a hacerme la comida o a lavarme la ropa, puedes venir a visitarme en otro momento. Voy a echarme una siesta.

Derringer comprobó que su expresión se transformaba en una expresión guerrera y supo que su plan había funcionado. A Bailey no le gustaba que le dieran órdenes como si estuviera a su disposición.

—Hazte tú mismo la comida y lávate la ropa, o haz que alguna de esas estúpidas que babean cuando te ven lo hagan por ti.

—Como sea. Y vigila tu vocabulario, Bailey, o pensaré que estás volviendo a tus antiguos modos y tendré que lavarte la boca con jabón.

Ella agarró el mando de la mesa, se dejó caer en el sofá y se puso a ver la televisión, ignorándole. Derringer consultó su reloj e hizo un esfuerzo por ocultar su sonrisa.

–¿Y cuánto tiempo vas a quedarte? –le preguntó.

–Voy a quedarme hasta que esté lista para marcharme. ¿Tienes algún problema?

–No.

–Bien –dijo utilizando el control para cambiar de canal–. Y ahora ve a echarte la siesta. Espero que cuando te levantes estés de mejor humor.

Derringer se rió entre dientes mientras se inclinaba y le daba a su hermana un beso en la frente.

–Gracias por preocuparte tanto por mí, niña –le dijo con dulzura.

–Si Megan, Gemma y yo no lo hiciéramos, ¿quién lo haría? Todas esas estúpidas que van detrás de ti sólo buscan tu dinero.

Derringer alzó las cejas en gesto de fingida sorpresa.

–¿Eso crees?

Bailey le miró y puso los ojos en blanco.

–Si no sabes la verdad sobre ellas, entonces estás metido en un buen lío, Derringer.

Él volvió a reírse entre dientes y pensó que sí, que sabía la verdad sobre ellas… sobre todo de una en particular. Lucia Conyers. No pensaba en ella como en una de esas «estúpidas», y sabía que Bailey tampoco la consideraría así. Iba a llevarla al cine el sábado por la noche. Tenía intención de devolverle ahí las braguitas. Estaba deseando que llegara el momento de verla con la boca abierta y que supiera que él estaba al tanto de lo que había hecho. Mientras subía las escaleras para echarse la siesta, pensó que estaba deseando ver qué excusa le iba a poner.

Lucia estaba deseando volver a la oficina para llamar a Chloe y contarle lo de su cita del sábado con Derringer.

–Me alegro por ti –dijo Chloe con voz alegre al escuchar la noticia–. Caerse del caballo ha debido de servirle para adquirir algo de sentido común. Al menos ahora sabes por qué nunca antes se te acercó. Entiendo que tu padre le advirtiera que se alejara de ti. He oído que los Westmoreland tenían muy mala fama en aquellos tiempos.

Lucia asintió.

–¿Y crees que he hecho lo correcto al acceder a salir con él?

–Vamos, Lucia, no te atrevas a preguntarme eso. Llevas toda la vida amando a ese hombre. Has llegado incluso a acostarte con él.

Lucia dejó escapar un suspiro profundo.

–Pero él no lo sabe. Al menos eso creo.

–¿De verdad crees que no lo sabe?

–Creo que sí, y que ésa fue la razón por la que se sentó conmigo en la mesa.

Escuchó cómo Chloe resoplaba.

–¿Por qué te empeñas en pensar que no eres digna de Derringer cuando tienes mucha más clase que todas esas mujeres con las que sale?

–Precisamente por eso, Chloe. No soy la clase de mujer que a él le gusta. No puedo competir con Ashira Lattimore y su historial de citas. Y todo el mundo sabe que ella lleva años tratando de llamar su atención.

–Yo la conozco y es una mimada, egocéntrica y posesiva. No vale para esposa.

–¿Esposa? –Lucia se rió–. Tener una esposa es en lo último en lo que piensa Derringer. Lo sabes tan bien como yo.

–Sí, pero estoy segura de que mucha gente diría lo mismo de Ramsey antes de que yo apareciera en escena. Así que eso significa que un hombre puede cambiar de opinión cuando encuentra a la mujer adecuada. Lo único que tienes que hacer es convencer a Derringer de que eres esa mujer.

Lucia se estremeció ante la idea de intentar hacer algo así. Ni siquiera sabría por dónde empezar.

–Para ti es fácil decirlo y hacerlo, Chloe. Siempre has estado muy segura de ti misma.

En ese caso deberías tratar de hacer lo mismo. Piénsalo, Lucia. Es evidente que tienes a Derringer a mano. Ahora es tu oportunidad de retenerlo. Ya sabes lo que pienso sobre las oportunidades perdidas. ¿Cómo habrían terminado las cosas si hubiera aceptado la negativa de Ramsey a ser la portada de mi revista? Supe lo que quería y decidí ir a por ello. Creo que tú deberías hacer lo mismo.

–No sé –respondió Lucia suspirando.

Aquélla no era la primera vez que Chloe le sugería algo así. Una parte de ella sabía que su amiga tenía razón, pero lo que sugería era más fácil decirlo que hacerlo. Al menos para ella.

–Piénsalo. Sólo faltan dos días para el sábado, y si yo fuera tú, cuando Derringer viniera a mi casa a buscarme me aseguraría de que al mirarme supiera que iba a disfrutar de cada minuto que pasara a mi lado. Es tu oportunidad, Lucia. No dejes que se te escape.

Unos instantes más tarde, tras colgar el teléfono, Lucia seguía indecisa. Nada le gustaría más que despertar el interés de Derringer, pero ¿y si fracasaba en su esfuerzo por conseguirlo? ¿Y si no podía conseguir que el único hombre al que había amado la amara a ella a su vez? ¿Cabía alguna posibilidad de que estuviera equivocada respecto al tipo de mujeres que Derringer prefería?

Una de las cosas que había dicho Chloe era cierta. Nadie hubiera imaginado que Ramsey Westmoreland se enamorara. El hombre llevaba años sin dar su brazo a torcer, y la mujer con la que había intentado casarse había anunciado en medio de la boda que estaba embarazada de otro hombre. Y sin embargo se había enamorado de Chloe aunque no quisiera hacerlo. Así que tal vez hubiera esperanza para los demás Westmoreland solteros, pero sobre todo para Derringer.

–He oído que últimamente te interesa la ropa interior de mujer, Derringer. ¿Se debe a alguna razón?

Derringer se apartó lentamente de la mesa de billar con el palo en la mano y miró a cada uno de los hombres que estaban en el interior del escasamente iluminado sótano. Ahora que sabía quién era su visitante nocturna no le iba a revelar a nadie su identidad, ni siquiera a Zane.

–Por ninguna razón –le contestó a su primo Canyon, que era cuatro años más joven.

Canyon sonrió.

–Bueno, aunque a mí no me has preguntado, te diré que las mujeres con las que yo salgo no llevan ropa interior.

Derringer sacudió la cabeza y se rió entre dientes. No le resultaba difícil de creer. Observó a los otros hombres que habían ido a beber de sus cervezas mientras esperaban su turno en la mesa del billar. Su hermano Zane y sus primos Jason, Riley, Canyon y Stern. Estaban tan unidos como si fueran hermanos. Zane sabía más que los demás sobre el asunto de la ropa interior, pero Derringer estaba convencido de que su hermano no diría nada.

–¿Y qué es eso que he oído de que vas a salir con Lucia? Creí que el viejo Conyers te asustó lo suficiente hace años para que no te acercaras a ella –dijo Jason riéndose.

Derringer no pudo evitar sonreír.

–Así fue, pero como tú has dicho, eso sucedió hace años. Lucia ya no es una niña. Es una adulta, y tiene edad suficiente para tomar sus propias decisiones sobre con quién quiere salir.

–Cierto, pero no es tu tipo y lo sabes –intervino Riley.

Bailey había mencionado lo mismo aquel mismo día.

–¿Y cuál se supone que es mi tipo?

–Mujeres que llevan ropa interior negra –aseguró Canyon riéndose.

–O que no llevan ropa interior –añadió Riley.

–Puede que mi gusto haya cambiado –afirmó Derringer girándose de nuevo hacia la mesa de billar.

Zane aspiró el aire con fuerza por la nariz.

–¿Desde cuándo? ¿Desde que Sugarfoot te tiró al suelo y te diste en la cabeza?

Derringer frunció el ceño cuando se dio la vuelta.

–No me di en la cabeza.

–Pues cualquiera lo diría –aseguró Riley–. Primero vas por ahí preguntando sobre la ropa interior de las mujeres y ahora le pides salir a Lucia Conyers. Más te vale tratarla bien o Chloe vendrá a buscarte con una pistola.

–Qué diablos, todos iríamos a por ti –aseguró Zane dándole un sorbo a su cerveza–. Nos cae bien.

Derringer se volvió a la mesa de billar y comenzó a darle tiza a su palo. No le interesaba lo más mínimo lo que su familia pensara de Lucia. Seguía pensando en actuar con ella a su manera y, si no les gustaba el resultado, peor para ellos.

Capítulo Cinco

Cuando dieron las siete de la tarde del sábado, Lucia estaba hecha un manojo de nervios. Había hablado con su padre aquella semana para verificar lo que Derringer le había contado. Dusty Conyers compuso una sonrisa angelical y no negó nada. Se rió al reconocer que había tratado de asustar a Derringer y aseguró que se alegraba de que hubiera funcionado.

Estaba de acuerdo en que ahora Lucia era lo suficientemente mayor como para manejar ella misma sus asuntos, y no volvería a meterse. Lucia le dio un beso en la frente después de decirle que le quería mucho y que era el mejor padre del mundo.

Sus palabras confirmaban que lo que Derringer le había dicho el otro día era cierto. Había mostrado interés por ella años atrás, pero su padre le había disuadido. Aunque siempre se preguntaría qué habría pasado si su padre no hubiera intervenido, era una firme convencida de que las cosas sucedían siempre por algo. Además, dudaba mucho de que a los dieciocho años hubiera podido lidiar con alguien como Derringer, y tampoco se creía capacitada para haberlo hecho a los veintidós. Ni ahora, pero estaba decidida a intentarlo. Estaba convencida de que había una razón para que hubiera compartido su cama aquella noche.

Aunque le gustaría tener una pista sobre cuál era esa razón.

En cuanto Derringer se detuvo en la entrada, Lucia lo supo al instante. A juzgar por el suave runrún del motor, supo que conducía su deportivo biplaza en lugar de la camioneta. Eso significaba que el interior del coche sería mucho más confortable. La idea de estar tan cerca de Derringer despertaba todo tipo de sentimientos en su interior.

Había hablado antes con Chloe y su mejor amiga le había dicho que los Westmoreland eran duros de pelar y que no sabía si aquella cita era una buena idea teniendo en cuanta su historial con las mujeres. En resumen: nadie quería que sufriera. Pero lo que la gente no sabía era que llevaba tanto tiempo enamorada de Derringer que lo de aquella noche era para ella un sueño hecho realidad. Y si no volvía a pedirle salir nunca, no pasaría nada, porque siempre atesoraría los recuerdos de aquella noche para añadirlos a los que guardaba de la noche del lunes. Por supuesto, no esperaba que las cosas se pusieran tan calientes como aquella noche en su dormitorio. Pero estaba deseando saber qué le reservaba la velada. El hecho de saber que iba a ser la pareja de Derringer por una noche hacía que se sintiera bien. Y saber que no tenía ningún motivo ulterior para salir con ella hacía que la situación fuera todavía más especial.

Derringer sonrió cuando se detuvo en la entrada de casa de Lucia. Su casa le parecía la más alegre de la manzana, con luces en cada esquina, la luz del porche encendida y una farola en el jardín delantero. Era un vecindario muy agradable con hermosos árboles a ambos lados de la calle y la silueta de las montañas al fondo. Pero había mucha gente. Uno de los escollos de ser un Westmoreland era que cada uno de ellos poseía cuarenta hectáreas de tierra, por lo tanto vivir en cualquier otro sitio le resultaría confinante.

Cuando entró en el porche, sintió como si estuviera bajo los focos, no le extrañaría que hubiera vecinos observándole. De hecho le pareció ver cómo la cortina de la casa de enfrente se movía. Se rió entre dientes y pensó que, si Lucia podía enfrentarse a sus cotillas vecinos, entonces él también podía.

Además, ya tenía bastante teniendo que enfrentarse a sus propios cotillas en la familia. Tal vez había sido una mala idea mencionarle a Bailey lo de su cita. Le había faltado tiempo para contar la noticia. Había recibido varias llamadas advirtiéndole de que se portara bien esa noche. Y sin embargo no había recibido la única llamada que realmente esperaba, la de Chloe. Eso le hizo pensar que tal vez ella supiera más de lo que pensaba.

Consultó el reloj antes de llamar al timbre de Lucia. Eran las siete y media en punto. Como había reservado las entradas por Internet, no tendrían que hacer cola en el cine. Había pensado en todo, incluido cuál sería el mejor momento para soltarle la bomba sobre la otra noche. Decidió que era mejor disfrutar de la película antes de enfrentarse a cosas desagradables.

Derringer escuchó cómo se abría la puerta y unos instantes más tarde la tenía allí delante, en el iluminado umbral.

Parpadeó sorprendido al mirarla. Parecía distinta. Siempre había sido una chica guapa, pero aquella noche estaba absolutamente espectacular.

La cola de caballo había desparecido. El cabello le caía en ondas sobre los hombros. Y se había hecho algo en los ojos que los hacía todavía más impresionantes. Todo su aspecto mostraba sofisticación.

Y luego estaba el conjunto que se había puesto. No era demasiado atrevido, aunque sí lo bastante para mantenerle alerta toda la noche. El vestido de punto era de color ciruela y llevaba botas negras. No estaba excesivamente arreglada para ir al cine, y Derringer pensó que su atuendo era perfecto. Y le quedaba de maravilla, porque le enfatizaba la estrecha cintura y mostraba un par de piernas preciosas embutidas en medias.

Transcurrieron unos segundos antes de que fuera capaz de abrir la boca para hablar, y al observar la sonrisa de Lucia supo que ella era consciente del efecto que estaba causando en él. No pudo evitar sonreír a su vez. Lucia, la que era «bonita», había dado paso a una criatura tan impresionante que cortaba la respiración.

—Derringer.

Él dejó escapar el aire.

—Lucia.

—Tengo que ir a por la chaqueta. ¿Quieres entrar un momento? —le preguntó.

Derringer sintió otra sonrisa asomándose a los labios. Le estaba invitando a pasar.

—Por supuesto.

Cuando pasó rozándola, le temblaron las rodillas al percibir el aroma de su perfume. Era la misma esencia que le había despertado aquel martes por la mañana. La misma que permanecía en su cabeza. Era la única mujer que le había hecho dormir con sus braguitas cada noche debajo de la almohada. Aspiró con fuerza el aire para recibir más fragancia a través de las fosas nasales.

–¿Te gustaría tomar algo antes de irnos?

–No, gracias –respondió Derringer mirando a su alrededor.

–Sólo tardaré un momento en ir a por la chaqueta.

–Tómate tu tiempo –dijo él observando los movimientos de su vestido mientras se alejaba. Especialmente cómo se le ajustaba por detrás.

Se forzó a apartar la mirada cuando ella entró en el dormitorio y siguió mirando su casa. Pensó que era pequeña pero suficiente para ella. Y estaba muy ordenada, no había ni una sola cosa fuera de sitio. Incluso las revistas de la mesa parecían estar en perfecta posición. Le gustaba la chimenea, y podía imaginársela prendida. Podía imaginarse a Lucia tumbada en el suelo frente a ella en uno de aquellos días en los que fuera nevaba y hacía frío.

–Ya estoy lista, Derringer.

Él se dio la vuelta y la miró. Estaba parada al lado de una lámpara de pie y la luz capturaba su belleza. Durante un instante se quedó allí mirándola fijamente, incapaz de apartar los ojos de ella. ¿Qué diablos le estaba pasando? Supo la respuesta cuando sintió la sangre acumularse en su entrepierna. Sería muy fácil para él sugerir que se olvidaran del cine y se quedaran allí. Pero sabía que no podía hacer algo así. Sin embargo, había otra cosa que sí podía hacer, algo que se sentía inclinado a llevar a cabo en aquel momento.

Se acercó lentamente a ella con el corazón latiéndole con fuerza dentro del pecho a cada paso que daba. Y cuando la tuvo delante pronunció las únicas palabras que podía decir en aquel momento. Palabras que sabía que eran completamente ciertas.

—Estás sencillamente bella esta noche, Lucia.

Ella no supo qué decir. Su cumplido le provocó un calor que la atravesó por completo. Su mente le advirtió que aquel hombre era zalamero, sofisticado y experimentado. Como la mayoría de los hombres, diría cualquier cosa con tal de puntuar. Pero en aquel momento no le importaba. El cumplido había venido de Derringer Westmoreland, y para ella eso lo significaba todo.

—Gracias, Derringer.

Él inclinó la cabeza y le murmuró bajito al oído:

—De nada.

Mantuvo la cabeza inclinada hacia aquel ángulo, y Lucia supo sin ningún género de dudas que pretendía besarla. Y aquella certeza le provocó una serie de cálidas sensaciones que le subieron de la punta de los pies hasta la cabeza.

—¿Lucia?

El ronco tono de su voz acarició cada rincón de su interior.

—¿Sí?

Derringer alzó la mano para sujetarle la barbilla y acercar el rostro al suyo. A ella se le aceleró el pulso cuando una lenta sonrisa se le dibujó en los labios en el instante en que sus miradas se cruzaron.

—Necesito besarte.

Y antes de que Lucia pudiera volver a tomar aire, él bajó la boca hacia la suya.

La otra noche la había besado en numerosas ocasiones en medio de la pasión, pero Lucia pensó inmediatamente que este beso era distinto. La pasión seguía allí, pero no se expandía fuera de control como aquella vez. Lo que estaba haciendo Derringer era robarle lenta y deliberadamente los sentidos.

Le deslizó la lengua entre los labios con un gemido sin aliento. Parecía no tener prisa en hacer otra cosa que no fuera estar allí recorriendo cada rincón de su boca. Sus besos sabían al caramelo de menta que sin duda se había tomado antes.

Lucia sintió cómo algo se movía alrededor de su vientre al mismo tiempo que Derringer acercaba más el cuerpo, y automáticamente la cuna de sus muslos recibió la dura erección que se apretaba contra ella, provocando un deseo tan intenso que no pudo hacer otra cosa que gemir.

Aquél era el tipo de beso que la mayoría de los hombres le daban a una chica después de una cita, y no antes de que comenzara la velada. Pero evidentemente nadie se lo había contado a Derringer, y él le estaba demostrando que hacía las cosas sin seguir ningún orden particular. Él ponía sus propias reglas. Ahora Lucia entendía por qué las mujeres le perseguían y por qué los padres le advertían que no fuera tras sus hijas.

Derringer cambió la intensidad del beso sin previo aviso y las manos que ya le estaban rodeando la cintura le apretaron con más fuerza. El embate de su lengua se intensificó, y Lucia sólo pudo limitarse a quedarse allí y seguir gimiendo. Movió instintivamente las caderas contra las suyas y el calor se extendió más abajo por todo su vientre.

No había forma de saber cuánto tiempo se hubieran quedado así, devorándose la boca el uno al otro, si Lucia no se hubiera apartado para respirar. Cerró los ojos y aspiró con fuerza el aire, lamiéndose los labios y saboreando a Derringer en su lengua. El placer que le proporcionaban sus besos era casi insoportable. Abrió lentamente los ojos para calmar la turbulencia de emociones que sentía en su interior.

Por segunda vez aquella noche, Derringer le sujetó la barbilla y le levantó el rostro. Su mirada resultaba intensa, oscura, apasionada. En aquel momento parecía tan salvaje como el paisaje en el que vivía. Continuó sosteniéndole la mirada. Hipnotizada. Enamorándose cada vez más.

—Lucia Conyers, eres más de lo que yo podía esperar —dijo Derringer en un tono ronco que sonaba íntimo y al mismo tiempo abrumador.

—¿Y eso es bueno o malo? —le preguntó ella.

Él se rió suavemente y le soltó la barbilla, pero no antes de bajar la cabeza y rozarle los labios.

—Eso lo decidirás tú más tarde —le susurró contra los labios—. Vamos, salgamos de aquí mientras todavía podamos.

Aquella noche no iba a ser como la había planeado, pensó Derringer. Ni siquiera el olor de las palomitas podía librarle de su aroma. Aquélla era su primera cita y su firme intención había sido que fuera la última.

Pero…

No quería que la velada terminara. Ni quería estropear lo bien que iban las cosas entre ellos.

Tras la película sugirió que fueran a Torie's a tomar un café. Lucia era todo lo que un hombre podía desear en una cita. Tenía la habilidad de mantener una conversación en la que ella no era la única protagonista. Y mientras conducía su deportivo por el centro de Denver, Derringer llegó a la conclusión de que le gustaba el sonido de su voz y tenerla tan cerca. Su aroma continuaba apoderándose de sus sentidos.

A lo largo de su vida había conocido a muchas mujeres que olían bien, pero la que estaba sentada a su lado ahora, con los ojos cerrados mientras escuchaba el disco de John Legend, no sólo olía bien sino que daba gusto olerla. Y Derringer se dio cuenta en aquel momento de que allí estaba la diferencia. Sacudió la cabeza y se rió entre dientes ante aquella conclusión.

–¿Qué te hace tanta gracia? –preguntó ella abriendo los ojos y girando la cabeza para mirarle.

–Estaba pensando en la película –mintió Derringer, porque de ninguna manera podía contarle lo que estaba pensando.

Lucia se rió.

–Ha estado bien, ¿verdad?

Cuando el coche aminoró la marcha por el tráfico, Derringer la miró de soslayo.

–Sí, muy bien. ¿Estás cómoda?

–Sí, gracias. Este coche me gusta mucho.

–Me alegra que te guste –aseguró sonriendo.

Le gustaban las mujeres que apreciaban su coche. Varias de las chicas con las que había salido se habían quejado de que aunque el coche era muy veloz, no había espacio suficiente.

–¿Te puedes creer que están diciendo que la semana que viene va a nevar?

Él se rió.

–Eh, estamos en Denver. Siempre se esperan tormentas de nieve.

Transcurrió un instante de silencio.

–¿Te gustó vivir en Florida esos cuatro años?

Lucia asintió.

–Mucho.

–Entonces, ¿por qué volviste a Denver?

Ella no respondió de inmediato.

–Porque no podía imaginarme viviendo en ningún otro sitio –dijo finalmente.

Derringer asintió, lo entendía perfectamente. Aunque le había gustado vivir en Phoenix mientras estaba en la universidad, siempre estaba deseando volver a casa… para verla.

No llevaba ni una semana allí cuando Ramsey le envió a la ciudad a comprar un bote de disolvente y entonces volvió a verla.

Al principio se había quedado sorprendido, casi no la había reconocido. Había pasado de ser una joven desgarbada a convertirse en una mujer de veintipocos años muy bella. Menos mal que su padre había estado en guardia y había intervenido otra vez, porque no había forma de saber hasta dónde le habría llevado su calenturienta mente aquel día. Lucia se había librado de ser una más de la lista de Derringer. Cuando volvió a casa fue como si las mujeres hubieran salido del bosque para intentar captar su atención.

Enseguida llegaron a Torie's, una cafetería muy elegante conocida por su café y sus premiados postres. Derringer la ayudó a salir del deportivo y fue muy consciente de que todo el mundo les estaba mirando. Pero ahora, al contrario que en otras ocasiones, no estaba tan seguro de que el centro de atención fuera su deportivo de diseño danés, sino la mujer a la que estaba ayudando a salir. Por primera vez desde que podía recordar, le entregó las llaves al aparcacoches sin dirigirle una mirada de advertencia ni darle instrucciones sobre cómo ocuparse de él.

–Señor Westmoreland, qué alegría verle –le saludó el maître cuando entraron en la cafetería.

–Gracias, Pierre. Me gustaría tener una mesa apartada en la parte de atrás.

–Sin duda.

Derringer agarró el brazo de Lucia mientras les guiaban hacia una mesa que daba a las montañas y a un lago. El fuego que ardía en la chimenea añadía el toque final. Un escenario romántico incluso para alguien como él, un hombre que probablemente no tenía ni un gramo de romanticismo en el cuerpo a menos que le conviniera en ese momento.

–Podemos tomar sólo café si quieres, pero la tarta de queso con frambuesas es buena –dijo sonriendo cuando se sentaron.

Lucia se rió.

–Voy a hacerte caso y a probarla.

Cuando llegó el camarero le pidieron las bebidas. Lucia quería una copa de vino, y cuando él pidió sólo un vaso de soda, ella le miró con curiosidad.

–Voy a conducir, ¿recuerdas? Y sigo medicado –dijo a modo de explicación–. El médico me prohibió tajantemente consumir alcohol mientras siguiera tomando pastillas.

–¿Te sigue doliendo? –quiso saber ella.

–Si no me muevo muy deprisa, no –afirmó Derringer sonriendo–. Por lo demás estoy bien.

–Supongo que no volverás a subirte a lomos de Sugarfoot pronto.

–¿Qué te hace pensar eso? De hecho tengo pensado volver a montarle mañana.

La expresión de horror de Lucia no tenía precio, pensó Derringer extendiendo la mano por encima de la mesa para tomarle la suya.

–Eh, estoy de broma –sonrió.

Ella frunció el ceño.

–Espero que así sea, Derringer, y confío en que hayas aprendido la lección sobre correr riesgos innecesarios.

Él se rió.

–Créeme, así es –aseguró, aunque sabía que Lucia era un riesgo y tenía la sensación de que pasar demasiado tiempo con ella no era algo bueno.

Entonces se dio cuenta de que seguía sosteniéndole la mano, y se la soltó haciendo un supremo esfuerzo.

Debería tener cuidado y no encariñarse con una mujer como Lucia. Era la clase de mujer de la que un hombre se encariñaría antes incluso de ser consciente de ello. La atracción que sentía hacia ella le parecía demasiado natural y al mismo tiempo demasiado constrictiva. Era una mujer que parecía hecha sólo con el propósito de conseguir que un hombre la deseara como no había deseado nunca a ninguna otra mujer. Y eso no estaba bien.

Tras tomarse las bebidas pidieron café y compartieron un trozo de tarta de queso y frambuesas. Y mientras estuvieron allí sentados, Lucia tuvo su completa atención para ella. Hablaron de muchas cosas. En más de una ocasión se vio recorriéndole el rostro con la mirada, observando sus facciones y apreciando su belleza. Tanto si lo sabía como si no, tenía una estructura facial perfecta, y cualquier hombre la encontraría sin duda atractiva. Pero Derringer sabía que había mucho más aparte de su belleza física. También era bella por dentro. Derringer escuchó mientras le hablaba de las numerosas obras benéficas con las que colaboraba y estaba impresionado.

Un par de horas más tarde, mientras la llevaba de regreso a casa, no pudo evitar pensar en cómo había ido la velada. Sin duda no como lo había planeado. Cuando el coche se detuvo en un semáforo en rojo, la miró. No le sorprendió ver que se había quedado dormida. Pensó en todas las cosas que quería hacerle cuando la acompañara de regreso a casa y supo que lo único que debería hacer era acompañarla a la puerta y marcharse. Le estaba pasando algo que no lograba comprender y era lo suficientemente inteligente como para saber cuándo retirarse.

Aquel pensamiento seguía en su mente cuando la acompañó a la puerta un poco más tarde. Por alguna razón, una fuerza tiraba de él en otra dirección y no le gustaba. El beso de antes había bastado para fundirle las neuronas y había tirado por la ventana su perfectamente construido plan para darle una lección.

–Gracias de nuevo por una noche tan maravillosa, Derringer. Lo he pasado muy bien.

Él también.

–De nada –apretó los labios para evitar volver a pedirle una cita. Se negaba a hacerlo–. Bueno, supongo que ya me voy –dijo tratando de mover los pies sin entender por qué no se le movían.

–¿Te gustaría entrar a tomar otro café?

Él negó con la cabeza.

–Gracias, pero no creo que mi estómago aguantara ninguno más. Además, mis restricciones han tocado a su fin y ya puedo volver al trabajo. Mañana por la mañana ayudaré a Zane y a Jason con los caballos. Tengo que volver a casa y meterme en la cama.

–De acuerdo.

Derringer hizo amago de marcharse pero no pudo. Lo que hizo fue clavar la vista en el rostro que le estaba mirando fijamente y sintió un nudo en el estómago.

–Buenas noches, Lucia –susurró antes de inclinarse y rozarle los labios con los suyos.

–Buenas noches, Derringer.

Él se incorporó y vio cómo se metía dentro de casa. Cuando la puerta se cerró tras ella, se giró para volver a su coche. Lo abrió y se metió dentro. Tenía que irse a casa y pensar las cosas, reagrupar sus ideas. Y debía averiguar qué tenía Lucia Conyers que le hacía estar en un nivel al que no estaba acostumbrado.

Capítulo Seis

Zane dejó de ensillar el caballo el tiempo suficiente para mirar de reojo a su hermano.

–¿Qué te pasa, Derringer? La semana pasada andabas preguntando por las braguitas de las mujeres y ahora quieres saberlo todo sobre su olor. ¿No resolviste el misterio al ver la grabación de la cámara?

Derringer se pasó la mano por la cara. Debería habérselo pensado mejor antes de hablar con Zane, pero lo cierto era que su hermano sabía más de mujeres que él, y ahora mismo necesitaba respuestas. Cuando las hubiera obtenido sabría a qué atenerse en lo concerniente a Lucia. Había pasado casi una semana desde que fueron al cine y seguía sin saber qué pensar. Y todavía tenía que hablar con ella sobre su visita nocturna.

Miró hacia Zane por encima del lomo del caballo.

–No me pasa nada. Limítate a responder a la maldita pregunta.

Zane se rió entre dientes.

–Estás de mal humor, ¿verdad? ¿Cómo te fue la cita con Lucia el sábado por la noche? No me has contado nada.

–Ni pienso contarte nada, sólo que lo pasamos bien.

–Por tu bien espero que sea lo único que cuentes, o Chloe, Megan y Bailey caerán sobre ti. Puede que te libres de Gemma porque está fuera del país, pero va a volver a casa a finales de mes para el baile benéfico.

Derringer gruñó. Las mujeres de su familia deberían mantenerse alejadas de sus asuntos, y así se lo haría saber si volvía a salir el tema de Lucia. Por el momento, lo único que había hecho durante la semana había sido ir a ver a Ramsey, a Chloe y a la niña, y el tema de Lucia no había salido. Tenía que admitir que la razón por la que apenas se había dejado ver por allí era por miedo a encontrarse con ella en casa de Ramsey. Nunca se había oído que Derringer Westmoreland evitara a ninguna mujer.

–¿Vas a responder a mi pregunta?

Zane se cruzó de brazos.

–Cuando tú hayas respondido a la mía. ¿Has visto la grabación de la cámara o no?

Derringer miró a su hermano.

–Sí, la he visto.

–¿Y?

–Y prefiero no hablar del tema.

Una sonrisa burlona cruzó el rostro de Zane.

–Apuesto a que estarás encantado de hablar de ello si te interponen una demanda de paternidad dentro de nueve meses.

Derringer sintió una punzada en el vientre al recordar que Lucia podría estar esperando un hijo suyo. Aquella noche habían practicado el sexo sin protección. Ella tenía que saberlo también. ¿No le preocupaba aquella posibilidad? Miró a su hermano a los ojos.

–Me ocuparé de eso si llega el momento, ahora responde a mi pregunta.

Zane sonrió.

–Vas a tener que repetírmela. Mi atención ya no es lo que era antes.

«Y una porra que no», pensó Derringer. Sabía que Zane estaba intentado molestarle y no le gustaba, pero como necesitaba respuestas, pasaría por alto la actitud de su hermano por el momento.

–Quiero que me cuentes lo del aroma de las mujeres.

Zane sonrió mientras se apoyaba en un poste del corral.

–Bueno, eso es fácil. Cada mujer tiene su propio aroma, y si el hombre es lo suficientemente perceptivo puede distinguirlo del resto. Algunos hombres saben dónde está su mujer en una habitación antes incluso de verla gracias a su olor.

Derringer dejó escapar el aire. Eso ya lo sabía él. Se echó el sombrero hacia atrás.

–Lo que quiero saber es el efecto que ese aroma puede provocar en un hombre.

Zane se rió entre dientes.

–Bueno, sé a ciencia cierta que el aroma natural de una mujer es un afrodisíaco para la mayoría de los hombres. Está todo en las feromonas. ¿Recuerdas la médico con la que salí el año pasado?

Derringer asintió.

–Sí, ¿qué pasa con ella?

–Tío, su aroma me volvía loco y ella lo sabía muy bien. Pero no me importó lo más mínimo que aceptara aquel trabajo en Atlanta y se mudara –aseguró Zane.

Derringer decidió no recordarle a Zane el mal humor del que estuvo durante meses cuando aquella mujer se fue.

–Cada mujer tiene una esencia única, pero muchas lo disimulan con colonia –continuó Zane–. Entonces, todas las mujeres que llevan esa fragancia huelen igual. Pero cuando le haces el amor a una mujer, su aroma natural anulará todo lo demás.

Zane se detuvo un instante y luego dijo:

–Y el efecto que pueda provocar en un hombre depende de lo atrayente que sea ese olor. El aroma de una mujer puede dejarle indefenso.

Derringer alzó las cejas.

–¿Indefenso?

–Sí, el aroma de una mujer es un potente estimulador sexual. Y algunos hombres han descubierto que su sentido masculino puede detectar a la mujer que va a ser su compañera sólo por su aroma. Así que, si el olor de esa mujer te está afectando, puede que sea la pista que te indique que es tu alma gemela.

Derringer se quedó mirando a su hermano, preguntándose si le estaría diciendo tonterías o no. La idea de compartir el futuro con una mujer por su olor no le parecía lógica, pero había visto suficientes programas de animales para saber que con ellos las cosas sí sucedían así. Y el hombre era básicamente un animal.

–¿Te ha atrapado la esencia de alguna mujer? –tanteó Zane.

Derringer no respondió. Apartó la vista durante un instante preguntándose lo mismo. Cuando volvió a mirar a su hermano. Zane sonreía.

–¿Qué diablos te parece tan gracioso?

–Créeme, no quieres saberlo.

Derringer frunció el ceño. Zane tenía razón; no quería saberlo.

–¿Y no has sabido nada de Derringer desde vuestra cita del sábado?

A Lucia se le formó un nudo en la garganta con la pregunta de Chloe. Era viernes por la noche, y estaba acurrucada en el sofá. Aunque en realidad no esperaba que Derringer la buscara, la idea de que no lo hubiera hecho le molestaba, sobre todo porque pensaba que se lo habían pasado muy bien juntos. Al menos ella sí, y le había parecido que él también. Pero suponía que Derringer Westmoreland podría tener una chica nueva cada día.

Cuando la llevó a casa el sábado por la noche, esperaba que aceptara su invitación y entrara a tomar un café, aunque era la primera en admitir que habían tomado ya bastante en Torie's. Derringer había declinado su ofrecimiento y le había dado un casto beso en los labios antes de irse.

–No, no he sabido nada de él pero no importa. Pude escribir en mi diario que había tenido una cita con él, y eso está bien.

–Una cita no está bien cuando puede haber otras, Lucia. Ya sabes que las mujeres no tenemos que esperar a que los hombres nos pidan salir, también tenemos ese derecho.

Sí, pero Lucia sabía que ella no podría ser tan directa con un hombre.

–Lo sé, pero…

Llamaron a la puerta.

–Están llamando. Seguramente será la señora Noel, que vive al otro lado de la calle –aseguró Lucia–. Los viernes hace tartas y yo soy su conejillo de indias, pero no me quejo. Te llamo más tarde.

Cuando volvieron a llamar, gritó tras haber colgado el teléfono:

−¡Voy!

Se levantó del sofá y se dirigió hacia la puerta, pensando en que se tomaría unos dulces de la señorita Noel y vería una película romántica. Si no podía disfrutar del amor en su vida real, entonces una película era la mejor opción.

Estuvo a punto de atragantarse cuando observó por la mirilla. No era su vecina. Era Derringer. De pronto se sintió acalorada al darse cuenta de que él estaba mirando a través de la mirilla como si supiera que le estaba observando. Cerró los ojos y trató de aminorar el latido de su corazón. Era la última persona que esperaba ver aquella noche. De hecho no esperaba que volviera a aparecer por su casa. Dio por hecho que volverían a la dinámica de encontrarse cuando coincidieran en casa de Chloe.

Haciendo un esfuerzo para que sus neuronas dejaran de confabular, giró el picaporte para abrir la puerta y allí estaba él, vestido con unos pantalones vaqueros, jersey, chaqueta de cuero y botas. Estaba guapísimo, como siempre. Se apoyaba contra una de las columnas del porche con las manos en los bolsillos.

Lucia se aclaró la garganta.

−Derringer, ¿qué estás haciendo aquí?

Él le sostuvo la mirada.

−Ya sé que tendría que haber llamado antes.

Lucia se mordió la lengua para no decirle que podía presentarse en su casa siempre que quisiera. Lo último que una mujer debería hacer es dejar que un hombre diera por hecho que la tenía a sus pies... aunque fuera cierto.

—Sí, tendrías que haber llamado antes. ¿Ocurre algo?

—No, sólo necesitaba verte.

Trató de ignorar el tono ronco de su voz y cómo la estaba mirando, y trató de concentrarse en lo que acababa de decirle. Necesitaba verla. Sí, claro. Podría haber dicho algo mejor, sobre todo teniendo en cuenta que no había descolgado el teléfono para llamarla ni una sola vez desde su cita del sábado por la noche. ¿De verdad creía que pensara que la necesidad de verla le había llevado hasta su puerta? Se preguntó si su cita de aquella noche le habría fallado y ella era su plan de reserva. Decidió preguntárselo. Se cruzó de brazos y dijo:

—Déjame adivinar. Tu cita te ha dejado colgado y yo era la siguiente de la lista.

Tras pronunciar aquellas palabras se dio cuenta de que había cometido un error. Primero, dudaba seriamente que ninguna mujer le dejara colgado, y sería mucho presumir pensar que ella pudiera estar en alguna lista suya.

Derringer inclinó la cabeza, como si quisiera verla con más claridad.

—¿Es eso lo que piensas?

Lucia sacudió la cabeza.

—Seré sincera contigo, Derringer: no sé qué pensar.

Él se acercó un poco hacia delante, bajó la cabeza y le susurró al oído:

—Invítame a pasar y te prometo que no tendrás que pensar en nada.

Y eso era lo que le daba miedo.

Lucia dejó escapar un profundo suspiro y pensó

que sería capaz de manejar la situación. Abrió la puerta y se echó atrás, pensando que ojalá fuera cierto.

«¿Qué diablos estoy haciendo aquí?», se preguntó Derringer cuando pasó rozándola. Había captado su aroma en cuanto Lucia abrió la puerta, y como siempre sucedía, estaba jugando con sus sentidos.

Se dio la vuelta cuando la escuchó cerrar la puerta detrás de él y la miró fijamente. Por alguna razón no tenía ganas de apartar los ojos de ella. ¿Qué le pasaba? ¿Desde cuándo permitía que una mujer le afectara de aquel modo? Estaba allí apoyada contra la puerta con los pies descalzos, *leggings* y una camiseta. Y su típica cola de caballo. Parecía estar cómoda. Y estaba muy sexy. Maldición. Derringer se aclaró la garganta.

—¿Qué plan tienes para esta noche?

Lucia se encogió de hombros.

—No tengo ningún plan. Iba a ver una película.

—¿Te gustaría ir a patinar sobre ruedas?

El brillo de la lámpara de la mesilla capturó la expresión de sorpresa de su cara.

—¿Quieres que volvamos a salir?

Derringer se dio cuenta de que había un tono de sorpresa en su voz. Y de cautela.

—Sí. Sé que tendría que haber llamado antes, y lo siento. Y para que quede claro, cuando salí de mi casa no tenía ninguna cita. Me subí al coche y terminé aquí. Lo que dije antes era cierto. Necesitaba verte.

La duda se reflejó en el rostro de Lucia.

—¿Por qué, Derringer? ¿Por qué necesitabas verme?

Habría sido muy fácil aprovechar el momento y ser claro, y decirle: «Sé quién eres. Sé que eres la mujer con la que hice el amor en lo que debía de ser un momento de debilidad pero terminó siendo el momento íntimo con una mujer que mejor recuerdo. No importa lo que haga o dónde vaya, tu aroma va siempre conmigo. Eres la responsable del deseo que se apodera de mí cada vez que pienso en ti, cada vez que te veo. Incluso ahora siento una palpitación en la entrepierna y lo que más deseo en el mundo es volver a hacerte el amor».

–¿Derringer?

Se dio cuenta en aquel momento de que no había contestado. Se había quedado allí mirándola como un obseso sexual. Cruzó lentamente la estancia, le sujetó la cabeza con ambas manos y acercó la boca a la suya.

–No sé por qué necesitaba verte esta noche –susurró con voz ronca sobre sus labios–. No puedo explicarlo. Pero necesitaba verte, estar contigo y pasar tiempo contigo. Disfruté mucho el sábado por la noche, y...

–Pues quién lo hubiera dicho.

Su voz apenas se había escuchado, pero Derringer percibió el dolor en su tono. No la había llamado. Tendría que haberlo hecho. Había querido hacerlo. Pero luchó contra la tentación. Si ella supiera cuánto había luchado... Una parte de él sabía que estar ahora ahí con ella no era una buena idea, y menos pensando en todas las cosas que quería hacerle en aquel momento: contra la puerta, en el suelo, en la cama, sobre la mesa, en el sofá, en todos los rincones de su casa. Pero lo más importante era que él sabía más cosas sobre la situación que Lucia. Todavía no le había contado que sabía lo de su visita a su casa aquella noche.

Había pasado los últimos días revisando el vídeo

una y otra vez. Resultaba evidente al ver cómo había asomado la cabeza por la puerta en un principio que no tenía intención de quedarse. Luego miró la caja y decidió meterla. Debió de oírle caerse una vez dentro, porque en la última semana Derringer había recordado esa parte, cuando no llegó a la cama después de haberse levantado para ir al baño. Recordó que alguien, su Bananas, le ayudó a subirse a la cama, y lo único que recordaba después era haberle hecho el amor a una mujer.

Y aquella mujer era ella.

Las cosas todavía estaban un poco confusas, pero ya recordaba todo aquello.

—Siento no haberte llamado esta semana. Debería haberlo hecho –murmuró.

Lucia negó con la cabeza.

—No tenías por qué. Soy yo quien debe disculparse. No tendría que haberte dado la impresión de que tendrías que haber llamado.

A Derringer le latía con fuerza el corazón dentro del pecho. Aquella afirmación mostraba lo distinta que era de las demás mujeres con las que se relacionaba. Y estaba convencido de que aquella diferencia, entre otras cosas, era lo que hacía que estuviera ahora allí con ella.

—No quiero que te disculpes por nada –dijo acercándose más y mordisqueándole uno de los lóbulos de la oreja–. Lo que quiero es esto.

Entonces le deslizó la lengua por los labios, y cuando ella suspiró volvió a hacerlo de nuevo.

—¿Por qué, Derringer… por qué yo? –susurró Lucia unos instantes antes de empezar a temblar contra la puerta.

–¿Y por qué no? –jadeó él contra sus labios antes de inclinarse más para saborearlos.

Su sabor, igual que su aroma, se estaba apoderando de él de un modo que le impulsaba a ir hacia delante en lugar de a recular.

Entonces decidió que ya habían hablado bastante por el momento y apretó su boca contra la suya.

La mente de Lucia le gritaba una y otra vez que tendría que echarle de allí. Pero resultaba difícil escucharla cuando Derringer estaba provocando semejante seísmo en su cuerpo. Aquél era el tipo de beso capaz de dejar a una mujer sin sentido. Fue un beso largo, apasionado y ávido. Le estaba devorando la boca como si fuera la última comida de su vida, y a Lucia no le cabía la menor duda de que se trataba de un beso calificado equis.

Y por si fuera poco, su erección le estaba presionando en la unión de los muslos, acunándose en el monte de su feminidad como si hubiera buscado específicamente aquella parte de su cuerpo. Y luego estaban los pezones de sus senos, que se le clavaban a Derringer en el pecho a través de la tela de la camiseta. No pudo evitar recordar lo que había sentido cuando estuvieron piel con piel. Si quería seducirla, desde luego iba por el buen camino.

De pronto él se apartó. Preguntándose por qué, Lucia se mordió nerviosamente el labio inferior y se le quedó mirando fijamente. Derringer le sostuvo la mirada.

–Creo que debemos tomárnoslo con calma y pensar un poco las cosas –dijo con voz ronca.

Lucia arqueó una ceja. Estaba claro que Derrin-

71

ger hablaba por él. En lo que a ella se refería, no había nada que pensar. Sabía lo que quería y tenía la sensación de que Derringer también. Entonces, ¿cuál era el problema? Conocía la situación. Nada era para siempre con Derringer Westmoreland y estaba de acuerdo con ello. Aunque estuviera locamente enamorada de aquel hombre, conocía sus limitaciones. Las había aceptado mucho tiempo atrás. Había dado más pasos en los últimos doce días de los que hubiera esperado en toda su vida. Habían hecho el amor, por Dios, y Derringer la había besado apasionadamente hacía una semana.

Y sin embargo, ya no era una adolescente que fantaseara con casarse con él y vivir felices para siempre. Entendía perfectamente que las cosas no iban a ser así. No estaba entrando a nada a ciegas; tenía los ojos bien abiertos. En resumen, no tenía que salvaguardar su corazón. Aunque no le gustara, aquel hombre era ya el dueño absoluto de su corazón y ya era demasiado tarde para hacer nada al respecto excepto tomar de buena gana lo que pudiera y vivir el resto de su vida de los recuerdos.

—Creo que tengo que dejarte tiempo para que te vistas y podamos ir a la pista de patinaje.

Lucia no pudo evitar sonreír suavemente.

—¿De verdad quieres hacer eso?

Él negó con la cabeza.

—No, pero si supieras lo que de verdad quiero hacer, probablemente me echarías a patadas.

—Ponme a prueba.

Derringer echó la cabeza hacia atrás y se rió.

—No, creo que paso. Esperaré aquí a que te cambies de ropa.

Lucia le rodeó para dirigirse por el pasillo y se detuvo justo delante del umbral de su dormitorio.

–Sabes que seguramente nos lo pasaremos mejor si nos quedamos, ¿verdad?

Derringer sonrió y dijo con voz firme:

–Ve a vestirte, Lucia.

Ella se rió, entró en el dormitorio y cerró la puerta. Mientras se quitaba la ropa, tomó una decisión.

Por primera vez en su vida iba a probar suerte seduciendo a un hombre.

Capítulo Siete

Derringer miró a Lucia, que estaba en la fila para que les dieran sus patines. Había dos palabras que describieran los vaqueros que llevaba puestos: ajustados y ceñidos. Y había otra palabra que describía su aspecto aquella noche: sexy.

Tenía que dejar de mirarla cada vez que tenía oportunidad, así que miró a su alrededor. Contaba con que el sitio estaría abarrotado porque era viernes por la noche, pero ¿por qué había más niños que adultos? Hacía muchos años que no iba a patinar, pero seguía pensando que eran horas para que los niños estuvieran en la cama.

Se rió al recordar cómo un preadolescente se le había acercado unos instantes atrás para decirle que confiaba en que Lucia y él fueran lo suficientemente rápidos con los patines como para no interponerse en el camino de los demás. Qué diablos, no eran tan mayores.

—¿De qué te ríes?

Derringer alzó la vista y vio que Lucia había regresado con sus patines. Cuando le contó lo del niño, ella sonrió.

—¿Ya no hay hora límite de llegada en esta ciudad para los adolescentes? —preguntó Derringer.

Ella negó con la cabeza.

—Ya no.

Derringer alzó una ceja.

–¿Cuándo la eliminaron? –pensó que Lucia debería saberlo porque su padre había formado parte del ayuntamiento de la ciudad de Denver durante años.

Ella sonrió con dulzura.

–La eliminaron cuando Bane cumplió dieciocho años.

Derringer se la quedó mirando durante un segundo, vio que estaba hablando en serio, echó la cabeza hacia atrás y se rió con tantas ganas que la gente se les quedó mirando.

–Estás montando una escena, Derringer Westmoreland –susurró ella.

Derringer sacudió la cabeza y la atrajo hacia sí.

–¿Hay algún lugar en el que Bane no haya dejado su marca?

–Según mi padre, la respuesta a esa pregunta es «no». Y ahora vamos para allá, anciano, o ese niño volverá para decirnos que nos apartemos.

Derringer le pasó el brazo por la cintura.

–Yo te enseñaré quién es un anciano aquí –dijo tomándola de la mano para tirar de ella.

Eran más de las tres de la madrugada cuando Derringer llevó a Lucia a casa, y sonrió cuando la acompañó dentro. Le había llevado su tiempo, pero finalmente le había mostrado a ese niño bocazas por qué se había ganado una reputación como patinador cuando era joven. Y entonces, cuando el niño se enteró de que era un Westmoreland, primo del famoso Bane Westmoreland, tuvo que firmarle un autógrafo.

–¿Puedes creer que esos chicos crean que Bane es

una especie de héroe? –preguntó dejándose caer en la butaca de Lucia.

Ella se rió entre dientes mientras se sentaba en el sofá frente a él.

–Sí, puedo creerlo. Bane era lo suficientemente osado como para hacer todas esas cosas terribles que seguramente a ellos les gustaría intentar aunque sepan que no pueden. Dime, ¿quién en su sano juicio huiría en el coche del sheriff mientras él le está poniendo una multa a alguien, aparte de Bane? Se convirtió en toda una leyenda, no hay más que leer las cosas que las chicas escribían en las paredes del baño del instituto sobre los gemelos y él.

Derringer la miró.

–¿Cómo sabes lo de los baños? Eso fue después de que tú terminaras el instituto.

Lucia sonrió y se recostó en los cojines.

–Tenía una prima pequeña a la que le gustaba Aidan y siempre hablaba de él y de los problemas en los que se metían Aidan, Adrian y Bane.

Derringer sacudió la cabeza y se rió entre dientes al recordar aquella época.

–Y no nos olvidemos de Bailey. Era igual de mala. En algún momento consideramos la posibilidad de enviarles a los cuatro a una academia militar, pero eso sería como renunciar a ellos y no fuimos capaces de hacerlo.

Una expresión seria cruzó por su rostro antes de que dijera:

–No le he dicho a Ramsey ni a Dillon bastantes veces lo mucho que les agradezco que mantuvieran a la familia unida. Perder a mis padres y a mis tíos al mismo tiempo fue duro pata todos, pero ellos nos ayudaron a superarlo.

Derringer pensó en lo que acababa de decirle, y se dio cuenta de que nunca había compartido aquellos sentimientos con nadie, y menos con ninguna mujer.

–Estoy segura de que saben que agradeces lo que hicieron, Derringer. La prueba está en los hombres y mujeres honrados y triunfadores en los que os habéis convertido todos. Eso es un testimonio en sí mismo. Los Westmoreland habéis conseguido algo que la gente no pensaba que lograríais.

Derringer alzó una ceja.

–¿Y qué es?

–Respeto –una sonrisa rozó los labios de Lucia–. Y admiración. Me gustaría que te hubieras fijado en la cara de ese niño esta noche cuando se dio cuenta de que eres un Westmoreland.

Derringer resopló.

–Sí, pero me admiraba por las razones equivocadas.

–Eso no importa.

En el fondo sabía que Lucia tenía razón. No importaba, porque al final lo que Dillon y Ramsey habían conseguido era un éxito. Estiró las piernas pensando en cómo había disfrutado durante toda la velada de la compañía de Lucia. Era la primera vez que se lo había pasado bien de verdad con una mujer. Había sido ella misma y no había tratado de impresionarle ni de llamar su atención. Incluso durante el trayecto de ida y vuelta a la pista de patinaje había disfrutado de la conversación, y aunque resultara difícil de creer, tenían muchas cosas en común y compartían los mismos intereses. A ambos les gustaban las películas del Oeste, las buenas comedias y eran fans de Bill Cosby y de Sandra Bullock. Lucia también montaba a caballo y le gustaba ir de caza.

Pero sobre todo le gustaba estar con ella, compartiendo espacio y respirando el mismo aire. Sonrió al pensar que tampoco se le daban mal los patines. Había disfrutado recorriendo la pista con ella, escuchando su risa y viéndola sonreír. Y le había encantado pasarle la mano por la cintura cuando patinaban.

—Lo he pasado de maravilla esta noche, Derringer. Me he divertido de verdad.

Derringer la miró. En algún momento Lucia se había quitado las botas y se había sentado sobre las piernas en el sofá. Recordó cómo aquellas mismas piernas se habían enredado en su cintura mientras hacían el amor. Cuanto más tiempo pasaba con ella, más cosas recordaba de la noche que habían pasado juntos.

—Yo también lo he pasado muy bien —aseguró.

—Eres muy bueno con los patines.

—A ti tampoco se te da mal —Derringer se preguntó por qué estaba allí sentado charlando con ella cuando lo que de verdad deseaba hacer era reunirse con ella en el sofá.

Por el modo en que estaba moviendo los dedos sobre la rodilla, podía decirse que le estaba poniendo nerviosa.

—Lucia, ¿te molesta que esté aquí?

—¿Por qué dices eso?

—Porque yo estoy aquí y tú allí —contestó sin vacilar.

Vio cómo se lamía nerviosamente el labio inferior y al instante la parte baja de su cuerpo respondió.

—No hay nada que te obligue a estar allí, Derringer —dijo Lucia con voz dulce.

Él no pudo evitar sonreír ante su seducción. Tenía razón. No había nada que le retuviera en aquella butaca cuando lo que más deseaba era estar en el sofá con ella. Sabía que lo que debería hacer era ponerse de pie, darle de nuevo las gracias por la velada y salir por la puerta para no volver jamás, pero siguió sentado durante un minuto. Sabía con certeza que no iba a hacer algo así.

Y también sabía que Lucia no tenía ni la más remota idea de lo que provocaba en él, lo que significaba para él estar allí. Pensaba que la intensa atracción que sentía hacia ella estaba relacionada con la noche que habían hecho el amor. Pero eso no tenía ningún sentido, porque les había hecho el amor a muchas mujeres con anterioridad y no habían dejado en él la misma huella. Entonces, ¿por qué el tiempo con ella era distinto, y por qué estaba tan dispuesto a aceptarlo?

La respuesta hizo que temblara por dentro. Sintió una presión en el pecho y la sangre le discurrió con más fuerza por las venas. Lucia estaba clavada dentro de él y sólo conocía una manera de sacarla de allí. Cuando hicieron el amor no estaba completamente consciente, y tal vez aquél fuera el problema. Ahora necesitaba hacerle el amor con plena lucidez aunque sólo fuera para sacársela de sus pensamientos. Entonces podría seguir adelante con su vida y ella con la suya. Pero antes de que todo terminara, tenía intención de decirle que sabía que ella era la mujer que le había visitado aquella noche.

Derringer decidió que estaba pensando demasiado en lugar de actuar, y se levantó de la butaca.

***

No había hacia dónde huir ni dónde refugiarse.

Lucia sabía en el fondo que no quería hacer ninguna de las dos cosas mientras observaba cómo Derringer se acercaba lentamente a ella. ¿Por qué se estaba poniendo tan tensa y tan nerviosa? ¿No había tomado la decisión de seducirle aquella noche? Pero parecía como si Derringer hubiera decidido tomar él mismo las riendas.

Su visita había sido una sorpresa. No esperaba verle aquella noche. Era la última persona que esperaba encontrarse en su casa. No sólo había aparecido, sino que además había vuelto a salir con ella. A patinar. Era su segunda cita, y había asegurado que estaba allí porque necesitaba verla.

Sabía que eso no era más que una frase hecha, y que a los hombres como Derringer se les daba bien decir cosas así. Decían lo que pensaban que las mujeres querían oír. Pero eso no le había impedido salir con él, disfrutar de los momentos que había pasado a su lado y ser lo suficientemente avariciosa para querer más. Tomaría todo lo que Derringer le quisiera dar. Al día siguiente se despertaría y se odiaría a sí misma por ser tan débil, pero también tendría un sonrojo de mujer satisfecha dibujado en el rostro.

No le cabía ninguna duda de que Derringer tenía intención de hacerle el amor. Lo había hecho con anterioridad, y a juzgar por la intensa y oscura mirada de sus ojos, pensaba volver a hacerlo. Y aquella noche no encontraría ninguna resistencia, porque le amaba con toda su alma y estaba secretamente agradecida de poder pasar aquel tiempo con él.

Derringer se colocó a su lado en el sofá.

–Hay algo seductoramente dulce en tu aroma, Lucia.

Otra frase hecha, estaba convencida.

–¿Ah, sí?

–Sí. Provoca que mi cuerpo arda por ti –dijo pasándole el brazo por los hombros.

Lucia dejó escapar un profundo suspiro y pensó que le encantaría creer lo que le estaba diciendo, pero sabía que no debía. En cualquier caso, aquella noche todo eran deseos. Además, resultaba difícil no derretirse ante aquella mirada tan intensa que le estaba dirigiendo y el modo en que la abrazaba. Y estaba tan cerca que cada vez que hablaba su respiración cálida le rozaba los labios.

Entonces Derringer se apartó ligeramente y la miró pensativo.

–No te crees una palabra de lo que estoy diciendo, ¿verdad?

Lucia se mordisqueó el labio inferior. Podría mentir fácilmente y decirle que sí, pero en el fondo sabía que no le creía. Alzó la barbilla.

–¿Importa algo si te creo o no, Derringer?

Él siguió mirándola durante un instante con expresión inescrutable, y durante una décima de segundo Lucia pensó que iba a decirle algo, pero no lo hizo. Sin embargo, le sujetó la barbilla con las yemas de los dedos, acercó la boca a la suya y empezó a besarla con un ansia que hizo que Lucia gimiera.

El corazón le latió con fuerza cuando le capturó la lengua con la suya y empezó a hacer todo tipo de cosas eróticas en ella, succionándosela como si fuera el último día de sus vidas. Era el tipo de beso que hacía olvidar a una mujer que era una dama.

Lucia deseaba aquello. Deseaba cada momento porque sabía que aquella fantasía tenía un límite de tiempo. Todo el mundo en la ciudad sabía que Derringer se cansaba enseguida de las mujeres. Había algunas que se empeñaban en mantenerse ahí a toda costa, pero Lucia se negaba a ser una de ellas. Tomaría lo que pudiera y se quedaría satisfecha.

Cuando Derringer dejó de besarla para cambiar de posición y apoyarla contra los cojines del sofá, Lucia se movió encantada con él. Alzó la vista para mirarle cuando colocó su cuerpo encima del suyo. Podía sentir su dura erección entre los muslos.

Derringer bajó la cabeza y comenzó a mordisquearle el cuello y a lamerle la barbilla.

—Demasiada ropa —le escuchó decir Lucia un instante antes de que le quitara el jersey sin previo aviso.

Lo arrojó al suelo y procedió a bajarle los pantalones.

La miró y sonrió al ver su ropa interior de encaje rojo. Lucia se preguntó qué estaría pasándole por la cabeza y por qué parecía tan fascinado con su lencería. Entonces Derringer volvió a mirarla a los ojos.

—Me gustan las mujeres que llevan encaje —susurró con voz ronca antes de volver a bajar y tomarle la boca de nuevo.

Tenía los labios muy calientes y no se cortó en deslizar la lengua donde le apetecía mientras la besaba con embates lentos y profundos. Y cuando sintió sus dedos acercarse hacia los senos y deslizarse bajo el sujetador para acariciarle un pezón, Lucia estuvo a punto de caerse del sofá por las sensaciones que la atravesaron.

—Derringer… —susurró con voz ahogada.

Aquello estaba empezando a ser demasiado y Lucia tembló de forma casi descontrolada, consciente de que lo que había escuchado durante años era cierto. Derringer Westmoreland era demasiado para cualquier mujer.

Lucia estaba equivocada. Sí le importaba que creyera lo que le decía.

Aquel pensamiento cruzó por la mente de Derringer mientras continuaba besándola con un ansia que no lograba comprender. ¿Qué tenía Lucia que le hacía desear saborearla entera, hacerla gemir sin piedad y torturarla una y otra vez antes de explotar en su interior? La idea de hacer aquello último provocó que la entrepierna le latiera.

Se retiró un tanto, quería que ella viera lo que estaba haciendo. Lo que estaba a punto de hacer. Cuando le desabrochó el cierre delantero del sujetador se le aceleró el pulso al ver sus senos liberados. Eran grandes, firmes y maduros y con unos pezones oscuros que se afilaron todavía más ante sus ojos.

Y cuando inclinó la cabeza para capturar uno de aquellos picos con la boca, Lucia gimió y cerró los ojos.

–Mantenlos abiertos, Lucia. Mírame. Quiero que veas lo que te hago.

Vio cómo ella despegaba los párpados cuando se introdujo uno de sus pezones en la boca y comenzó a succionárselo, y cuanto más la escuchaba gemir, más presión ejercía con la boca.

Pero no era suficiente. Su aroma estaba llegando hasta él y necesitaba tocarla, saborearla, hundirse en aquella femenina fragancia que era exclusivamente suya. Dejó un seno y se fue hacia el otro mientras deslizaba la mano bajo sus braguitas de encaje. Y cuando sus dedos recorrieron la humedad de sus femeninos pliegues, Lucia se retorció contra su mano y dejó escapar un gemido mientras susurraba su nombre.

Derringer levantó la cabeza para mirarla a los ojos.

–¿Sí, cariño? ¿Quieres algo?

En lugar de responder, Lucia empezó a temblar mientras los dedos de Derringer entraban en ella y empezaba a acariciarla al tiempo que observaba el despliegue de sensaciones y expresiones que aparecieron en su rostro. La expresión maravillada mezclada con placer que vio en su mirada en respuesta a sus caricias fue lo más dulce que Derringer había visto en su vida.

El deseo se apoderó de él con la fuerza de un huracán y supo que tenía que hacerle el amor de la forma más primitiva. Se echó hacia atrás, se puso de pie y siguió sosteniéndole la mirada mientras se quitaba las botas, los calcetines y se bajaba la cremallera de los vaqueros. Se tomó su tiempo para sacar un preservativo del bolsillo trasero y lo sujetó entre los dientes mientra se quitaba los pantalones y dejaba al descubierto su enorme erección.

–Derringer…

Si decía su nombre así, en apenas un hilo de voz, perdería el control. El sonido provocó deliciosos escalofríos en su espina dorsal y corría el riesgo de alcanzar el orgasmo en cuanto entrara en ella. Y no quería eso. Quería saborear el momento, hacer que durara todo lo que pudiera.

Cuando estuvo completamente desnudo, se paró delante de ella y vio cómo su mirada se deslizaba por su cuerpo, observando partes de él que probablemente no había visto la noche que estuvieron juntos.

Cuando pensó que ya había transcurrido suficiente tiempo, se inclinó para quitarle la última prenda de ropa que le cubría el cuerpo. Las braguitas. Le acarició el centro de su feminidad y Lucia contuvo el aliento. Derringer tiró el envoltorio del preservativo que estaba sujetando entre los dientes.

–Estás empapada, cariño –dijo con voz ronca–. Sé que no me crees, pero hay algo en ti que me vuelve loco.

Cuando iba a bajarle las braguitas por las piernas, le susurró:

–Levanta las caderas y dobla las piernas para mí.

Ella obedeció, y cuando le quitó las braguitas, en lugar de dejarlas a un lado se pasó el encaje por la cara antes de guardarlas en el bolsillo de atrás de sus vaqueros. Sabía que Lucia estaba observando cada uno de sus movimientos y que probablemente estaría preguntándose qué se habría apoderado de él para hacer algo así.

Había algo que deseaba hacer en aquel momento todavía más que montarla. Saborearla. Deseaba saborear toda aquella dulzura que provocaba el aroma femenino que disfrutaba aspirando. Estaba convencido de que se había vuelto adicto a aquel olor.

Inclinó la cabeza y, antes de que ella pudiera respirar, presionó la boca abierta sobre los húmedos y calientes labios femeninos de su sexo. Lucia gimió tan profundamente que su cuerpo empezó a temblar. Pero Derringer se mantuvo concentrado en el placer que le esperaba mientras la acariciaba indolentemente con la lengua, saboreándola con un ansia que sabía que ella no podía entender pero de la que pretendía que disfrutara.

Porque él sin duda lo estaba disfrutando.

Ya sabía que ninguna otra mujer tenía su aroma. Y ahora estaba igual de convencido de que ninguna otra mujer sabía tampoco así. Era un sabor único. Suyo sólo. Y en el momento, por muy absurdo que pareciera, estaba también convencido de que era suyo. Sentía un instinto de posesión que no había experimentado nunca con ninguna otra mujer. La idea tendría que haberle aterrorizado, pero había ido ya demasiado lejos para que le importara.

Cuando el calor y el deseo unidos reverberaron por su mente supo que tenía que estar dentro de ella o arriesgarse a explotar allí mismo. Apartó la boca de ella, echó la cabeza hacia atrás y dejó escapar un gemido salvaje. Luego se la quedó mirando fijamente mientras se limpiaba sus jugos de los labios. Sentía como si formara parte de un sueño excitante y erótico, y estaba deseando hacerlo realidad. Y sólo había un modo de hacerlo.

La tomaría en aquel momento.

Sin decir una palabra, le abrió los muslos y le depositó un beso en cada uno antes de colocarse encima de ella. Lucia arqueó instintivamente la espalda y le rodeó el cuello con los brazos.

Se miraron a los ojos mientras Derringer descendía y la dura cabeza de su virilidad encontraba lo que quería y se abría camino a través de su humedad. Se detuvo cuando había recorrido medio camino, disfrutando de la sensación de sus músculos apretándole, envolviéndole.

Quería tomarse las cosas con calma, pero al sentir cómo le apretaba gimió, y cuando con un malicioso e inesperado movimiento le lamió un pezón antes de introducírselo en la boca y succionarlo con deseo, Derringer aspiró con fuerza el aire y la embistió con fuerza.

Al escucharla gritar, se disculpó con voz susurrada.

–Lo siento. No quería hacerte daño. Quédate quieta un instante.

Derringer utilizó aquella pausa para lamerle las comisuras de la boca, y cuando Lucia abrió los labios con un dulce suspiro, introdujo la lengua dentro y la besó con una pasión y un deseo brutales.

Entonces sintió cómo la parte inferior del cuerpo de Lucia se movía bajo el peso del suyo. Dejó de besarla.

–Eso es, cariño –la animó al oído–. Tómalo. Toma todo lo que quieras.

Derringer mantuvo el cuerpo quieto mientras ella se movía y se apretaba contra él, hundiendo las caderas en los cojines del sofá antes de volver a elevarlas, arqueando la espalda en el proceso. Luego empezó a rotar las caderas, subiéndolas y bajándolas.

Derringer se quedó paralizado al recordar el preservativo que había dejado a un lado y supo que necesitaba ponérselo ahora. Pero que Dios le ayudara, no podía hacerlo. Se sentía increíblemente bien dentro de ella. Mantuvo el cuerpo inmóvil hasta que no pudo seguir soportándolo y se unió a ella, hundiendo más profundamente su erección en su interior. La embistió con movimientos precisos y concentrados que sintió por todo el cuerpo. Creía que su primera noche juntos había sido lo máximo, pero nada podía compararse con esto. Nada podía competir con la increíble sensación de estar dentro de ella de aquel modo. Nada. Desesperado por alcanzar el pico más alto con Lucia, tomó posesión total de ella besándola con pasión mientras sus cuerpos se unían del modo más primitivo y placentero conocido por la humanidad. Le susurró cosas eróticas al oído antes de sujetarle el rostro con las manos y mirarla fijamente mientras continuaba embistiendo apasionadamente su cuerpo con el suyo. Se miraron a los ojos y en aquel momento sucedió algo entre ellos que estuvo a punto de hacerle perder el equilibrio. Algo le dijo en su mente que aquello tenía que ver con el instinto de posesión.

Derringer quiso gritar que aquello no era posible. Él no reclamaba a ninguna mujer como suya. Lo que hizo fue gruñir salvajemente cuando su cuerpo hizo explosión, y entonces escuchó el grito de Lucia cuando alcanzó el éxtasis. Siguió embistiéndola, guiándolos a ambos más allá de las estrellas.

Capítulo Ocho

Lucia movió lentamente la cabeza, abrió los ojos y entonces se despertó de golpe cuando un rayo de sol atravesó la ventana de su dormitorio y le dio directamente en la cara. Fue entonces cuando sintió un cuerpo masculino apretado contra su espalda y la cálida respiración de Derringer en el cuello.

Entonces recordó.

Habían hecho el amor en el sofá antes de trasladarse a su dormitorio, donde habían vuelto a hacer el amor antes de dormirse. En algún momento de la madrugada volvieron a hacer el amor otra vez. Todo parecía irreal, pero la presencia de Derringer en su cama era la prueba de que había sido real.

Le dolía todo el cuerpo, tenía muchas partes sensibilizadas, pero sobre todo entre las piernas, y no le sorprendería tener los labios hinchados de tantos besos que se habían dado. Se le sonrojaron las mejillas al pensar en las otras cosas que habían hecho también. Le había demostrado de un modo muy sexual que ella sabía montar un semental.

Cerró los ojos al pensar en cómo iba a manejar las cosas a partir de ahora. Sabía que la noche anterior tenía más significado para ella que para él, y eso podía superarlo. Lo que no podría manejar sería permitir que las cosas fueran más allá de lo que habían compartido aquellas últimas horas. Le amaba, y no quería entablar una relación sexual con él esporádica que empañara los recuerdos en lugar de ensalzarlos. No era lo suficientemente lista como para saber cuándo poner fin y seguir adelante. Ahora era el momento. Los ojos se le llenaron de lágrimas. Derringer siempre sería el dueño de su corazón, pero la realidad era que ella nunca tendría el suyo. Y conociéndose, nunca se conformaría con ser una más de la larga fila de mujeres que buscaban su atención. Prefería que las cosas entre ellos volvieran a ser como antes de que intimaran.

A su modo de ver, si nunca le tenía, no podría perderle. No podía arriesgarse a que Derringer le rompiera el corazón y sabía que no tenía lugar en su vida. Si empezaba a pensar en tener una relación seria con él sabiendo el tipo de hombre que era, se expondría a un dolor del que nunca podría recuperarse.

Seguiría amándole como hasta ahora, en secreto. Se había acostumbrado a ello, y no podía permitir que sus encuentros sexuales, por muy intensos que fueran, ocuparan su mente con falsas ilusiones.

Tragó saliva al sentir el pene de Derringer contra la espalda y trató de convencerse de que no sería una buena idea volver a hacer el amor con él una última vez. Pero en cuanto la atrajo hacia su cuerpo duro y masculino, supo que lo haría. Sería la despedida final a la intimidad entre ellos. Lo sabía aunque él no lo supiera.

—¿Estás despierta? —Derringer la giró entre sus brazos para mirarla.

El deseo se apoderó de ella en cuanto le miró a la cara. Con la cabeza apoyada en la almohada, sus ojos tenían la misma expresión de deseo que tenían la primera noche que hicieron el amor. Era una mirada sexy que se complementaba con la barba incipiente de sus mejillas. Ningún hombre tenía derecho a estar tan guapo por la mañana. Parecía rebelde y salvaje, y su aspecto le hacía desearle una vez más.

–Más o menos –dijo Lucia bostezando, pero no pudo evitar la excitación en el tono de voz.

Y cuando le dirigió una de aquellas sonrisas de vaquero, las sensaciones le atravesaron todo el cuerpo, pero sobre todo entre las piernas.

–Entonces deja que te despierte a la manera de Derringer Westmoreland –dijo capturando su boca al tiempo que ponía las piernas sobre las suyas, ajustando la posición para entrar en su cuerpo.

–Oh –susurró Lucia.

Y cuando enganchó su pierna en la suya y comenzó a moverse lentamente dentro y fuera de ella, pensó que no pasaba nada por salirse un poco de la carretera... porque sabía que acabaría en el cielo.

A Derringer se le borró la sonrisa cuando se estaba abrochando la camisa y miró fijamente a Lucia.

–¿Cómo que no podemos volver a hacer el amor?

Derringer observó el brillo de arrepentimiento de sus ojos antes de que dejara de cepillarse los dientes y se enjuagara la boca.

–Eso es exactamente lo que he dicho, Derringer. Anoche fue muy especial y quiero recordarlo así.

Derringer estaba confuso.

–¿Y crees que no podrás hacerlo si volvemos a hacer el amor?

–No. Sé que te acuestas con muchas mujeres, y no quiero ser una de ellas.

Él frunció el ceño, se cruzó de brazos y pensó que no le gustaba lo que le había dicho.

–Entonces, ¿por qué te acostaste conmigo anoche?

–Tenía mis motivos.

Derringer frunció todavía más el ceño. No pudo evitar preguntarse si aquellas razones serían las mismas que sospechaba que tenía desde el principio. Y no ayudaba pensar que cada vez que habían hecho el amor había sido sin protección. La primera vez había sido un desliz, y luego, después de eso, había escogido deliberadamente no pensar en ello.

No sabía por qué lo había hecho. Normalmente siempre utilizaba protección. Tal vez ahora Lucia estuviera esperando un hijo suyo.

–¿Y qué razones son ésas, Lucia?

–Prefiero no decirlas.

Derringer sintió una oleada de ira. Aquella respuesta no le valía.

–¡Oh! –gritó Lucia sorprendida cuando la levantó del suelo y se la colocó al hombro como un saco de patatas y la sacó del baño.

–¡Derringer! ¿Qué diablos te pasa? Bájame.

Lo hizo. La arrojó sobre la cama y se la quedó mirando fijamente.

–Quiero oír esas razones.

Lucia le mantuvo la mirada.

–No necesitas saberlas. Lo único que necesitas saber es que no volveré a acostarme contigo.

–¿Por qué? ¿Es que crees que ya estás embarazada y eso era lo que querías?

El asombro se reflejó en el rostro de Lucia.

–¿Embarazada? ¿De qué estás hablando?

–¿Estás tomando la píldora?

Derringer supo que su pregunta la había sorprendido.

–No.

Él frunció todavía más el ceño.

–Ésa es la única razón que se me ocurre para que una mujer permita que un hombre alcance el orgasmo dentro de ella. ¿Vas a negar que acostarte conmigo tanto esta vez como la anterior no tiene nada que ver con que quieras tener un bebé Westmoreland?

Derringer vio cómo tragaba saliva.

–¿La vez anterior?

–Sí –dijo él apretando los dientes–. Lo sé todo sobre tu visita la noche en que estaba drogado por la medicación.

Lucia parpadeó.

–¿Lo sabes?

–Sí. Y no puedo entender por qué tú, una virgen, se metió en mi cama y se aprovechó de mí. Y sí, recuerdo que eras virgen aunque no pudiera recordar tu identidad.

Ella se puso de cuclillas.

–¡No me aproveché de ti! –aseguró indignada–. Estaba ayudándote a volver a la cama porque te habías caído. Si acaso, fuiste tú el que se aprovechó de mí.

–Eso dices tú –Derringer podía ver cómo le salía humo por las orejas, pero no le importaba.

Lucia se levantó de la cama y se colocó delante de él, a escasos centímetros de su nariz.

–¿Estás insinuando que aquella noche me acosté contigo para quedarme embarazada? ¿Y que anoche y esta mañana he vuelto a hacerlo por la misma razón?

–¿Qué se supone que debo pensar?

Ella se apartó la melena de los hombros.

—Que tal vez soy distinta a todas esas mujeres con las que anda, y que no tendría un motivo así —le gritó.

—Has dicho que tenías tus motivos.

—Sí, los tengo, pero no tienen nada que ver con el deseo de quedarme embarazada de ti, sino con estar enamorada de ti. ¿Tienes alguna idea de lo que es estar enamorada de un hombre y saber que nunca te corresponderá?

—¿Enamorada de mí? —preguntó Derringer estupefacto—. ¿Desde cuándo?

—Desde que tengo dieciséis años.

—¿Dieciséis? —Derringer sacudió la cabeza—. Cielos, no lo sabía.

Ella se puso en jarras y le miró con unos ojos que echaban chispas.

—Se suponía que no debías saberlo. Era un secreto que pensaba llevarme a la tumba. Entonces, cuando supe que habías sufrido un accidente corrí a tu casa. Y cuando te caíste subí las escaleras a toda prisa para ayudarte a volver a la cama, pero tú no me soltabas.

Derringer alzó las cejas. Todavía estaba conmocionado por su confesión de amor.

—¿Estás diciendo que te forcé?

—No, pero no me habría metido en la cama contigo si no te hubieras colocado encima de mí. Y luego, cuando empezaste a besarme…

—No quisiste que parara —terminó por ella.

Lucia se sonrojó y supo que la había avergonzado.

—Mira, Lucia, yo…

—No, mira tú. Tienes razón. La idea de apartarte de mí sólo me asaltó un segundo, pero no lo planeé todo para quedarme embarazada ni aquella noche ni ninguna otra.

–Pero dejaste que te hiciera el amor sin ninguna protección.

Recordaba muy bien que tampoco había utilizado preservativo la última vez que se habían acostado.

–Entonces yo puedo acusarte a ti de lo mismo. De intentar dejarme embarazada –le espetó ella.

–¿Y por qué haría algo así?

–No lo sé, pero si tú estás dispuesto a pensar lo peor de mí, entonces yo también puedo hacer lo mismo. Anoche sacaste un preservativo de la cartera. ¿Por qué no te lo pusiste?

Derringer se puso tenso. Decir que estaba demasiado excitado con la idea de hacerle el amor sería admitir una debilidad que no quería reconocer.

–Creo que esta conversación se nos ha ido de las manos.

–Tienes razón. Quiero que te vayas.

Él arqueó las cejas.

–¿Qué me vaya?

–Sí. La puerta está por ahí –dijo Lucia señalando la entrada.

Derringer entornó los ojos.

–Sé dónde está la puerta, y no hemos terminado todavía esta conversación.

–No hay nada más que decir, Derringer. Ya te he contado más de lo que debería y me siento avergonzada por ello. Ahora que conoces mis sentimientos, no permitiré que te aproveches de ellos. Para mí es más importante que nunca proteger mi corazón. El modo en que me has mirado siempre no ha cambiado. La mayoría de las veces actuabas como si no existiera.

–Eso no es cierto. Ya te he dicho que hace unos años me sentía atraído por ti.

–Sí, y sinceramente, pensé que eso significaba algo y que me estabas buscando después de tanto tiempo. Ahora sé que sólo lo hiciste porque fui la que se acostó aquella noche contigo.

Lucia guardó silencio un instante y luego preguntó:

–¿Cómo lo supiste? Creí que no te acordabas de nada.

Derringer se metió las manos en los bolsillos de los pantalones.

–Oh, me acordaba perfectamente. Y te dejaste algo que sin duda despertó mi memoria. Algo rosa y con encaje. Pero no podía recordar a quién pertenecía. Mi sistema de seguridad me dio las respuestas que necesitaba. Mandé instalar cámaras de vídeo el mes pasado en mi propiedad. Tú eres la mujer a la que vi entrar en mi casa aquella noche, y la misma que vi salir a hurtadillas a la mañana siguiente con expresión de haber estado toda la noche haciendo el amor.

Lucia se ató con más fuerza el albornoz.

–Como te he dicho, ése no era el propósito de mi visita. Sólo quería asegurarme de que estabas bien.

–Aquella noche hubo tormenta. Tú odias las tormentas. Pero viniste a ver cómo estaba –dijo Derringer.

Aquella certeza provocó algo en su interior. Conocía la aversión de Lucia a las tormentas por una broma que le había hecho Chloe una vez sobre sus días universitarios en Florida y cómo reaccionaba ante las tormentas.

–Eso ahora no importa.

–¿Y si te digo que a mí sí me importa? –le preguntó él.

–Entonces te sugeriría que lo superaras –le espetó Lucia en respuesta.

–No puedo. Quiero volver a estar contigo.

Ella entornó los ojos.

–Y yo te he dicho que no vamos a volver a estar juntos así. Así que métete en esa cabeza dura que tienes que no voy a ser otra mujer con la que te acuestas. Ya tienes bastantes de ésas.

Derringer sintió en el estómago una sensación nueva. Debería marcharse y no volver y no preocuparse de si volvía a verla o no, pero por alguna razón se le había metido en la sangre y volver a hacer el amor con ella no había conseguido arrancarla de su ser. De hecho había sucedido completamente lo contrario; la llevaba más dentro que nunca.

–Te daré tiempo para que pienses en lo que he dicho, Lucia.

Se dio la vuelta para salir de la habitación, consciente de que le seguía los talones cuando se dirigió al salón.

–No hay nada que pensar –le espetó a su espalda.

Derringer se dio la vuelta tras agarrar el sombrero de la percha.

–Claro que sí. Volveremos a hacer el amor.

–¡No, no lo haremos!

–Sí lo haremos –repitió él dirigiéndose a la puerta–. Ahora te llevo en la sangre.

–Como seguro que te pasa con muchas otras mujeres de esta ciudad.

No tenía sentido decirle que, aunque en el pasado había tenido muchas mujeres, ninguna había conseguido calarle tan hondo. Cuando alcanzó la puerta, Derringer se puso el sombrero antes de volverse hacia ella.

–Descansa. Vas a necesitar fuerzas para cuando volvamos a hacer el amor.

–Ya te dicho que…

Derringer se inclinó y le calló las palabras que iba a decir con un beso, silenciándola de manera efectiva. Luego se estiró, sonrió a su rostro enfurecido y se tocó el ala del sombrero.

–Ya hablaremos más tarde, cariño –abrió la puerta y salió al exterior, sin importarle lo más mínimo que Lucia diera un portazo tras él con suficiente fuerza como para despertar a todo el vecindario.

Chloe se inclinó y le dio a Lucia un beso en la mejilla.

–Vamos, anímate. Puede que no esté tan mal.

Lucia se cubrió el rostro con ambas manos.

–¿Cómo puedes decir eso, Chloe? Ahora que Derringer sabe lo que siento, hará todo lo posible para encontrar mi punto débil y volver a llevarme a la cama. No tendría que habérselo contado.

–Pero lo has hecho, y ahora, ¿qué?

Lucia entornó los ojos.

–Ahora nada. Sé lo que busca y no lo va a conseguir. Y pensar que sabía que yo fui quien se acostó con él aquella noche cuando yo juraba que no tenía ni idea… Y ahora quiere añadirme a su lista.

Chloe alzó las cejas.

–¿Te lo ha dicho?

–No hizo falta. Su arrogancia lo decía todo.

Lucia dudaba de que pudiera llegar a olvidar su salida y cómo había asegurado que hablarían más tarde. Estaba muy enfadada con él. Lo único bueno de su forma de salir fue la hipnotizadora visión de su trasero antes de que ella cerrara de un portazo.

–Conozco a Derringer desde hace más tiempo que tú, Chloe. Y no conoce el significado de la palabra compromiso hacia una mujer –aseguró.

Su amiga se encogió de hombros.

–Tal vez esté preparado para cambiar.

Lucia puso los ojos en blanco.

–No creo.

–Quién sabe –Chloe apoyó un dedo en la barbilla–. De los tres solteros empedernidos Westmoreland, Jason, Zane y Derringer, creo que Jason será el primero en casarse. Después Derringer, y por último Zane –se rió entre dientes–. Me imagino a Zane gritando, dando patadas y protestando camino del altar.

Lucia no pudo evitar sonreír porque ella también se lo podía imaginar. Zane era más mujeriego todavía que Derringer. Jason no tenía tanta mala fama como los otros dos, pero también estaba considerado como un conquistador porque no se comprometía con ninguna mujer.

–Derringer está convencido de que va a volver a llevarme a la cama, pero voy a demostrarle lo equivocado que está.

Chloe le dio un largo sorbo a su té helado. Había salido de compras y decidió pasarse por casa de Lucia. Por desgracia, había encontrado a su mejor amiga de mal humor y no había tardado mucho en conseguir que le contara todo.

–Dime una vez más por qué no quieres volver a acostarte con Derringer.

Lucia puso los ojos en blanco y se reclinó en el sofá.

–Sé cómo tratan los Westmoreland a las mujeres. No quiero convertirme en una de esas chicas que se pasan la vida sentadas al lado del teléfono con la esperanza de recibir una llamada suya.

–Pero has estado esperando a Derringer durante años.

–No le he estado esperando. Sí, le amaba, pero sabía que él no me amaba a mí y lo aceptaba. Así estaba bien. Tenía una vida. No esperaba que me llamara ni que apareciera en la puerta sólo para darse un revolcón.

Chloe se rió.

–No fue en busca de un revolcón exactamente. Salió contigo.

–Pero eso no es relevante.

Chloe se inclinó hacia delante con una sonrisa.

–¿Y qué es lo relevante? Te advertí que cuando probaras a un Westmoreland te volverías adicta. Ya has estado con Derringer más de una vez, así que ten cuidado. Mantenerte alejada de él te va a costar trabajo.

Lucia sacudió la cabeza.

–Tú no lo entiendes, Chloe.

Su amiga sonrió con tristeza.

–Tienes razón, no lo entiendo. No entiendo que una mujer enamorada no intente atrapar por todos los medios al hombre que ama. ¿De qué tienes miedo?

Lucia miró Chloe.

–De fracasar. Eso me rompería el corazón –aspiró con fuerza el aire–. Tengo una prima que sufrió un ataque de ansiedad por un hombre. Tenía veinte años, y sus padres la enviaron desde Nashville a pasar una temporada con nosotros. Era sencillamente patética. Se iba a la cama llorando y se levantaba igual. Resultaba deprimente. Odio decir esto, pero estaba deseando que se recuperara lo suficiente para marcharse.

–Qué triste.

–Así son las cosas cuando te enfrentas a un hombre como Derringer.

Chloe alzó una ceja.

–Sigo pensando que te equivocas respecto a él.

Lucia sabía que no podría cambiar el modo de pensar de su mejor amiga; pero pensaba tomar todas las precauciones posibles en lo que a Derringer se refería. Ahora la veía como un reto porque era una mujer que no estaba dispuesta a seguirle el juego. Algunos hombres no se tomaban bien el rechazo, y le daba la sensación de que Derringer Westmoreland era uno de ellos.

Capítulo Nueve

Jason chasqueó los dedos delante de la cara de Derringer.

–Eh, tío, ¿has oído algo de lo que te he dicho?

Derringer parpadeó. Estaba demasiado avergonzado para admitir que en realidad no estaba escuchando. Lo último que recordaba era haber oído que el testamento del viejo Bostwick se iba a leer aquel día.

–Algo –dijo frunciendo el ceño–. Estabas hablando del testamento del viejo Bostwick.

Herman Bostwick era el propietario de las tierras que había al lado de las de Jason. Durante años le había prometido a Jason que si alguna vez pensaba en venderlas le avisaría a él antes que a nadie. El hombre había muerto mientras dormía y había sido enterrado un par de días atrás. No hacía falta ser un genio para detectar en la mirada de Jason que quería aquellas tierras y también a Hercules, el semental premiado de Bostwick. Un potro de Hercules sería un sueño hecho realidad para cualquier criador de caballos.

–¿Y a quién le ha dejado las tierras? –preguntó Derringer–. Espero que a su hermano no. Kenneth Bostwick es un hijo de perra y se aprovechará de nosotros todo lo que pueda si tenemos que comprarle la tierra y el caballo a él.

Jason sacudió la cabeza y le dio un sorbo a su cerveza.

–El viejo se lo ha dejado todo a su nieta. Kenneth está bastante enfadado.

Derringer alzó las cejas.

–¿A su nieta? No sabía que tuviera ninguna.

–No mucha gente lo sabía. Al parecer, el viejo y su hijo se enfadaron hace años, y cuando el muchacho se fue a la universidad nunca volvió por aquí. Se casó y se instaló en el sur. Tuvo una hija.

Derringer asintió y bebió de su cerveza.

–¿Así que la nieta se queda con las tierras y con Hercules?

–Sí. Lo bueno es que tengo entendido que es una señorita estirada de Savannah que seguramente no se vendrá a vivir aquí. Seguramente estará abierta a venderlo todo, y cuando eso ocurra quiero estar preparado para comprar.

Jason se sentó entonces en los escalones que había delante de él y Derringer miró hacia sus tierras. La tarde estaba tocando a su fin y seguía sin poder quitarse de la cabeza lo que había sucedido hacía un rato con Lucia. Si pensaba que lo suyo había terminado, estaba muy equivocada.

Miró hacia su primo.

–¿Has conocido alguna vez a alguna mujer que se te metiera en la sangre?

Jason se lo quedó mirando durante un largo instante. Estaba claro que la pregunta de Derringer le había pillado por sorpresa. Pero conocía a Jason; le gustaba darle vueltas a las cosas. A veces incluso demasiadas.

–No. No estoy muy seguro de que eso pudiera ocurrir. Al menos no a mí. La mujer que se me metiera en la sangre terminaría siendo la mujer con la que me case. No tengo ningún problema con sentar algún día la cabeza y casarme, ya ves. Algún día, cuando esté preparado, quiero formar una familia. Quiero darles a mi mujer y a mis hijos todo lo que he construido. Ya sabes lo que dicen, no puedes llevártelo contigo –Jason observó a Derringer con atención–. ¿Por qué lo preguntas? ¿Has conocido a una mujer que se te ha metido en la sangre?

Derringer apartó la vista un instante y luego volvió a mirar a Jason.

–Sí… Lucia.

–¿Lucia Conyers?

–Sí.

Jason se puso de pie y estuvo a punto de tropezarse con el botellín de cerveza.

–Maldita sea, tío, ¿cómo lo sabes? Sólo has salido con ella una vez.

Derringer sonrió.

–Dos veces. Anoche fuimos a patinar.

No dijo nada más. Quería saber qué le decía Jason. Pero él volvió a sentarse y guardó silencio.

–Es distinta –añadió Derringer tras unos instantes.

Jason le miró.

–Por supuesto que es distinta. No estás hablando de una de tus habituales cabezas huecas. Estamos hablando de Lucia Conyers, por el amor de Dios. Era una de las alumnas más brillantes de la escuela. ¿Te acuerdas de cuando Dillon y Ramsey le pagaron para que le diera clases a Bailey para que no se quedara atrás? Lucia tenía entonces sólo diecisiete años.

Derringer sonrió. Había olvidado aquel episodio. Y si había que creer lo que le había dicho antes, por aquel entonces ya estaba enamorada de él.

–Sí, me acuerdo.

–¿Y te acuerdas de cuando Megan sacó su primer sobresaliente en un trabajo de ciencias porque tuvo la inteligencia de hacerlo con Lucia?

Derringer se rió entre dientes. También se acordaba de aquello.

–Sí, me acuerdo.

Al menos ahora sí se acordaba.

–¿Y de verdad crees que alguien tan inteligente está destinada a ser tu alma gemela?

–¿Mi alma gemela?

–Sí, si una mujer se te mete en la sangre entonces significa que está destinada a ser tu alma gemela. Alguien con quien quieres pasar todo el tiempo. Piensa en ello, Derringer. Como te he dicho, Lucia no es ninguna cabeza hueca.

Derringer no dijo nada durante un instante mientras observaba sus botas, sonriendo y pensando que la pregunta de Jason tenía que tratarse de una broma. Luego alzó la vista y vio que le estaba mirando y esperando una respuesta. Así que le dio la única que tenía.

–Bueno, yo tampoco soy precisamente un burro, Jason. Pero ¿qué tiene que ver que ella sea inteligente? Y en cuanto a lo del alma gemela, si eso significa compartir cama con ella cuando me apetezca, entonces haré todo lo que esté en mi mano para convencerla de que es la elegida.

Jason puso los ojos en blanco y se rascó la barbilla pensativo mientras le miraba fijamente.

–Entonces, ¿estás diciendo que te has enamorado de Lucia?

Derringer parecía sorprendido.

–¿Enamorarme de ella? ¿Estás loco? Yo no diría tanto.

Jason estaba confuso.

–¿No tienes ningún problema para decir que es tu alma gemela y para acostarte con ella, pero no estás enamorado?

–Sí, eso es.

Jason sacudió la cabeza y sonrió.

–Odio tener que decirte esto, pero creo que no funciona así.

Derringer se terminó la cerveza y dijo:

–Mala suerte. Para mí sí funciona así.

El lunes por la mañana, Lucia estaba en medio de su despacho negándose a enternecerse con aquel enorme ramo de flores. Era precioso, y tenía que admitir que Derringer tenía buen gusto. Pero sabía lo que aquellas flores representaban. Quería volver a acostarse con ella y haría cualquier cosa con tal de conseguirlo. Deseaba que las cosas pudieran volver a ser como antes entre ellos, cuando Derringer no sabía nada sobre sus sentimientos. Pero ya era demasiado tarde para eso.

Seis horas más tarde, Lucia miró hacia las flores y sonrió. Seguían siendo tan bonitas como cuando se las habían entregado aquella mañana. Consultó el reloj. Saldría en un par de horas para ir directamente a clase. Los lunes eran siempre su día más ocupado con reuniones y conferencias por satélite con las demás sedes de la revista que había por todo el país. Y por la noche tenía clase.

Se quitó los zapatos, se reclinó en la silla y cerró los

ojos. La oficina cerraría en menos de veinte minutos, y como ella seguiría allí bastante tiempo, pensó que no había razón para que no se echara una pequeña siesta.

Con los ojos cerrados, no le sorprendió que apareciera en su mente una imagen de Derringer. Era guapísimo. Y arrogante. Frunció el ceño al pensar que era tan arrogante como guapo…

No supo cuánto tiempo se durmió. Pero recordaba que había soñado con Derringer, y que le había pedido que la besara. Él obedeció. Entonces se escuchó a sí misma gemir cuando su cerebro registró su sabor, y no pudo evitar pensar en lo real que era aquel sueño. También sintió las yemas de sus dedos en la barbilla mientras le devoraba la boca con la lengua. Podía aspirar su aroma masculino y robusto.

Siguieron besándose en sueños y Lucia se derritió cuando él exploró las profundidades de su boca. Nadie besaba como él, pensó mientras le hundía más la lengua. Había soñado en más ocasiones que la besaba, pero por alguna razón esta vez era distinto. Parecía de verdad.

Abrió los ojos de golpe y gritó al darse cuenta de que no era un sueño. Era auténtico. Le dio un empujón para apartarle de sí.

–¡Derringer! ¿Cómo te atreves a entrar en mi despacho y aprovecharte de mí?

Él se mojó los labios y sonrió.

–¿Del mismo modo que tú te aprovechaste de mí aquella noche? Para que lo sepas, Lucia, me has pedido que te besara. Cuando entré estabas susurrando mi nombre. Y te oí claramente pedirme que te besara.

—¡Estaba soñando!

Derringer sonrió con arrogancia.

—Me alegra saber que estoy en tus sueños, cariño.

Lucia se levantó de la silla y se cruzó de brazos. Cuando vio que la mirada de Derringer se dirigía directamente hacia su escote, los dejó caer y torció el gesto.

—¿Qué estás haciendo aquí y quién te ha dejado entrar en mi despacho?

Derringer se metió las manos en los bolsillos.

—He venido a verte y llegué cuando tu secretaria se estaba marchando. Me recordaba de la boda de Chloe y Ramsey y me dejó entrar —sonrió todavía más—. Supongo que pensaría que soy inofensivo. Llamé a la puerta un par de veces antes de entrar, y no lo hubiera hecho de no haberte oído pronunciar mi nombre.

Lucia tragó saliva. ¿De verdad había pronunciado su nombre?

—¿Por qué estás aquí?

—Para asegurarme de que te habían gustado las flores.

Lucia apartó la vista de él para clavarla en el gigantesco ramo que llevaba todo el día admirando. De hecho todo el mundo en la oficina lo había admirado, y sabía que se estaban preguntando quién lo había enviado. Miró hacia Derringer. De acuerdo, tal vez tendría que haberle llamado para darle las gracias; no quería darle ideas, pero al parecer ya tenía suficientes sin su ayuda.

—Sí, son preciosas. Gracias. Ya puedes irte.

Derringer sacudió la cabeza.

—Pensé que ya que estoy aquí podría llevarte a la universidad. Esta noche tienes clase, ¿verdad?

–Sí, pero ¿por qué iba a querer que me llevaras? Tengo coche.

–Sí pero no quiero que te pongan una multa de aparcamiento. Me has hablado del profesor que tienes los lunes y cómo odia que la gente llegue tarde. También mencionaste que esta noche tienes un examen. Vas a llegar tarde.

Lucia consultó su reloj y se quedó muy quieta. No era consciente de haber dormido tanto. Tenía que estar en clase dentro de veinte minutos y tardaría más tiempo en atravesar la ciudad. El profesor Turner ya había advertido a los alumnos que cerraría la puerta a las siete en punto, y Derringer tenía razón, aquella noche había examen final.

Se puso los zapatos y rodeó a toda prisa el escritorio para agarrar el bolso.

–¿Y cómo se supone que vas a llevarme más rápido que yo misma conduciendo? –preguntó saliendo a toda prisa por la puerta.

Derringer la seguía muy de cerca.

–Tengo mis maneras –aseguró sacando el teléfono del bolsillo–. ¿Pete? Soy Derringer. Necesito un favor.

Lucia miró hacia atrás mientras cerraba la puerta. Estaba llamando a Pete Higgins, uno de los ayudantes del sheriff y también uno de sus mejores amigos.

–Necesito escolta desde *Sencillamente Irresistible* hasta la universidad, y tenemos que estar allí en menos de quince minutos –Derringer sonrió–. De acuerdo, ya bajamos.

La miró cuando se guardó el teléfono en el bolsillo.

–Dejaremos tu coche aquí y volveremos a buscarlo después de clase.

Lucia frunció el ceño cuando entraron en el ascensor.

–¿Por qué no puedo llevar mi propio coche y que tu amigo Pete me escolte?

Derringer sacudió la cabeza.

–No funciona así. Sabe que estoy tratando de impresionar a mi chica.

–Yo no soy tu chica, Derringer.

–Claro que sí. ¿Por qué si no susurrarías mi nombre en sueños?

Lucia torció la cara y decidió que aquélla era una pregunta que no necesitaba contestación. Además, ¿qué respuesta iba a darle?

Cuando llegaron a la planta baja, las cosas sucedieron muy deprisa. Derringer le quitó la bolsa del ordenador del hombro y lo puso en la parte de atrás de su camioneta. Cuando la hubo instalado en el asiento del copiloto, Pete apareció con el coche patrulla, las sirenas encendidas y una gran sonrisa en el rostro. La saludó con una inclinación de cabeza antes de subir los pulgares mirando a Derringer.

Por suerte Lucia llegó a clase de una pieza y a tiempo. Una hora más tarde, cuando hubo terminado el examen y dejado el bolígrafo a un lado, en lugar de repasarlo para asegurarse de que no necesitaba hacer cambios de última hora, su mente se dirigió hacia Derringer.

Sacudió la cabeza. Qué no serían capaces de hacer algunos hombres por un trozo de carne, pensó. A pesar de lo que Chloe pensara, sabía que para él probablemente sólo sería eso. Por supuesto, estaba tratando de impresionarla para demostrar que tenía razón, y el hecho de que la hubiera pillado soñando con él era suficiente para que se pasara el resto del año con una bolsa de papel marrón tapándole la cara.

Y lo peor de todo era que iba a recogerla cuando terminara la clase. No tenía opción si quería volver a casa sin tener que tomar el autobús. Una parte de ella estaba furiosa por lo bien que le habían salido las cosas a Derringer en ese sentido. La llevaría a su coche y nada más. Si pensaba que iba a suceder algo más, estaba muy equivocado.

En cuanto salió de la facultad de Comunicaciones, miró a su alrededor. La camioneta de Derringer estaba aparcada y en una zona iluminada y estaba apoyado en ella como si la estuviera esperando, lo que resultaba extraño porque no sabía a qué hora iba a terminar la clase. ¿Habría estado allí todo el rato?

Lucia cruzó hasta donde él estaba.

–¿Cómo sabías que iba a salir ahora?

Derringer la miró mientras le abría la puerta de la camioneta.

–No lo sabía. Imaginé que tomarías un taxi hasta tu coche si yo no estuviera aquí, así que pensé que lo mejor que podía hacer era estar aquí cuando salieras.

Lucia frunció el ceño antes de subirse a la camioneta.

–¿Has estado aquí todo el rato?

–Sí.

–¿No tienes nada mejor que hacer? –le preguntó con frialdad.

–No.

Derringer cerró entonces la puerta y rodeó la camioneta para sentarse al volante. Cerró, se puso el cinturón y metió la llave en el contacto.

111

–¿No crees que te estás dejando llevar por la situación, Derringer?

Él se rió entre dientes.

–No.

Lucia puso los ojos en blanco.

–En serio, no creo que haya sido tan buena en la cama.

Los labios de Derringer dibujaron una sonrisa de satisfacción.

–Créeme, lo fuiste.

Lucia se cruzó de brazos mientras él salía del aparcamiento.

–Así que admites que se trata únicamente de sexo.

–No he dicho eso, así que no tengo nada que admitir. Ya te he dicho lo que quiero.

Ella le miró.

–Acostarte otra vez conmigo.

–Sí, pero no un par de veces más y ya. Estoy hablando del resto de mi vida. Eres mi alma gemela –Derringer sonrió pensando que aquello sonaba muy bien, y que tenía que agradecerle a Jason que le hubiera metido aquella idea en la cabeza.

Lucia estaba boquiabierta.

–¿Alma gemela?

–Sí.

–Eso es una locura –aseguró ella.

–Es la realidad. Acostúmbrate a ello.

Lucia se giró en el asiento todo lo que se lo permitió el cinturón de seguridad.

–No es la realidad y no voy a acostumbrarme a ello porque no tiene ningún sentido. Si esto tiene algo que ver con tu temor a que me haya quedado embarazada en nuestros encuentros anteriores, no tienes de qué preocuparte. Mi visitante mensual ha llegado esta mañana.

–No es eso, aunque si te hubieras quedado embarazada, sin duda habría sido importante. Pero como te he dicho antes, ahora estás dentro de mi sangre. Eras virgen y nunca antes había estado con una virgen.

–No es para tanto –aseguró ella con sarcasmo.

–Para mí sí.

Lucia se le quedó mirando y decidió no seguir discutiendo con él. Sólo serviría para levantarle dolor de cabeza. Se cambió de posición para sentarse más recta y cerró los ojos, pero no se durmió por temor a volver a despertarse con los labios de Derringer en los suyos.

Cada vez que se adormecía con el sonido del jazz suave de la radio, volvía a abrir los ojos y miraba por la ventanilla para ver los edificios por los que pasaban. Pensó que Denver era una ciudad preciosa, y que no había otro lugar así.

Debido a la falta de tráfico, llegaron a su oficina antes de lo que pensaba.

–¿Cómo te ha ido en el examen de hoy?

Lucia le miró cuando Derringer aparcó detrás de su coche. No pudo evitar sonreír.

–Creo que bien. Había muchas preguntas tipo test, pero también teníamos que escribir una redacción.

–Me alegro por ti.

–Gracias.

Lucia vio cómo se bajaba para abrirle la puerta. La ayudó a salir y se quedaron mirándose.

–Te agradezco todo lo que has hecho por mí esta noche, Derringer. Gracias a ti he llegado a tiempo a clase.

–No pasa nada, nena.

El término cariñoso le provocó un escalofrío.

–No me llames así, Derringer.

–¿Por qué no? –preguntó él apoyándose contra la camioneta.

–Porque estoy segura de que no soy la única mujer a la que has llamado así.

–No, es cierto, pero eres la única a la que se lo he llamado de verdad.

Lucia sacudió la cabeza mientras se acercaba lentamente a su coche con él al lado. El aire de abril era frío y todo el mundo hablaba de la tormenta de nieve que se acercaba para el fin de semana.

–No vas a rendirte, ¿verdad?

–No.

–Ojalá lo hicieras.

Se habían detenido al lado del coche de Lucia. Derringer sonrió de forma sensual.

–Y ojalá tú me dejaras volver a hacerte el amor, Lucia.

La irritación se reflejó en su rostro.

–Y sin embargo insistes en que me crea que no se trata sólo de sexo –sacudió la cabeza con tristeza pensando que Derringer no lo entendía.

Ella le amaba, y ahora que él sabía lo que sentía se negaba a conformarse con menos que con ser amada a su vez. Sabía que Derringer no se enamoraría de ella jamás, así que lo único que quería era seguir adelante con su vida sin él.

–Buenas noches, Derringer.

Derringer se apartó cuando ella entró en el coche y se alejó de allí a toda prisa.

***

114

Más tarde aquella noche, Derringer dio vueltas y vueltas en la cama. Finalmente se incorporó y encendió la luz. La habitación se iluminó y él se frotó la cara.

El día siguiente iba a ser muy importante para su incipiente negocio de cría y doma de caballos. De hecho, toda la semana iba a ser muy dura. Su primo Cole iba a traer más de cien caballos de Texas a finales de semana y necesitaban asegurarse de que todo estaba preparado. La tormenta de nieve que se esperaba para el fin de semana no ayudaba. Complicaba las cosas. Derringer buscó debajo de la almohada y sonrió cuando tocó el encaje. Tenía dos pares de braguitas de Lucia. Además de las rosas, contaba con las rojas que le había robado el último fin de semana. Se preguntó si las echaría en falta y se imaginó que no; en caso contrario lo habría mencionado.

Y no estaba embarazada. Derringer se sintió en realidad decepcionado cuando hizo el anuncio. Se había acostumbrado a la idea de que tal vez estuviera esperando un hijo suyo. Sabía que aquel tipo de pensamientos no tenían mucho sentido, pero así era.

Se recostó de nuevo pensando en que Lucia no se conformaría con aquello de «sólo sexo». Le había dicho que era su alma gemela, ¿qué más quería?

Conocía la respuesta sin tener que pensar mucho. Quería que la amara, pero eso no podría llegar a suceder. ¿Y si enfermaba gravemente o algo así y no podía llevarla al hospital a tiempo? ¿Y si sufría un accidente de coche y no sobrevivía? ¿Y si… y si la perdía como a sus padres? Un día estaban allí y al día siguiente no. Derringer se pasó las manos por la cara, no le gustaba la dirección que estaban tomando sus pensamientos. Se estaba asustando sin ninguna razón, sobre todo porque no tenía intención de unirse a ella de aquel modo.

Le gustaban las cosas tal y como estaban y no pretendía que ninguna mujer, ni siquiera Lucia, empezara a complicar las cosas. Pero la deseaba.

Tenía que existir un punto medio para ellos, algo en lo que ambos estuvieran de acuerdo. Tendría que ser algo que los satisficiera a ambos.

Se le ocurriría algún plan. Porque pasara lo que pasara, no tenía intención de renunciar a ella.

Capítulo Diez

Lucia cerró la tapa de la lavadora y se apoyó en ella pensando que Derringer no le había devuelto las braguitas que se había quedado la otra noche. El par rojo. Ahora tenía dos pares. ¿Qué iba a hacer con ellas, coleccionarlas como trofeos?

Se acercó a la ventana y miró hacia fuera. Hacía un día horrible. Las predicciones habían acertado. Cuando se despertó vio enormes copos de nieve cayendo fuera. Aquello era lo único que echaba de menos de cuando vivía en Florida. Estaban a mediados de abril, con la primavera abriéndose paso en la mayoría de los estados, y resultaba difícil creer que en otros lugares el sol brillara con fuerza. Una semana en Daytona Beach sonaba de maravilla. Al menos la nieve había esperado al fin de semana y la mayoría de la gente no tenía motivos para salir de casa.

Sus padres habían tomado la sabia decisión de ir un par de semanas a Tennessee para visitar a la hermana de su madre. Chloe había llamado por la mañana para charlar un rato y para decirle que Ramsey, el bebé y ella estaban acurrucados frente a la chimenea y pensaban quedarse así. Lucia suspiró con fuerza y pensó que en momentos así era cuando lamentaba ser hija única. A veces se sentía sola.

Se apartó de la ventana para entrar en la cocina, prepararse una taza de chocolate caliente y ver aquella película que tenía pensado ver la semana anterior. Entonces recordó por qué no la había visto.

Derringer se había pasado por allí.

No había vuelto a saber de él desde la noche que la había llevado a clase. Tal vez finalmente había admitido que sólo quería una cosa de ella y se había buscado a otra mujer dispuesta. La idea de que le hiciera el amor a otra le hacía daño, pero podría enfrentarse a ello como siempre había hecho. No era la primera vez que se enteraba de que el hombre al que amaba se acostaba con otras, ni tampoco sería la última. Pero le dolía saber que alguien más recibiría sus sonrisas, sus miradas y sus caricias. Una parte de ella deseaba no haber experimentado todo aquello ella misma. Pero otra parte de ella se alegraba de que así hubiera sido y no cambiaría ni un solo momento vivido.

Unos instantes más tarde, con una taza de chocolate en la mano, se dirigió hacia el salón para ver su película. Encendió la chimenea y se acurrucó en el sofá. En ese momento llamaron a la puerta. Frunció el ceño, preguntándose qué diablos llevaría a la señora Noel a cruzar la calle con aquel tiempo. Se puso de pie, dejó la taza de chocolate y el mando sobre la mesa y se dirigió a la puerta. Miró a través de la mirilla y contuvo el aliento.

¡Derringer!

Negando la oleada de calor que sintió al instante entre las piernas, suspiró con fuerza y luchó contra la ira que le subió por el pecho. No había sabido de él en una semana y entonces aparecía en su puerta sin avisar. No le importaba que le hubiera dicho que la dejara en paz. Resultaba evidente que pensaba que era una más de su lista. Bien, pues tenía noticias para él.

Lucia abrió la puerta e iba a preguntarle qué estaba haciendo allí, pero no le dio oportunidad de hacerlo.

Derringer no le dio a Lucia la oportunidad de hacerle ninguna pregunta. Se inclinó sobre ella y le cubrió la boca con la suya. No sólo quería silenciarla, también quería que el calor de sus besos la encendiera mientras estaban allí dentro con una tormenta de nieve cayendo en el exterior. A Derringer no le cabía duda de que su beso tenía la suficiente chispa y electricidad como para encender la ciudad entera de Denver. Y él lo sintió por todo el cuerpo.

Lucia no se le resistió, y eso estaba muy bien. No necesitaba su resistencia, lo que necesitaba era esto, su sabor en la lengua. Había tratado de no pensar en ello durante toda la semana. Con la llegada de los caballos se suponía que tenía suficiente para mantener su mente ocupada. Pero las cosas no habían sucedido así. Lucia se las había arreglado para meterse en sus pensamientos la mayoría del tiempo, y aquella mañana se había levantado con una necesidad de verla tan intensa que no podía comprenderla. Y nada, ni los gigantescos copos de nieve ni las temperaturas bajo cero le mantendrían alejado de ella. De esto.

Finalmente dejó de besarla. Habían entrado sin saber cómo en la casa y la puerta se había cerrado tras ellos. Lucia alzó la vista para mirarle y en aquel momento pensó que era la mujer más hermosa que había visto en su vida. No podía decir lo mismo de ninguna otra. Se estremeció al pensar en lo que acababa de hacer. Había comparado a Lucia con el resto de las mujeres que había conocido y ninguna podía compararse con ella. De hecho, Lucia se mostraba reacia a tener una aventura con él debido a las demás mujeres que había en su vida. Pero Derringer sabía que renunciaría a todas por ella.

Aquella certeza estuvo a punto de hacerle caer al suelo. ¿Derringer Westmoreland renunciaría a su estilo de vida por una mujer? ¿Se comprometería sólo con ella? Dejó escapar un profundo suspiro. Nunca había establecido una alianza así con ninguna mujer. Nunca había intentado dedicarse a ninguna en particular. Había muchas por ahí fuera, y le gustaba mariposear y sentirse libre. ¿Valía la pena renunciar a todo aquello por ella? Al instante supo que sí.

–¿Qué estás haciendo aquí, Derringer?

Él supo que había recuperado el control que ambos habían perdido cuando abrió la puerta. Fue él quien empezó con el beso, pero Lucia le había correspondido.

–Necesitaba verte –le dijo simplemente.

Ella puso los ojos en blanco.

–Eso fue lo que me dijiste la última vez.

–Y te lo vuelvo a decir.

Lucia aspiró con fuerza el aire y luego se giró para dirigirse hacia el sofá. Él la siguió pensando que al menos no le había pedido que se marchara… todavía. Lucia tomó asiento en el sofá y él se dejó caer en la butaca.

–Si querías salir con este tiempo tan malo, ¿por qué no has ido a visitar a Ashira Lattimore? Estoy segura de que tiene una cama caliente esperándote.

Lo último que necesitaba Derringer era admitir que había muchas posibilidades de que así fuera. Por lo que él sabía, a Ashira se le había metido en la cabeza que terminaría convirtiéndose en la señora de Derringer Westmoreland. No se casaría con Ashira ni aunque fuera la única mujer sobre la tierra. Era demasiado posesiva y dependiente. Por otro lado, la mujer que tenía delante no era nada posesiva y sí demasiado independiente. Y sin embargo aseguraba que le amaba, cuando sabía que lo único que Ashira buscaba era el apellido Westmoreland y todas sus posesiones.

–No es ella la mujer que quiero que me caliente la cama –afirmó mirándola con intención.

–¿Acaso a los hombres les importa qué mujer les caliente la cama?

A él nunca le había importado hasta ahora.

–No contestes, Derringer. Podrías incriminarte –se burló con amargura.

Aquello tendría que haber bastado para disuadirle, pero sintió que tenía que responder.

–Les importa a los hombres que han encontrado la mujer que buscan. Entonces están dispuestos a renunciar a las demás.

Lucia alzó una ceja y él supo entonces que pensaba que le tenía acorralado, porque sin duda no dejaría a las demás mujeres por ellas. Resultaba sorprendente su capacidad para adivinar lo que su chica estaba pensando.

¿Su chica?

Derringer sonrió y pensó que sí, que sin duda era su chica.

–¿Y quieres que me crea que estás dispuesto a dejar a las demás mujeres por mí? –preguntó ella con expresión de absoluta incredulidad.

–Sí, dejaría a las demás por ti –afirmó Derringer mirándola a los ojos con absoluta seriedad.

Lucia estuvo a punto de dejar caer la taza que tenía en la mano. Sacudió la cabeza.

–No digas tonterías.

–No digo tonterías –insistió él–. Estoy hablando muy en serio.

Ella se le quedó mirando un instante y luego le preguntó con cautela:

–¿Por qué?

–Porque tú eres la única mujer que deseo –afirmó.

–¿Pero el amor no tiene nada que ver con esto?

Derringer sabía que tenía que ser sincero con ella. No quería darle falsas esperanzas.

–No. El amor no tiene nada que ver con esto. Pero tendremos algo igual de importante.

–¿Qué?

–Respeto mutuo y cariño. Tú me importas, Lucia, en caso contrario no estaría aquí.

Ya estaba. Le había pintado la imagen que quería que ella viera. Ella le amaba y así lo había admitido, y Derringer no tenía razones para no creerla. Pero sabía que el amor de las mujeres era muy profundo y las cosas podían complicarse si ella esperaba que le correspondiera. Porque no iba a ser así.

–¿Estás dispuesta a aceptar ser la única mujer en mi vida durante una relación a largo plazo, Lucia?

Ella se le quedó mirando fijamente y no dijo nada, y luego, para asegurarse de que había entendido bien, le preguntó:

–¿Y durante ese tiempo no tendrás relaciones con ninguna otra mujer que no sea yo?

–No, te doy mi palabra. Algo que nunca le he

dado a ninguna mujer con la que he estado en el pasado. Tú eres la primera.

Lucia se quedó allí sentada mirándole para saber si estaba siendo completamente sincero. Aspiró con fuerza el aire. Le había dado su palabra, y todo el mundo sabía lo que para un Westmoreland significaba eso. Pero ¿podría resistir las tentaciones? ¿Y si se cansaba de ella y se sentía tentado a probar cosas nuevas con otra mujer?

–Si cambias de opinión sobre lo de la exclusividad, ¿me lo dirás? ¿No me enteraré por otros?

Derringer negó con la cabeza.

–No, no lo sabrás por otros. No te haría algo así, Lucia. Cuando esté dispuesto a poner fin a nuestra relación, si es que llega el día, tú serás la primera en saberlo –guardó silencio un instante e inclinó la cabeza–. Entonces, sí aceptas estas condiciones, ven aquí un momento, por favor –murmuró en seductora invitación.

Lucia vaciló, todavía no lo tenía claro. Sabía que entre ellos había mucha química sexual, podía sentirlo. En el día más frío de todo el año, él estaba allí sentado mirándola con más ardor del que debería estarle permitido a un hombre, y cada vez que le veía estaba más guapo. Sus ojos la tenían hipnotizada, y aquella boca sensual parecía estar llamándola, tentándola de un modo que no necesitaba ser tentada, ya que soñaba con él todas las noches.

Era la primera en admitir que su oferta de tener una aventura en exclusiva le había sorprendido, porque sabía que él no funcionaba así. De hecho, ninguno de los Westmoreland solteros se comportaba así con las mujeres. Entonces, ¿por qué se salía del camino conocido? Una cosa era segura: su sinceridad sobre la clase de relación que quería tener que con ella le había pillado por sorpresa. No le estaba prometiendo amor, aunque era muy consciente de lo que sentía por él. Le estaba ofreciendo una relación en exclusiva.

De pronto sucedió algo de lo que Lucia esperaba no arrepentirse. En aquel momento empezó a escuchar a su corazón y no a su cabeza. El corazón le decía que le amaba demasiado como para no aprovechar la oferta que le estaba haciendo. Entraría en aquella relación con los ojos bien abiertos y sin ninguna expectativa, pero sabiendo que cuando Derringer quisiera poner fin a su historia, se lo haría saber.

Eso significaba que mientras las cosas duraran podría pasar con él todo el tiempo que deseara. Sería la única mujer que compartiría su cama. La única que contaría con la atención total de Derringer Westmoreland. Se miró la mano y aceptó el hecho de que la única objeción era que nunca le pondría un anillo en el dedo.

Alzó la vista y se miró en aquellos ojos oscuros y profundos que la estaban observando. Y esperando. Y mientras le sostenía la mirada, se excitó pensando en todas las cosas que probablemente harían juntos como pareja en exclusiva.

Se humedeció los labios con la punta de la lengua y observó cómo la mirada de Derringer se fijaba en todos y cada uno de sus movimientos mientras se ponía despacio de pie. Y entonces él también se levantó y en aquel momento Lucia se dio cuenta de lo que estaba haciendo. Algo con lo que ella no contaba. La estaba esperando a mitad de camino.

Derringer empezó a andar hacia ella cuando Lucia empezó a andar hacia él y se encontraron en el medio.

–No estaba seguro de que fueras a dar esos pasos –susurró Derringer con voz ronca cuando estuvieron frente a frente mirándose.

–Yo tampoco.

Entonces él le sujetó la cara entre las manos y tomó posesión de su boca del modo en que ya la tenía acostumbrada.

Cuando Lucia empezó a responder a sus besos apasionados, Derringer supo lo que ambos querían y necesitaban. Y aquél era el día perfecto para ello. Dejó de besarla y la tomó en brazos para dirigirse con paso decidido al dormitorio. Desearla tanto era una locura, pero más le valía acostumbrarse a ella.

La colocó sobre la cama y se retiró al instante para quitarse a toda prisa la ropa, que lanzó por todas direcciones. Y por primera vez desde que hicieron el amor, se tomó su tiempo para ponerse un preservativo.

Cuando volvió a la cama, tomó la mano de Lucia y la atrajo hacia sí para quitarle la ropa, desnudándola lentamente. Aquel día llevaba braguitas blancas, pero no eran de abuela. Además, ni el color ni el estilo de su ropa interior le importaban.

–Bonitas bragas –dijo guardándolas en el bolsillo trasero de sus vaqueros.

–¿Por qué haces eso? Ya tienes dos . ¿Hay algo que yo debería saber? –preguntó cuando Derringer dejó sus vaqueros otra vez en el suelo y se tumbó en la cama con ella.

–Sí –dijo él estrechándola entre sus brazos–. Tengo que dormir todas las noches con ellas debajo de la almohada.

Lucia se quedó boquiabierta.

–Estás de broma, ¿verdad?

Derringer sonrió.

–No, no estoy de broma. Y antes de que lo preguntes, la respuesta es no. Nunca había coleccionado ropa interior de otras mujeres, Lucia. Sólo la tuya.

Vio la expresión confundida de su rostro y pensó que ya tendría tiempo de pensar en otro momento en lo que acababa de confesarle. Necesitaba contar con toda su concentración para lo que quería hacerle en aquel momento.

Ahora que era suya, quería conocer cada rincón de su cuerpo. Le tomó la barbilla con la mano, obligándola a volver a mirarle. Le dio la impresión de que todavía estaba tratando de entender lo que le había dicho sobre la braguitas.

Derringer sonrió, pensando que hacia allí era donde quería dirigir su atención.

Lucia observó la sonrisa sensual que se dibujó en labios de Derringer y supo que estaba metida en un problema. Por alguna razón, sabía que aquella sesión de amor iba a ser diferente, pero no sabía en qué sentido.

–Nos vamos a quedar aquí todo el fin de semana –le susurró él en voz tan baja que sintió cómo le ardían los dedos de los pies y le subía el calor por todo el cuerpo.

Lucia estaba tratando de entender lo que le había dicho sobre quedarse allí todo el fin de semana. ¿Estaba haciéndole saber que pretendía tenerla allí, en la cama, la mayor parte del tiempo? Antes de que pudiera seguir pensando en ello, Derringer alzó una mano y la dirigió directamente hacia su seno, donde comenzó a juguetear con uno de sus oscuros pezones.

–Me gustan tus senos. Sobre todo lo bien definidos que están y lo fácilmente que me los puedo introducir en la boca. Así.

Inclinó la cabeza y su lengua rígida le lamió el pezón durante un instante antes de introducírselo en la boca y empezar a succionarlo.

Lucia cerró los ojos mientras una multitud de sensaciones se le arremolinaban en la juntura de los muslos en respuesta al movimiento de los senos. La boca de Derringer era como una aspiradora que atraía cada vez más su pezón hacia el interior de su boca mientras su lengua caliente practicaba todo tipo de perversiones. Cambió de seno para introducirse el segundo pezón, y ella observó con los ojos entornados cómo continuaba devorándola así.

Unos instantes más tarde, Derringer se apartó para ponerse de cuclillas y mirarla con una sonrisa de satisfacción en los labios. Entonces fue cuando sintió el deseo en él, y la idea de que la deseara tanto le provocó una oleada de excitación en la sangre.

–Y ahora las almohadas –dijo agarrando las dos y colocándoselas bajo las caderas.

Lucia no tuvo que preguntar qué iba a hacer y gimió suavemente ante la visión que se le pasó por la mente. Cuando la tuvo en la posición que deseaba, con la parte inferior de su cuerpo elevada a la altura que quería, siguió mirando aquella parte de su anatomía.

–Eres preciosa –susurró–. Toda tú. Pero sobre todo en esta parte –dijo extendiendo la mano y acariciándole suavemente el muslo por dentro, permitiendo que sus dedos se dirigieran hacia los femeninos pliegues que ella sabía que estaban húmedos y preparados para sus caricias.

Lucia no pudo evitar responder y gimió mientras sus dedos continuaban acariciándola de aquel modo tan íntimo, provocando en su interior una oleada de sensaciones. Cuando insertó dos dedos en su interior, dejó escapar un gemido profundo y echó la cabeza hacia atrás, incapaz de evitar que las caderas se le apretaran contra las almohadas. Y cuando Derringer inclinó la cabeza, le clavó los dedos en los hombros.

–El aroma está muy relacionado con el sabor –susurró él respirando contra sus femeninos pliegues–. Estás muy húmeda –dijo con suavidad soplando a través de sus labios–. Como no puedo secarte con aire, voy a tener que hacerlo lamiéndote.

Sus palabras transformaron todas las células de su cuerpo en un estado salvaje. Lucia se agitó instintivamente contra su boca y él respondió agarrándole las caderas y deslizando la lengua en sus femeninos pliegues.

–¡Derringer!

Le soltó los hombros para agarrarse a su cabeza. No para apartarle, sino para mantenerle allí. Allí, en aquel ángulo perfecto, en aquella posición tan sensual mientras su boca la devoraba como si fuera el alimento más sabroso que había probado en su vida.

Siguió gritando su nombre una y otra vez, pero eso no le detuvo. Utilizaba su lengua para marcar a la mujer que deseaba. Y la certeza de que ella era esa mujer hizo que se sintiera más y más hipnotizada por cada caricia de su lengua.

Y cuando no pudo seguir soportándolo y su cuerpo empezó a convulsionar violentamente en un gigantesco orgasmo, Derringer no se retiró, sino que siguió haciéndole el amor de aquella manera hasta que el último escalofrío le hubo recorrido el cuerpo. Entonces fue cuando le retiró las almohadas de debajo del cuerpo antes de montarla.

–Lucia.

Su nombre fue un suspiro ansioso en labios de Derringer. Un ansia que sólo se había apaciguado ligeramente. Y cuando abrió los ojos y le miró en el momento exacto en que entraba en ella, abrió las fosas nasales y sintió cómo su virilidad crecía todavía más dentro de ella.

–Tómame, nena. Agárrate a mí. Sácame todo lo que quieras –le pidió en un tono gutural.

Lucia apretó los músculos y le agarró con ellos, presionándolo. Lo único que pudo hacer Derringer fue echar la cabeza hacia atrás, consciente de que estaba a punto de disfrutar de la cabalgada de su vida. Aquél iba a ser un encuentro que nunca olvidaría.

Empezó a moverse, a embestirla entrando y saliendo, y cuando ella empezó a moverse al mismo ritmo y se escuchó el sonido de la carne contra la carne, Derringer dejó escapar un gruñido rabioso. Y cuando Lucia le enredó las piernas a la cintura y frotó los senos contra su pecho, se inclinó sobre su boca y capturó los labios con los suyos.

Derringer pensó que no había nada comparable a

besar a una mujer mientras se le hacía el amor, sabiendo que tu cuerpo estaba profundamente plantado dentro del suyo, sabiendo que se acercaba un clímax estruendoso por el horizonte. Y cuando Lucia gimió dentro de su boca, se retiró y la miró porque quería ver el momento exacto en el que el orgasmo la atravesaba.

Observó fascinado y sin aliento cómo el placer que le estaba proporcionando le desfiguraba las facciones, la hacía temblar. Fue entonces cuando sintió cómo su propio cuerpo hacía explosión, y la penetró más profundamente de lo que había ido nunca.

—¡Lucia!

Ninguna mujer había hecho nunca algo parecido con él, reducirle a una bola de sensaciones que le hacían retorcerse. Le sujetó las caderas mientras las sensaciones seguían atravesándole, apoderándose de él en cada nuevo y desesperado embate.

Y cuando Lucia alcanzó de nuevo el clímax, él estaba ahí con ella y sus cuerpos convulsionaron violentamente mientras un placer sin restricciones los llevaba a ambos más allá.

—¿Cómo vamos a explicarle la situación a tu familia, Derringer?

Él abrió los ojos y giró la vista para mirar a Lucia. Se habían echado una siesta tras su última sesión de amor y ella estaba apoyada en él, todavía desnuda y con los mechones de cabello cayéndole desordenadamente por los hombros. Derringer miró detrás de ella, hacia la ventana. ¿Ya estaba oscureciendo? No habían desayunado ni comido todavía.

–¿Derringer?

Él giró la vista para mirarla y vio la ansiedad en sus ojos y el modo en que se estaba mordiendo nerviosamente el labio inferior.

–No les debemos ninguna explicación, Lucia. Somos adultos.

–Lo sé, pero…

Al ver que no terminaba la frase, Derringer decidió terminar por ella.

–Pero van a pensar que has perdido la cabeza por salir conmigo.

Sabía que era cierto y no le gustaba cómo sonaba. Su familia conocía su reputación mejor que nadie, y no les sentaría bien que tuviera una aventura con Lucia. Pero como le había dicho, eran adultos.

–Van a pensar que a la larga me harás daño –dijo ella con voz pausada.

–Entonces supongo que tendré que demostrar lo contrario, porque no voy a permitir que lo que ellos piensen cause un problema entre nosotros. Además, ya saben que hemos salido un par de veces, y cuando vean lo entregado que estoy contigo se ocuparán de sus propios asuntos. Pero no es de mí de quien deben preocuparse –sonrió–. Zane y Canyon son probablemente tan mujeriegos como Raphel.

–¿Tu bisabuelo, el que se casó con todas aquellas mujeres? –preguntó Lucia.

–Bueno, todavía están tratando de averiguar si eso es verdad. Por ahora, las dos mujeres que creíamos que fueron sus primeras esposas no lo eran. Dillon le ha pasado a Megan toda la documentación que ha ido recopilando. Está decidida a averiguar si Raphel vivió realmente todas aquellas vidas –aseguró poniéndose de pie–. Creo que voy a darme una ducha y luego iré a tu cocina para ver qué puedo preparar.

–¿Vas a cocinar para mí? –Lucia parecía sorprendida.

Él no pudo evitar sonreír.

–Sí, pero tengo una razón para ello. Cuando te dije antes que quería tenerte aquí encerrada todo el fin de semana hablaba en serio.

Derringer se inclinó y la besó en la boca. Aquélla era una tormenta de nieve que nunca olvidaría.

Capítulo Once

–¿Y cómo van las cosas entre Derringer y tú?

Lucia sintió un escalofrío ante la mención de aquel nombre. Chloe y ella habían decidido almorzar en McKay's, y en cuanto la camarera les tomó nota y se marchó, Chloe había empezado a interrogarla.

El tiempo había empezado a mejorar un poco el domingo por la noche, y Derringer le había dicho que fueran a su rancho y que fuera a trabajar desde allí el lunes. La había incluso ayudado a preparar la bolsa para pasar allí la noche. Lo que no esperaba era que sus hermanos y sus primos se presentaran el lunes a primera hora para ver cómo estaba porque no habían sabido nada de él en todo el fin de semana. A Lucia no se le había escapado la expresión de sorpresa de sus rostros cuando bajó las escaleras vestida para trabajar, dejando claro cómo había pasado Derringer aquellas horas de nieve y con quién.

Eso había sido hacía un par de semanas.

–Hasta el momento muy bien. Me gusta estar con él.

Y así era. Derringer la había llevado al cine varias veces y la había recogido en el trabajo, y también había pasado varias noches en su casa.

Chloe sonrió.

–Me alegro. Y Ramsey también. Está viendo cambios en Derringer.

Lucia alzó las cejas mientras le daba un sorbo a su té helado.

–¿Qué clase de cambios?

–Paz. Tranquilidad. Parece más centrado, menos salvaje. Todos los Westmoreland consideran que eres buena para él.

Lucia se mordió nerviosamente el labio inferior.

–Espero que no se hagan ilusiones. Ya te dije que lo que hay entre Derringer y yo es sólo temporal. Se aseguró de dejarlo muy claro.

Chloe le restó importancia a sus palabras.

–Todos los hombres piensan al principio que nada es para siempre. Son muy pocos los que tienen el amor en mente. Callum era una excepción. Sabía que amaba a Gemma antes de que ella lo sospechara.

–Pero Derringer no me ama. Me lo ha dicho claramente. Estoy en esta relación sin ninguna venda en los ojos.

Más tarde, en la oficina, recordó las palabras que le había dicho a Chloe mientras miraba el enorme ramo de flores que había sobre su mesa y que habían llevado mientras ella estaba comiendo. La tarjeta decía simplemente: *Estoy pensando en ti*.

Lucia sintió un escalofrío ante la emoción de volver a verle. Era viernes e iban a ir a patinar otra vez.

El intercomunicador de su mesa sonó, sobresaltándola.

–¿Sí?

–Señorita Conyers, la señorita Ashira Lattimore ha venido a verla.

Lucia sintió un nudo en la garganta. ¿Por qué querría verla Ashira Lattimore? Sólo había una manera de averiguarlo.

–Gracias, Wanda. Dile que pase.

No transcurrió mucho tiempo antes de que la otra mujer llamara a la puerta con los nudillos.

–Adelante.

Ashira entró, y estaba tan guapa como las otras veces en las que Lucia la había visto. Pero sabía que su belleza sólo era fachada. Había escuchado incontables historias sobre aquella mujer caprichosa y egoísta que se creía la dueña de Derringer. En cierto modo, le sorprendía que Ashira no se hubiera enfrentado a ella hasta ahora.

–Ashira, qué sorpresa. ¿Qué puede hacer *Sencillamente Irresistible* por ti? –Lucia empastó una sonrisa falsa.

La otra mujer no se molestó en devolverle la sonrisa.

–He estado fuera visitando a una pariente enferma en Dakota, Lucia, y quería que supieras que ya he vuelto.

Lucia se cruzó de brazos.

–¿Y se supone que eso tiene que significar algo para mí?

La mujer miró el ramo de flores, hizo una pausa y luego dijo:

–Creo que sí, en lo que a Derringer se refiere. No sé si te lo ha contado, pero nosotros tenemos un acuerdo.

–¿Ah, sí?

–Sí. No importa con quién coquetee, siempre vuelve comigo. Le conoces desde hace tiempo y seguro que estás al tanto de nuestra historia.

–Por desgracia no, y el hecho de que vengas a verme para reclamar un supuesto derecho que crees tener dice mucho. Me hace pensar que no estás tan segura de ti misma como parece —dijo con más fuerza de la que sentía.

—Piensa lo que quieras. Sólo recuerda que cuando haya terminado contigo volverá a mí. Tenemos planes de casarnos algún día.

A Lucia se le cayó el alma a los pies al escuchar aquello.

—Felicidades para los dos. Y ahora, si has terminado, creo que deberías marcharte.

Fue entonces cuando Ashira sonrió, pero la sonrisa no le llegó a los ojos.

—Muy bien, pero recuerda mi advertencia. Estoy intentando ahorrarte el dolor.

La mujer salió entonces de su despacho.

Derringer clavó la mirada en el rostro de Lucia.

—¿Te encuentras bien? Estás muy callada esta noche.

Habían regresado a casa de Lucia después de patinar, pero ella casi no había abierto la boca desde que la recogió aquella noche.

Lucia sonrió.

—Sí, estoy bien. Ha sido una semana dura de trabajo y me alegro de que sea fin de semana. Lo necesitaba.

Derringer la estrechó entre sus brazos.

—Yo también. Esta semana van a llegar más caballos, y la semana siguiente empezarán a aparecer todos mis parientes para el baile benéfico de los Westmoreland. Vas a venir conmigo, ¿verdad?

Lucia parecía sorprendida de que se lo hubiera pedido.

–¿De verdad quieres llevarme?

–Por supuesto, ¿por qué lo preguntas?

–No sé. No estaba muy segura de qué planes tenías.

Derringer tenía en la punta de la lengua decirle que tuviera los planes que tuviera siempre la incluirían a ella, pero no lo hizo. Últimamente estaba sintiendo cosas por Lucia que no comprendía y en las que prefería no indagar.

–He oído que Gemma viene a pasar unos días a casa –dijo ella atajando sus pensamientos.

Derringer sonrió.

–Sí, tengo muchas ganas de verla. Me entristeció que se fuera a Australia, pero Callum la ama y sabemos que está cuidando bien de ella.

–Sí, él la ama.

Había algo en su tono de voz que sonaba reflexivo, como si se estuviera preguntando qué se sentiría al ser amada así por un hombre. Durante un instante Derringer no supo qué decir, así que decidió no decir nada. Lo que hizo fue inclinar la cabeza para besarla. Y cuando ella le echó los brazos al cuello y le devolvió apasionadamente el beso, la tomó en brazos y subió con ella las escaleras hasta el dormitorio.

Increíble.

Derringer aspiró con fuerza el aire. Había sido maravilloso, como siempre que hacía el amor con Lucia. Era una mujer increíble. La miró y vio que se había quedado dormida con el cuerpo pegado al suyo. La habitación estaba en silencio, y su mente recordó todas las cosas que habían hecho juntos durante las últimas semanas, y no sólo las del dormitorio.

Le gustaba llevarla a sitios, que le vieran con ella y pasar tiempo a su lado. La exclusividad estaba funcionando, pero sabía que se debía a Lucia. No pensaba en ninguna otra mujer. No deseaba a ninguna otra. Y su temor interno a que algo le sucediera se iba calmando con el paso de los días. Cuando sopesaba todas las posibilidades y pensaba en lo que podía llegar a ocurrir, nada le parecía más importante que pasar tiempo con ella, estar con ella. El resto de su vida. La amaba.

Derringer aspiró con fuerza el aire porque en aquel momento no podía imaginarse estar sin ella. Quería vivir cada día intensamente a su lado, amarla completamente. Era la única mujer que deseaba, era su alma gemela y algún día sería su mujer.

Su mujer.

Una sonrisa se le asomó a los labios. Ninguna otra mujer merecía aquel título. Y estaba decidido a que Lucia y sólo ella lo llevara. Sabía que no debía precipitarse. Tenía que tomarse las cosas con calma y creer que algún día se daría cuenta de que era la única mujer que podía convertirse en su esposa.

Los siguientes días transcurrieron muy deprisa y todo el mundo estaba emocionado cuando Gemma volvió a casa y confirmó el rumor de que Callum y ella iban a ser padres dentro de siete meses. Se decidió organizar una comida al aire libre para darle la bienvenida a la pareja y celebrar la buena noticia. Había otro bebé Westmoreland en camino.

Derringer, sus hermanos y sus primos estaban jugando a la herradura cuando alguien tocó la campana y anunció que era la hora de comer. Los hombres entraron en la cocina de Dillon para lavarse las manos, y Zane se inclinó para susurrar:

–Parece que Lucia es una Westmoreland más, Derringer.

Él deslizó la mirada hacia el jardín, donde ella estaba ayudando a Chloe y a Megan a poner la mesa. Zane tenía razón.

Parecía que aquél fuera su lugar, sobre todo porque lo era. En cierto modo siempre lo había sabido. Y ahora estaba esperando pacientemente a que ella también se diera cuenta.

Habían pasado mucho tiempo juntos últimamente. Para él se había convertido en rutina ir a casa a ducharse después de trabajar con los caballos y luego dirigirse todos los días a casa de Lucia. Las clases habían terminado, y ella estaba la mayoría de las noches en casa ahora. Cocinaban juntos la cena, a veces iban al cine, y los viernes por la noche iban a patinar. Pero también disfrutaba de las ocasiones en las que se quedaban acurrucados en el sofá viendo vídeos.

Como si hubiera presentido que la miraba, Lucia alzó los ojos al instante y entre ellos se produjo una conexión instantánea y una química sexual, como siempre ocurría. Derringer sonrió con coquetería y se tocó el ala del sombrero a modo de saludo. Ella también sonrió antes de volver a centrarse en lo que estaba haciendo.

–Creo que te gusta –dijo Zane recordándole a Derringer que estaba ahí.

Derringer sonrió a su hermano, pero se negó a morder el anzuelo.

–Claro que me gusta. A todos nos gusta.

–Vamos, no seas idiota, Derringer. Estás enamorado de ella. Admítelo.

Derringer se limitó a sonreír y volvió a mirar hacia donde Lucia estaba sentada. Las mujeres se habían arremolinado en el porche para escuchar las historias de Gemma sobre su aventura australiana y cómo se estaba acostumbrando a su papel como la señora de Callum Austell.

Derringer no podía evitar seguir mirando a Lucia.

Cada vez que la veía o pasaba tiempo a su lado se enamoraba más y más de ella. Ahora entendía por qué Dillon, que había salido de casa para investigar los rumores que habían oído sobre Raphel, regresó menos de un mes después convertido en un hombre prometido. Pensó que su primo se había vuelto loco, pero cuando conoció a Pam y vio cómo Dillon se iluminaba cuando estaba cerca de ella, lo entendió. Pero nunca pensó que algo parecido pudiera ocurrirle a él.

Se había equivocado.

Derringer se centró en el presente cuando Jason les contó las últimas noticias sobre la nieta de Savannah del viejo Bostwick. La gente estaba diciendo que la mujer iba a venir a la ciudad dentro de un par de semanas para reclamar su herencia. Jason estaba ansioso y deseando que la joven aceptara la oferta que iba a hacerle por Hercules y por las tierras.

–Parece que tenemos visita –susurró Canyon.

–Al menos tú, Derringer.

Derringer frunció el ceño cuando vio al deportivo de Ashira Lattimore parándose en la entrada. No pudo evitar preguntarse qué querría, teniendo en cuenta que sabía que no estaba invitada. Además, Ashira y sus hermanas no se llevaban bien.

–Hola a todos –saludó ella agitando la mano como si tuviera todo el derecho a estar allí.

El rostro se le iluminó cuando vio a Derringer y se dirigió directamente hacia él.

–Derringer, cariño, te he echado de menos –le echó los brazos al cuello y le plantó un beso en los labios delante de todo el mundo.

Él le apartó los brazos y se la quedó mirando.

–¿Qué estás haciendo aquí, Ashira?

–He venido a verte –respondió ella con un puchero.

–Yo no vivo aquí –murmuró Derringer molesto.

–Lo sé, pero no estabas en casa y tenemos que hablar.

–¿De qué?

Ashira se puso de puntillas y le susurró al oído:

–De ese caballo que quieres venderle a mi padre. Ya que lo va a comprar para mí, creo que tendremos que hablar del tema, ¿no te parece?

–Ahora mismo estoy ocupado, Ashira.

–Pero quieres hacer esa venta, ¿verdad? Mi padre está dispuesto. Quiere verte ahora en el rancho.

Derringer sabía que tenía que poner a Ashira en su sitio de una vez por todas, pero aquél no era el lugar para hacerlo.

–De acuerdo, vamos –dijo agarrándole la mano y tirando de ella hacia el coche–. Volveré enseguida –gritó girándose hacia la gente–. Tengo que ocuparme de un asunto.

Estaba enfadado. No le importaba tanto la venta del caballo como Ashira pensaba. Si pensaba que era una zanahoria que podía ponerle delante para que hiciera lo que ella quería, estaba muy equivocada. Tendría que haberla puesto en su sitio hacía muchos años.

Estaba tan decidido a llevarla a algún lugar apartado para decirle lo que pensaba que no se dio cuenta de la mirada victoriosa que la mujer le lanzó a Lucia por encima del hombro.

Chloe dejó escapar un suspiro.

–Creo que no deberías irte, Lucia.

Lucia se secó las lágrimas de los ojos.

–No tengo ningún motivo para quedarme –aseguró recogiendo sus cosas–. Lo has visto con tus propios ojos. Aparece Ashira y él se marcha. Quería demostrarme que lo que me dijo el otro día era cierto, y lo ha hecho.

Chloe sacudió la cabeza.

–Pero yo no creo que haya sido así. Según Zane y Jason, Derringer dijo que se trataba de un asunto de negocios, y seguramente tuviera que hablar con ella sobre el caballo que está intentando venderle a su padre.

–¿Y no podía esperar? Por favor, no pongas excusas a lo que he visto con mis propios ojos, Chloe. Ashira chasquea los dedos y él va tras ella. No quiero estar aquí cuando vuelvan –Lucia abrazó a Chloe–. Te llamaré más tarde.

Sabía que le costaría trabajo despedirse de los demás. Verían el dolor en sus ojos y sentirían lástima por ella. Pero logró hacerlo, sólo estuvo a punto de venirse abajo cuando Zane la estrechó entre sus brazos y le pidió que se quedara un poco más. Lucia forzó una sonrisa y le dijo que no podía antes de meterse en el coche a toda prisa y salir de allí.

***

Derringer regresó más de una hora después. No era su intención estar tanto tiempo fuera, pero cuando llegó a casa de los Lattimore se había encontrado con otro drama. Ashira le había hecho creer a su padre que las cosas entre ellos iban en serio, y lo primero que tuvo que hacer fue decirle a Phillip Lattimore que no era así. Y luego tuvo que hacerle saber a Ashira que no la consideraba como candidata a esposa, porque nunca se uniría a alguien tan mimado y egoísta como ella. Aquellas palabras no le habían sentado demasiado bien, y Derringer se había quedado varado en casa de los Lattimore. Tuvo que llamar a Pete para que fuera a buscarle.

En cuanto se bajó del coche patrulla de Pete supo que algo no iba bien. Entendía por qué todo el mundo le estaba mirando, seguramente preguntándose por qué Pete le había llevado en lugar de Ashira. Pero no sólo le estaban mirando, le miraban enfadados.

—Parece que tu familia está molesta contigo —dijo Pete.

—Sí, eso parece —reconoció Derringer—. Gracias por traerme.

Cuando el coche patrulla se hubo marchado, Derringer deslizó la mirada hacia el grupo que estaba en el jardín. Buscaba a una persona en particular, pero no la vio.

—¿Dónde está Lucia?

Fue Canyon quien respondió en tono beligerante.

—Oh, ¿ahora te acuerdas de que existe?

Derringer frunció el ceño.

—¿De qué estás hablando?

Dillon cruzó los brazos sobre el pecho.

—Invitaste a Lucia a venir y te largas con otra mu-

143

jer sin dirigirle siquiera una mirada. Esperaba algo más de ti, Derringer.

Derringer frunció todavía más el ceño.

–Las cosas no han sido así.

Ahora le tocó a Ramsey el turno de hablar.

–Así las hemos visto nosotros.

–Y también Lucia –le espetó Bailey–. No puedo creer que te marcharas de aquí con una de esas chicas tontas, con la más tonta de todas, y dejaras colgada a Lucia. Y encima apareces una hora después y crees que va a estar aquí esperándote. Eres un engreído.

–Ya os he dicho que las cosas no son así –dijo mirando a su alrededor a toda la familia.

–Vas a tener que convencer a Lucia de eso –aseguró Chloe con frialdad–. Sobre todo porque hace un par de semanas, Ashira fue a ver a Lucia a la revista y le aseguró que podría tenerte cuando quisiera, y que tenéis un acuerdo por el cual ella se convertirá en un futuro en tu mujer –añadió Chloe disgustada.

–Y una porra –gruñó Derringer.

–Da lo mismo. Ashira ha venido hoy aquí a demostrar que tenía razón y a ojos de Lucia lo ha conseguido.

–No permitiré que un malentendido como éste se interponga entre nosotros –aseguró él dirigiéndose hacia su camioneta–. Tengo que ir a verla.

No estaba en su casa cuando Derringer llegó, pero según su vecina, la señora Noel, había estado y había vuelto a salir poco después con una bolsa de viaje. Derringer no tenía ni idea de dónde podría haber ido. No se ponía al teléfono, aunque le había dejado varios mensajes. Sabía que sus padres seguían en Tennessee y no regresarían hasta dentro de una semana.

Pensando que tal vez hubiera ido a pasar la noche a su casa, fue hasta allí pero encontró el hogar de los Conyers vacío.

Era más de medianoche cuando volvió a su casa y se precipitó hacia el teléfono en cuanto lo escuchó sonar nada más abrir la puerta.

–¿Hola?

–Soy Chloe. Acabo de recibir una llamada de Lucia. Está bien y me ha pedido que no trates de verla ni de llamarla. Necesita tiempo.

–No, me necesita a mí igual que yo la necesito a ella. Tendría que haberme contado lo de la visita de Ashira y así yo le habría podido aclarar las cosas. Necesito hablar con ella, Chloe. No puedo soportar la idea de perderla.

–¿Y por qué no puedes perderla, Derringer? ¿Qué le hace distinta a las demás?

Sabía que Chloe le estaba pinchando. Era consciente de que estaba intentando conseguir que admitiera no sólo ante sí mismo sino también ante ella lo que sentía por Lucia.

–La amo –suspiró con fuerza–. La amo con toda mi alma.

–Entonces vas a tener que convencerla de algún modo, no sólo con palabras, sino también con hechos. Buenas noches, Derringer.

Chloe colgó el teléfono.

Capítulo Doce

Lucia estaba sentada en su escritorio contemplando el precioso ramo de flores que había recibido aquella mañana. Luego miró hacia los demás que habían llegado a lo largo de la semana. Todas las tarjetas decían lo mismo: *Tú eres la única mujer con la que quiero estar.*

Aspiró con fuerza el aire y deseó poder creerlo, pero por alguna razón no podía. Tal vez tuviera que ver con la expresión altiva del rostro de Ashira cuando se marchó aquel día con Derringer. Tenían una historia común. Esa mujer llevaba años detrás de Derringer, y parecía como si le perteneciera. Y según ella, daba igual con quién saliera Derringer porque se casaría con ella.

Lucia no pudo evitar preguntarse entonces por qué perdía el tiempo, pero sabía que no había respuesta. Seguiría amándole pasara lo que pasara. Siempre le había amado y siempre le amaría. Pero pasar más tiempo con él terminaría rompiéndole el corazón.

Al menos Derringer estaba respetando sus deseos y no había vuelto a intentar ponerse en contacto con ella. Seguramente Ashira y él estarían otra vez juntos, aunque Chloe insistía en que no era así. Por supuesto, se había inventado una excusa para explicar por qué se había marchado, la misma que le había contado a todo el mundo. Lo que él no sabía era que As-

146

hira iba contando por ahí una historia diferente. Aseguraba que Derringer había dejado la fiesta para ir a su casa y que habían hecho el amor de forma apasionada. Para Lucia era muy doloroso pensar que hubiera salido aquella mañana de su cama para saltar a la cama de otra menos de doce horas más tarde.

Alzó la vista cuando escuchó que llamaban a la puerta de su despacho.

—Adelante.

Chloe asomó la cabeza y sonrió.

—Corre el rumor por la oficina de que te han enviado más flores —cerró la puerta tras ella y admiró el ramo del escritorio de Lucia—. Son preciosas, como todas las que te ha enviado Derringer. Tienes que admitirlo.

Lucia sonrió sin ganas.

—Sí, son preciosas. Pero no significan nada.

Chloe tomó asiento frente al escritorio.

—¿Lo dices por lo que te contó Tanya McCoy cuando te llamó ayer, que había oído que Ashira y Derringer salieron de mi casa para practicar sexo salvaje en La Mazmorra de Derringer? Yo no me lo creo, y tú tampoco deberías.

Lucia luchó por contener las lágrimas.

—Durante todos estos años he amado a Derringer a distancia y todo estaba bien. Pero tuve que estropearlo todo al admitir que le amaba y permitir que invadiera mi espacio. Ahora tengo que volver a la situación anterior.

—Yo te sugiero que cambies de opinión sobre lo de no asistir al baile benéfico de los Westmoreland el sábado. Si te encuentras con Derringer, no pasa nada. Es hora de que le demuestres que lo has superado y que no vas a seguir escondiéndote para evitarle. No tienes por qué condenarnos a todos los Westmoreland al ostracismo por su culpa.

Lucia sabía que tenía razón. Gemma le había llamado aquella mañana, y también Megan y Bailey a principios de semana. Dejó el bolígrafo sobre el escritorio y miró a Chloe a los ojos.

—Puede que estés en lo cierto.

Derringer miró a su alrededor. Estaba rodeado de Westmoreland por todas partes y no pudo evitar sonreír. Una vez al año se reunía toda la familia, y ahora los Westmoreland de Atlanta y Montana estaban allí en Denver con sus mujeres para la celebración del baile.

En aquel instante sonó su teléfono móvil y al ver que era Chloe salió fuera a sentarse en el porche.

—¿Sí?

—Me debes una, Derringer. Si lo estropeas, tendrás que vértelas conmigo.

—Confía en mí, lo tengo todo planeado. Te estoy muy agradecido por haber convencido a Lucia de que viniera al baile.

—No ha sido fácil. Ashira y sus amigas están contando mentiras y diciendo que te acostaste con ella aquel día.

—Eso es mentira.

—Lo sé, pero ella está empeñada en extender el rumor. No sé qué tienes pensado para el baile, pero espero que sea algo bueno y espero que detenga a Ashira de una vez por todas.

Derringer asintió.

—Confía en mí. Así será.

***

–¿Seguro que estás bien, cariño?

Lucia miró a su padre, que tenía una expresión preocupada en el rostro.

–Sí, papá. Estoy bien.

–Bueno, lo que estás es preciosa –sonrió su padre.

Y lo cierto era que se sentía preciosa. Chloe se la había llevado el pasado fin de semana de compras, y finalmente se sentía como Cenicienta entrando al baile. Y como la auténtica Cenicienta, le daba miedo salir del baile sin su hombre.

En cuanto entró con sus padres en el gran salón de baile contuvo el aliento al ver la cantidad de gente que había. Pero en realidad no le sorprendía. La fundación Westmoreland apoyaba financieramente a muchas obras de caridad, y por eso la gente de Denver siempre la apoyaba.

Chloe la vio en cuanto entró por la puerta y la apartó del lado de sus padres repitiéndole una y otra vez lo espectacular que estaba. También se lo dijeron Bailey, Megan, Gemma y otras mujeres. Los hombres Westmoreland se dirigieron a ella con la naturalidad de siempre, y Lucia suspiró aliviada al ver que nadie se comportaba de forma diferente con ella aunque cabía la posibilidad de que Derringer se presentara del brazo de Ashira. En aquel instante, vio entrar a la otra mujer acompañada de dos amigas. Le sorprendió no verla con él.

Poco después, Lucia estaba bailando con Jason cuando Derringer hizo su aparición. Alzó la vista y trató de no entornarla al mirarle. Lo último que quería

149

era que supiera cuánto daño le había hecho, aunque estaba segura de que se lo imaginaba y por eso le enviaba aquellas flores.

–Lucia.

Ella deseó que no pronunciara su nombre así, con aquella ronquera que recordaba tan bien.

–Derringer.

–Estás preciosa.

–Gracias. Tú también estás muy guapo –no era mentira. Por alguna razón, aquella noche tenía mejor aspecto que nunca.

–Me alegro de que hayas venido. Y espero que te gustaran las flores.

–Sí, pero no van a servir para reavivar nuestra relación. Se ha acabado, Derringer.

Él negó con la cabeza.

–Lo nuestro nunca acabará. Si has leído todas esas tarjetas, entonces sabrás que eres la única mujer que deseo.

Lucia puso los ojos en blanco.

–Sí, claro, vete a contarle eso a otra.

Derringer sonrió.

–No tengo ningún problema en contárselo a todo el mundo.

Se dio la vuelta y le hizo un gesto a la orquesta para que dejara de tocar. Entonces, como si estuviera planeado, alguien le pasó un micrófono.

–¿Pueden escucharme un momento, por favor?

Asombrada, Lucia trató de retirar la mano de la suya.

–¿Qué crees que estás haciendo? –quiso salir corriendo y esconderse cuando sus palabras quedaron registradas en el micrófono y todo el mundo las oyó.

–Voy a hablar con el corazón –dijo sosteniéndole con fuerza la mano.

–En lo que se refiere a las damas no sabía que tuvieras corazón, Derringer –gritó Pete.

Lucia trató de no mirar a su alrededor porque sabía que todos los ojos estaban puestos en ellos. Estaban en medio del salón de baile, y todo el mundo se había acercado para ver qué pasaba.

Una sonrisa se dibujó en labios de Derringer, pero cuando se dio la vuelta y la miró a los ojos estaba muy serio. Entonces dijo con voz alta y clara:

–No sabía que tenía corazón hasta que Lucia se apoderó de él –hizo una pausa y añadió–: Y eso es algo que ninguna otra mujer ha sido capaz de conseguir.

Ella apartó la vista y se negó a creer lo que le parecía haber escuchado. No quería equivocarse respecto a lo que estaba diciendo. No podía ser verdad de ninguna manera.

Como si le hubiera leído el pensamiento, Derringer tiró de su mano para obligarla a mirarle.

–Es la verdad, Lucia. Estoy tan locamente enamorado de ti que no puedo pensar con claridad. Estás tan llena de bondad y de amor que no puedo imaginar no amarte. Y esto no es algo que haya descubierto esta mañana al despertarme. Hace tiempo que sé que te amo, pero no quería reconocerlo. Tengo miedo de amar a alguien y después perder a esa persona. Creo que muchos de los Westmoreland de Denver no podemos evitar sentirnos así debido a las tremendas pérdidas que tuvimos que soportar en el pasado. Pero quiero estar unido a ti. Tú me haces completo. Sin ti no soy nada.

Lucia no pudo evitar que las lágrimas le resbalaran por las mejillas. No podía creer lo que Derringer estaba diciendo. Le estaba declarando su amor delante de todo el mundo. De su familia. De los padres de ella. De sus vecinos y amigos. De Ashira. De las amigas y los padres de Ashira. Delante de todo el que quisiera oírle.

Estaba claro que Ashira y sus amigas no querían. Lucia las vio salir de allí. A ella no le importó. El hombre que llevaba toda la vida amando le estaba haciendo saber delante de todo el mundo que él la amaba también.

–Y cuando un hombre siente un amor así por una mujer –estaba diciendo Derringer–, escoge a esa mujer como compañera de vida. La mujer que quiere convertir en su esposa.

Lucia observó asombrada cómo se hincaba sobre una rodilla, le sujetaba la mano más fuerte y la miraba a los ojos.

–Lucia, ¿quieres casarte conmigo? ¿Quieres llevar mi apellido y ser la madre de mis hijos? A cambio yo seré el mejor marido del mundo para ti. Te amaré, te honraré y te cuidaré mientras viva. ¿Quieres casarte conmigo?

Mientras trataba de recuperarse de aquella proposición pública, sintió cómo le deslizaba un anillo en el dedo. Bajó la vista. El diamante brillaba tanto que casi la cegó. Lo único que pudo hacer fue quedarse mirándolo maravillada.

–Tienes una proposición sobre la mesa, Lucia. Por favor, respóndele a este hombre –gritó alguien entre la gente.

Ella no pudo evitar sonreír mientras se secaba las

lágrimas. Era la voz de su padre. Miró a Derringer a los ojos. Seguía de rodillas, esperando.

—Oh, Derringer —dijo a través de las lágrimas—. Sí. Sí, me casaré contigo.

Sonriendo, él se puso de pie y la estrechó entre sus brazos para besarla apasionadamente. Lucia no supo cuánto tiempo duró el beso. Lo único que supo fue que la orquesta estaba tocando otra vez y que la gente bailaba a su alrededor. A ellos no les importaba. Aquélla era su noche e iban a disfrutarla.

Horas más tarde, Derringer y Lucia estaban tumbados desnudos en la cama en la que todo había comenzado, en la mazmorra de Derringer.

—Te amo —susurró él con dulzura—. Lamento todos los años en los que no fuiste la única mujer para mí.

Lucia le sonrió.

—No estabas preparado para una relación seria entonces, y en cierto modo me alegro —se rió—. Además, tenías que impresionar a mi padre.

—¿Y crees que lo he conseguido?

—Sí. Acercarte a él y pedirle permiso para casarte conmigo te ha granjeado sin duda muchos puntos. Vas a ser su yerno para toda la vida.

—Cariño, tengo intención también de ser tu marido toda la vida.

Derringer se inclinó para capturar su boca con un beso. Lucia era suya, y su amor no había hecho más que empezar.

Epílogo

Un mes y medio más tarde

–De acuerdo, Derringer, puedes besar a la novia.

Una amplia sonrisa iluminó las facciones de Derringer cuando estrechó a Lucia entre sus brazos. Era la mujer a la que amaba, a la que deseaba, y cuando capturó su boca con la suya supo que compartirían una maravillosa y larga vida juntos.

Finalmente la soltó y se giró hacia sus invitados mientras el sacerdote les presentaba como el señor y la señora de Derringer Westmoreland. Le gustaba cómo sonaba aquello, y se preguntó por qué había permitido que el miedo le mantuviera tanto tiempo alejado del altar. Pero como Lucia había dicho, hasta ahora no estaba preparado.

Un poco más tarde, con la mano de su mujer en la suya, se dirigieron hacia casa de Derringer, que las mujeres de la familia habían convertido en El Castillo de Derringer y Lucia para la boda.

–¿Eres feliz? –le preguntó él mirándola y apretándole la mano.

–Inmensamente –Lucia sonrió.

Derringer pensó que estaba preciosa, y dudaba mucho que pudiera olvidar nunca lo que sintió cuando la vio avanzar por el pasillo del brazo de su padre. Era la más hermosa visión en blanco que había visto

154

jamás. Habían decidido viajar de luna de miel a Dubai, y de camino pensaban visitar a Callum y a Gemma en Australia antes de volver a casa.

—Es hora de que lances el ramo a las damas solteras, Lucia —dijo Gemma acercándose a ellos.

Lucia se giró hacia Derringer y le depositó un beso en los labios.

—Vuelvo enseguida —susurró.

—Y yo estaré aquí esperándote —fue su respuesta.

La vio dirigirse hacia la zona en la que había más de treinta mujeres, incluidas sus hermanas.

—Nunca te había visto tan feliz, Derringer —dijo Jason sonriendo mientras se acercaba—. Felicidades.

—Gracias, voy a darte el mismo consejo que les he dado a Zane, a Riley, a Canyon y a Stern esta mañana en el desayuno. Estar soltero está bien, pero casarse es mucho mejor. Hazme caso.

Derringer pensó que, si alguno de sus primos solteros escucharía su consejo, ése sería Jason. Estaba a su lado en el baile benéfico cuando la nieta del viejo Bostwick hizo su entrada. Resultaba obvio que Jason se había quedado impresionado con su belleza.

—Entonces, ¿has conocido ya oficialmente a la nieta de Bostwick? —le preguntó Derringer.

Jason sonrió.

—Sí, me presenté a ella en el baile. Se llama Elizabeth, pero prefiere que le llamen Bella.

Derringer asintió.

—¿Le hiciste saber que estás interesado en sus tierras y en Hercules?

—Sí, hablamos un poco antes de que Kenneth Bostwick nos interrumpiera. He oído que todavía no ha tomado una decisión sobre lo que quiere hacer. No creo que esté interesada en quedarse por aquí. Éste no es lugar para una bella damisela del sur, y además, no sabe nada de ranchos.

—Pero tú sí. Podrías echarle una mano.

Jason pareció sorprenderse.

—¿Por qué iba a hacer algo así? Ella tiene las dos cosas que yo quiero, las tierras y el semental. Cuanto antes decida venderlos y volver a Savannah, mejor para mí. Haría cualquier cosa para conseguirlos.

Derringer miró a Jason y vio que su primo hablaba en serio.

—Recuerda lo que te he dicho Jason. Las posesiones materiales no significan nada. Pero el amor de una buena mujer lo es todo.

Entonces vio que Lucia se acercaba a él. Era una buena mujer. Era su vida, y ahora también era su esposa.

AMOR Y TRABAJO

PAULA ROE
Un ardiente amor

Capítulo Uno

–¿Que has hecho qué?

Emily Reynolds se apartó el auricular de la oreja un momento e hizo una mueca de dolor.

–He besado a mi jefe.

–Espera un momento. Rebobina –le dijo su hermana mayor, AJ, desde el otro lado de la línea–. ¿Has besado a Zac Prescott?

–Sí.

–¿Ese hombre al que Dios creó con el único propósito de hacer disfrutar a una mujer? —le preguntó en un tono de incrédula ironía.

–Ese mismo.

–¿Le has besado? ¿Tú? ¿La misma chica que odia las sorpresas y desempeña su trabajo en la empresa con la máxima eficiencia?

–No tienes por qué ensañarte tanto. Sé que soy la mujer más estúpida del planeta –le dijo.

Estaba en su apartamento, acurrucada en el sofá, con las piernas cruzadas sobre la mesita del salón, en albornoz. En ese momento era fácil creer que lo ocurrido la semana anterior había sido producto de su imaginación. Sin embargo, el recuerdo de aquel cosquilleo sobre la piel le decía que había sido algo más que una fantasía.

–¡Emily, eres la chica más afortunada del planeta! ¿Qué tal fue? ¿Te gustó?

—¿Es que no me has estado escuchando? Es mi jefe. Por fin había conseguido que me respetaran profesionalmente y ahora voy y lo estropeo todo. Esto me suena de algo.

—¿Qué quieres decir?

Emily oyó un portazo al otro lado de la línea.

—Dame todos los detalles —le exigió AJ, insistiendo.

Emily soltó un gruñido y se aflojó la toalla que se había puesto en la cabeza a modo de turbante. Acababa de salir de la ducha y tenía el pelo mojado.

—Me han dado un permiso de una semana en el trabajo. El martes por la noche me llamó desde su despacho, borracho como una cuba. Le llevé a casa en coche, lo acompañé hasta la puerta de su casa, tropezamos y… Y ocurrió. Ya está.

—Ah, el viejo truco del tropiezo.

Emily hizo una mueca, mirando su propio reflejo en la pantalla de la televisión. El hecho de que Zac estuviera borracho no era una excusa. Es más, no podía haber mayor estupidez que llevar más de un año suspirando por un hombre completamente inalcanzable para alguien como ella.

—No tiene gracia. Me asusté, me encerré en casa y pasé el fin de semana pensando.

—Eso es peligroso. ¿Y?

—Y entonces me fui. Esta mañana. Por correo electrónico.

—¡Oh, Em! Aparte de lo del beso, ¿por qué lo hiciste?

—Ya sabes por qué —Emily se pasó una mano por el cabello, alisándolo—. No podría soportar otra acusación injusta.

—Pero Zac no es así. ¡Y ese otro tipo mintió!

Emily suspiró. Todavía podía sentir el peso de aquel nudo de rabia que tanto tardaba en deshacerse. Siempre había pensado que con talento y dedicación podría abrirse camino en el mundo de los negocios, y no con una melena rubia y una minifalda. Siempre se había vestido con elegancia y formalidad, siempre había trabajado duro... creyendo que algún día alguien reconocería su esfuerzo y la recompensaría por ello... Y así había sido cuatro años antes, pero no de la manera que ella había imaginado. Aquel contrato indefinido en una de las mejores empresas de contabilidad de Perth no era lo que ella esperaba y no había tardado mucho tiempo en darse cuenta. Todo había ocurrido durante la fiesta de Navidad de la empresa, seis meses después de su llegada; la primera vez que se ponía una falda corta y el gerente había intentado propasarse con ella en el balcón.

Emily temblaba con sólo recordarlo. Entonces sólo tenía veintidós años, y había terminado humillada y sola. Sin familia, ni hogar, ni nada...

Había salido de aquel bache gracias a un golpe de suerte. Un tío al que nunca había conocido murió y le dejó un apartamento en Gold Coast, así que se mudó al otro lado del país, a Queensland, y empezó de cero, dejando atrás el pasado. La nueva Emily, vestida con serios trajes monocromáticos y con el pelo recogido en un pulcro moño, había conseguido un trabajo como asistente personal de Zac Prescott, pero de eso ya hacía dos años y las cosas habían cambiado...

–A lo mejor no es tan malo como piensas –le decía AJ.

–No, es peor –dijo Emily, suspirando–. No quiero saber nada de los hombres.

AJ pareció atragantarse con una bebida.

–¿Qué pasa? ¿Es que te vas a hacer gay por culpa de unos cuantos novios tontos, una acusación injusta y un marido fracasado?

–No –dijo Emily, reprimiendo una risotada–. Quiero decir que no pienso volver a caer en sus trampas. No voy a volver a entrar en sus juegos.

–¡Ah! ¡Por fin te estás pasando al Lado Oscuro!

Emily se rió.

–Al menos los del Lado Oscuro tienen sexo sin compromisos.

–Ésa soy yo. Tú eres la que siempre se ha empeñado en ser la chica buena con principios, la que busca al hombre perfecto.

–Sí, y mira adónde he llegado –Emily oyó un ruido y miró hacia el pasillo–. Hay alguien en la puerta.

–Maldita sea. Le dije a ese stripper que esperara hasta las siete.

–Je, je. Mira, te veo esta noche. A las ocho y media en el Jupiters, ¿de acuerdo?

–Sí –dijo AJ. Y espero que entonces me cuentes todos los detalles. ¡Feliz veintiséis, Emily!

Emily colgó el teléfono y frunció el ceño. Quien fuera que llamara a la puerta lo hacía cada vez con más impaciencia.

–¡Ya voy, ya voy!

Debía de ser esa anciana malhumorada que tenía por vecina, para quejarse por lo del buzón. Otra vez.

Agarró una goma de pelo y se recogió el cabello al final de la nuca. No eran sólo los hombres los que eran un problema. Ella también era un problema. Después de dos años organizando la agenda de Zac Prescott, trabajando doce horas al día y estirando cada

6

dólar, por fin tenía dinero para empezar su propio negocio.

Alguien aporreaba la puerta.

–¡Maldita sea, George! –masculló Emily, agarrando el picaporte y abriendo la puerta de par en par–. Deja de… Oh.

–¿Qué demonios significa esto? –Zac Prescott estaba en el umbral, con un papel arrugado en el puño.

Emily retrocedió un paso. Zac no era de los que perdían los estribos. De hecho, la única vez que le había visto perder los nervios había sido durante una conversación telefónica con su padre, cerca de un año antes.

–Es mi carta de dimisión –le dijo ella en un tono calmo.

–¿Por qué? –le preguntó él, clavándole la mirada.

Emily tragó en seco y trató de ignorar el enjambre de mariposas que revoloteaban en su vientre. Zac Prescott estaba en su puerta, vestido con una impoluta camisa blanca de manga larga y una corbata de seda con un estampado azul y verde que ella misma le había regalado las Navidades pasadas. Aquel hombre era una visión impresionante, pero era su rostro lo que más cautivaba a la joven; una cara hermosa, pero dura, una extraordinaria mezcla mediterránea y escandinava. Su rostro, una combinación de rasgos angulosos y tez ligeramente bronceada, ofrecía una belleza elegante y artística.

Emily parpadeó un par de veces y trató de aplacar el nudo de deseo que la atenazaba por dentro.

–Porque me marcho.

–No puedes marcharte –Zac dio un paso adelante y Emily no tuvo más remedio que dejarle entrar en la casa.

7

Su presencia hacía aún más pequeño aquel apartamento de una habitación. Era arrolladora. Él era arrollador.

Emily respiró hondo y entonces percibió aquel delicioso aroma que tan bien recordaba. Cerró la puerta y se volvió.

Él la observaba con los brazos cruzados, recorriendo cada centímetro de su cuerpo con la mirada.

«Estás prácticamente desnuda», pensó Emily, nerviosa. Acababa de salir del cuarto de baño y no llevaba más que un albornoz encima. Con un gesto instintivo, se apretó el cinturón de la prenda.

–No puedes irte –le dijo él.

–¿Por qué no? –le preguntó ella, parpadeando.

–Bueno, por un lado, tu sustituta, Amber, no da la talla.

–Se llama Ebony. Ha venido desde el departamento de marketing sólo para hacerme un favor.

–Tiene los archivos hechos un desastre.

–Ya veo –dijo ella, observándole mientras se frotaba el cuello. Después de dos años trabajando con él codo con codo, sabía que estaba a las puertas de un dolor de cabeza. Durante una fracción de segundo casi sintió pena por él.

–Y me echa azúcar en el café.

–Y, déjame adivinar… ¿No te recuerda que tienes que comer?

Zac frunció el ceño, sin dejar de frotarse el cuello.

–Y ese perfume horrible que usa me da dolores de cabeza. No tiene gracia. Todo se ha ido al demonio esta semana. Necesito que vuelvas.

–¿Me necesitas? –le preguntó ella con un hilo de voz.

Él asintió con la cabeza.

—Por alguna extraña razón, Victor Prescott está a punto de nombrarme como su sucesor.

—¿Tu padre? ¿Qué…? ¿En VP Tech?

—Sí.

Perpleja, Emily se quedó boquiabierta. Zac nunca hablaba de su pasado, y eso incluía a su familia. Era como si hubiera irrumpido de golpe en el negocio de la construcción en Gold Coast, ganando millones desde el principio. Ella sabía muy bien que su padre era el magnate que estaba al frente de una empresa de software multimillonaria, pero, aparte de eso, no sabía nada más. Zac no le pagaba para especular y cotillear con los compañeros del trabajo.

—Es por eso que… —hizo una pausa, pero él la animó a seguir con un brusco gesto de la mano.

—Es por eso que me emborraché en mi despacho. Sí —dijo, terminando la frase—. No debió de ser una visión muy agradable para los empleados de limpieza.

Zac Prescott nunca bebía en el trabajo y ése era el motivo por el que la había llamado para que le llevara a casa.

—Zac… —dijo ella, suspirando—. He pasado los dos últimos años siendo la mejor asistente que has tenido jamás. He organizado tu trabajo y tu vida privada sin hacer ni un solo comentario, sin quejas de ningún tipo… He tranquilizado a los clientes, he preparado reuniones de última hora, viajes de negocios, citas… He trabajado miles de horas extra, los fines de semana…

—No sabía que odiabas tanto tu trabajo —dijo él.

—¡No lo odio! Es que… Es hora de cambiar.

—¿Y ayudarme a resolver este lío de VP Tech no es un cambio?

–No… Sí… Yo sólo… Me voy, ¿de acuerdo?

Se hizo el silencio.

–De acuerdo. Pero dime quién se lleva a mi mejor asistente… cuando más la necesito –dijo él finalmente.

«La necesito…». Las palabras de Zac retumbaron una y otra vez en la mente de Emily. Locas fantasías se apoderaron de ella; fantasías en las que hacía algo más que robarle un beso… fantasías en las que él recorría su cuerpo con ambas manos…

Emily parpadeó y se apartó un mechón imaginario de la cara. Esperaba que él mencionara algo de aquella noche, pero los segundos corrían implacables, y él sólo la fulminaba con una mirada furiosa.

Y entonces lo entendió.

Él no recordaba nada.

Poco a poco empezó a sentir el rubor en las mejillas.

–¿No vas a decir nada? –le preguntó él, cruzándose de brazos.

–Puedo entrenar a otra persona –dijo ella, ofreciéndole una alternativa.

–No quiero a nadie más –dijo él, volviendo a tocarse la nuca–. Te subiría el sueldo.

–Pero no entiendo por qué… Quiero decir… –se detuvo.

–¿Por qué dejan en mis manos una empresa de software de repente? ¿O es que no entiendes qué ha pasado con mi medio hermano, el heredero indiscutible? –la miró fijamente–. ¿No sientes curiosidad?

–No –dijo ella, mintiendo.

–¿Estás segura? –le preguntó, esbozando una de sus sonrisas arrebatadoras–. Va a ser un caos. Hay que preparar reuniones, reorganizar toda la agenda. Sé que estás deseando ponerlo todo en orden.

–Jamás me dejaría llevar por la curiosidad y el cotilleo de oficina.

–No –dijo él, mirándola descaradamente–. Eso es cierto. Tómatelo como un ascenso. Estoy dispuesto a doblar la oferta que te hayan hecho.

–No se trata de dinero –dijo ella, dando media vuelta y yendo hacia el sofá–. Zac, eres un adicto al trabajo –le dijo, recogiendo la toalla que se había quitado de la cabeza–. Y eso no es malo. Es que… Esperas lo mismo de mí. Yo quiero tener el control de mi propia vida. Quiero ser mi propio jefe y tomar mis propias decisiones –levantó la barbilla con un gesto desafiante–. Voy a ir a la universidad para sacarme un título de administración de empresas. Quiero tener mi propio negocio.

–¿Que vas a hacer qué?

–Gestión y administración. Ya sabes… Aprovechamiento del tiempo, *coaching* empresarial… –al ver que él guardaba silencio ella se detuvo–. Bueno, es igual. Ya he firmado y pagado el primer semestre.

Siempre se había comportado como toda una profesional durante los dos años que había trabajado junto a Zac Prescott. Nunca le había seguido la corriente cuando intentaba darle conversación y jamás había pasado de una respuesta breve cada vez que le preguntaba qué tal le había ido el fin de semana. Al igual que el resto de los empleados, él también la veía como a una mujer solitaria y entregada a su carrera profesional; una chica corriente, insignificante, parte de la multitud… En definitiva, alguien que jamás sería candidata a unirse al club de las «ex» del gran Zac Prescott. Y era por eso precisamente que aquel beso era tan humillante. Él no había tardado nada en olvidarlo, al igual que la olvidaría a ella.

Él la observaba con un gesto ceñudo. Jamás se había atrevido a desafiarle… hasta ese momento. Incapaz de soportar su intensa mirada ni un segundo más, Emily se puso a recoger los recipientes de la cena a domicilio que había pedido la noche anterior.

Él la siguió hasta la cocina.

–Escucha. Si estás tan decidida a irte, no puedo impedírtelo. Pero sólo estamos en octubre. Todavía tienes casi cinco meses antes de que empiece la temporada así que, ¿por qué no trabajas para mí hasta entonces? Ayúdame a resolver este lío en el que me ha metido mi padre.

–Yo no… –Emily se volvió bruscamente y él estaba allí, inmenso e imponente; una pared de puro músculo.

Retrocedió rápidamente, pero no pudo disimular su reacción. Él se había dado cuenta.

–¿Estás enfadada porque te llamé durante tus vacaciones el jueves pasado?

Ella lo miró con un gesto de perplejidad y entonces la rabia comenzó a apoderarse de ella.

–¿Crees que este cambio tan grande en mi carrera, un cambio que llevo meses planeando, se vio precipitado porque me pediste que te llevara a casa? Sin darme las gracias siquiera, por cierto.

–Supongo que no –dijo él–. Gracias, por llevarme a casa.

–De nada.

Él le sostuvo la mirada durante unos segundos y entonces apartó la vista, metiéndose las manos en los bolsillos.

«Tenía razón. No se acuerda de nada», pensó Emily, observando su gesto malhumorado e impenetrable.

–Normalmente no bebo en el despacho.

–Lo sé.

–Sí –se volvió hacia ella–. Sé que lo sabes.

Emily empezó a sentir un ligero temblor. Apenas podía soportar su mirada, intensa y aguda. Al reparar en sus labios, recordó aquella noche con toda claridad. Había visto aquella botella de tequila sobre su escritorio, un destello guerrero en su mirada…

–Tengo que vestirme –le dijo ella y él la miró de arriba abajo–. Y tú tienes que irte.

–¿Vas a pensar en mi oferta?

–¿Te irás si te prometo que lo haré?

–Sólo si realmente vas a pensar en ello –le dijo él–. Los dos salimos ganando. Tú me ayudas durante cinco meses más y tú ganas un jugoso incentivo. Nadie pierde.

–Te prometo que lo pensaré.

Él echó a andar por el pasillo y Emily fue tras él. Al verle abrir la puerta de salida, supo que no debía, que no podía volver a trabajar con él, no después de aquel beso.

Él se detuvo un momento y se volvió hacia ella un instante.

–¿Cómo llegó mi coche de la oficina a mi casa?

–Es que es un cochazo –dijo ella.

–¿Te dejé conducir mi deportivo?

–Claro que sí –dijo ella, intentando ocultar una sonrisa–. Estabas totalmente borracho.

Él se frotó la barbilla y frunció el ceño.

–Y tú me metiste en la casa sin ayuda.

–Sí.

Le había sujetado de la cintura para ayudarle a entrar por la puerta y entonces… Cualquiera podría haber cometido ese error. Tambaleándose, él había tropezado y ella había logrado mantener el equilibrio a duras penas… Se habían dado la vuelta al mismo tiempo y entonces… Sus labios se encontraron, durante unos segundos maravillosos. Pero ella sabía que no debía estar allí y había escapado rápidamente.

–Adiós, Zac –le dijo, apretándose el cinturón del albornoz–. Ya me pondré en contacto contigo, sea cual sea mi decisión.

Zac apenas oyó el ruido de la puerta al cerrarse. Estaba demasiado absorto en sus propios pensamientos. Casi sin darse cuenta, comenzó a bajar las escaleras del bloque de apartamentos. El dulce sol de la mañana caía con sutileza sobre las calmas aguas del estuario de The Alley.

Emily no. Ella era el sueño de un empresario; siempre dispuesta, eficiente y muy inteligente. Siempre sabía lo que él necesitaba antes que él mismo. Sabía cómo le gustaba el café, le recordaba que tenía que ir a comer, siempre cumplía los plazos…

Y besaba muy bien.

Las escaleras crujieron bajo sus pies… No estaba seguro de que ella fuera a volver, así que necesitaba un plan B. Se detuvo a mitad del camino. El calor de primavera no le aliviaba el dolor de cabeza, que ya empezaba a hacerse insoportable.

«Maldita sea», masculló para sí. ¿Cuánto tenía que insistirle a una mujer?

Era difícil saberlo, pero, en cualquier caso, ella seguía sin reconocer aquel beso; un beso que había puesto patas arriba todo su mundo.

Contempló el mar y, más allá, algunos de los primeros diseños de su empresa, casas elegantes y funcionales que se habían vendido a precio de oro; toda una fuente de orgullo. Él las había rediseñado, reconstruido y vendido sin la ayuda de nadie. Hacía mucho tiempo de eso, pero todavía seguía diseñando sus propios proyectos, aunque la empresa fuera viento en popa y tuviera un ejército de empleados. Podía permitirse el lujo de escoger clientes, pero aquellas casas le recordaban que no siempre había sido así. Aquellas casas le recordaban lo lejos que había llegado.

Su vida estaba perfectamente organizada. Disfrutaba del trabajo y también de las mujeres con las que salía. Atrás habían quedado las noches en vela, las migrañas delirantes y el estrés... Había trabajado muchísimo para lograr lo que tenía. Lo único que su padre le había enseñado era que había que esforzarse y luchar para lograr los objetivos, y él había aprovechado bien el consejo; sobre todo en lo referente a las mujeres. Al final lograría convencer a Emily para que volviera. Solo era cuestión de tiempo. Sus recuerdos no lo engañaban; ella le había devuelto aquel beso con pasión. Se volvió hacia la puerta del apartamento. Las cortinas estaban cerradas e impedían ver el salón de la casa.

La ironía de la vida... El mismo día en que su vida había dado un giro de ciento ochenta grados, ese mismo día, había llegado a saber qué se escondía debajo de aquellos impecables trajes de negocios. Ella se había presentado en su despacho sin aquellas estiradas gafas de ejecutiva, vestida con una camiseta ancha y una minifalda vaquera desgastada a juego con unas botas camperas.

¿Pero por qué escondía aquel cuerpo maravilloso?

Si cerraba los ojos todavía podía sentir el tacto de aquellos pechos turgentes.

Sí. Ella había sentido lo mismo, aunque aquel beso sólo hubiera durado una fracción de segundo.

Absorto en sus propias fantasías, Zac apenas advirtió la presencia de aquel hombre hasta casi tenerlo encima.

Aquel tipo era como un armario empotrado enfundado en un elegante traje de firma; una peligrosa combinación. Pero no se trataba sólo de su imponente físico, sino de aquel rostro circunspecto y amenazante. El individuo le saludó con un leve movimiento de cabeza al cruzarse con él y entonces siguió adelante.

Zac había visto antes aquella mirada; muchas veces en realidad. Desafortunadamente, el negocio de la construcción estaba plagado de aquellos matones de patio de colegio.

Zac dio media vuelta lentamente y le vio subir los escalones. El apartamento de Emily era el único que estaba al final del segundo piso....

Rápidamente retrocedió un poco y se escondió detrás de un balcón de madera. Emily acababa de abrir la puerta. Miró entre los listones de madera. Ella no había abierto la mampara de seguridad. Chica lista...

—¿Es usted la señora Catalano? —le decía aquel tipo enorme.

—Señorita Reynolds.

Zac frunció el ceño. ¿Emily había estado casada?

—Pero usted es la esposa de Jimmy Catalano, ¿no?

Hija de Charlene y Pete, y hermana pequeña de Angelina, ¿no es así?

Emily guardó silencio y Zac creyó oírla respirar hondo, como si tuviera miedo.

–¿De qué va todo esto?

–Jimmy le debe dinero a mi jefe.

–¿Y quién es su jefe?

–Digamos que se llama… Joe.

Cuando Emily contestó por fin, lo hizo con el mismo aplomo con el que lidiaba con los clientes más exigentes de la empresa.

–Lo siento, pero Jimmy murió hace siete meses.

Zac tragó con dificultad, sorprendido. Su recatada asistente personal escondía algo más que unas curvas de infarto.

–Eso he oído –dijo el hombre–. Y siento mucho su pérdida. Joe es un hombre de negocios, pero también es muy compasivo. Le ha dado más tiempo que cualquier otro para llorar su pérdida y seguir adelante –le dijo en un tono peligroso–. Pero ahora quiere su dinero.

–¿Qué dinero?

Zac cambió de postura para ver mejor. Emily trató de cerrar la puerta, pero aquel enorme armario empotrado frenó la puerta con un violento golpe. Zac sintió un pinchazo de rabia que lo hizo dar un paso adelante, pero, en el último momento, la cautela prevaleció.

–Usted es el aval de Jimmy, así que la deuda es suya ahora –dijo el hombre con cara de pocos amigos, perdiendo la paciencia.

–Yo no he firmado nada.

El hombre sacó unos papeles.

–Ésa es su firma, ¿no?

–Lo parece, pero yo no he...

El hombre soltó un suspiro fingido, como si acabara de llevarse una gran decepción.

–Tiene catorce días para pagar.

Emily hizo una pausa.

–Entonces nos veremos en los tribunales –dijo finalmente con firmeza.

El hombre soltó una carcajada, profunda y amenazante.

–La esposa de un tipo como Jimmy debería conocer bien el juego. Nada de policías ni abogados. Mi jefe no pierde el tiempo en los tribunales. ¿Está claro? –hizo una pausa–. Aquí tiene mi tarjeta –metió la tarjeta por debajo de la mampara de seguridad–. Avíseme cuando tenga el dinero. Su hermana es una chica muy guapa. Tendrá unos... ¿treinta años? Y acaba de comprarse un coche nuevo, ¿no?

–Aléjese de mi familia.

Al oír el pánico en su voz, Zac sintió una punzada de dolor que le atravesó el corazón. Instintivamente cerró los puños.

–Eh, sólo era un comentario –añadió el tipo, levantando los brazos–. Ya sabe... Siempre podría pagar la deuda de otra manera...

Emily cerró la puerta con violencia y el hombre dio media vuelta, riéndose a carcajadas. Un arrebato de rabia se apoderó de Zac, fuerte y implacable, arrebatándole el sentido común, el instinto de supervivencia... El armario empotrado bajó las escaleras, con una sonrisa cínica en los labios, y fue en ese momento cuando Zac sintió una avalancha de furia que le abrasaba las venas, arrebatándole todo el sentido común y el instinto de supervivencia. Se puso erguido, echó atrás los hombros y le salió al paso.

Al ver a Zac su sonrisa se transformó en un gesto de amenaza y cautela.

–Hola, chaval –dijo Zac en un tono informal y arrogante–. ¿Tienes un minuto?

Capítulo Dos

No sin reticencia Emily entró en el vestíbulo del edificio de oficinas el jueves por la mañana. En la noche del lunes, después de unas cuantas copas y una profunda discusión, demasiado seria para una celebración de cumpleaños, AJ le había hecho ver lo que ya se temía. Tenía que volver al trabajo. Los policías no podían hacer nada y una denuncia sin duda haría enfadar aún más al tal Joe, lo cual no era nada aconsejable. Aquel matón la había asustado de verdad, había desenterrado cosas que no quería volver a recordar.

«Siempre podría pagar la deuda de otra manera…».

Aquella sugerencia todavía le ponía la carne de gallina. Jimmy le había dicho algo así en una ocasión, sólo en una ocasión, y por eso le había abandonado. Era preferible pagar y posponer sus estudios antes que tener que saldar esa cuenta de otra manera.

«Si no estuvieras muerto, Jimmy, yo misma te mataría», pensó.

El guardia de seguridad levantó una mano, miró la identificación que llevaba en la solapa y entonces le permitió el paso. Con la cara ardiendo de vergüenza, Emily se dirigió a los ascensores. ¿Cuántas veces había entrado en el vestíbulo y el guardia la había hecho detenerse como si nunca antes la hubiera visto? A las chicas guapas siempre les sonreía. Las puertas del ascensor se abrieron y Emily entró, abriéndose paso entre la gente. No quería renunciar al dinero que tanto le había costado ahorrar, pero casarse con un delincuente finalmente le estaba pasando factura. Aquella vida despreocupada escondía una sarta de mentiras y engaños que jamás olvidaría y esos mafiosos iban en serio, muy en serio. El dinero se podía recuperar, pero el bienestar de su hermana y el suyo propio no. La noche anterior, hecha un mar de lágrimas, había retirado los fondos que tenía ahorrados para la matrícula de la universidad y después había llamado al matón llamado The Thug, alias Louie Mayer, para pedirle un poco más de tiempo.

«Claro. Me gustan tanto tus pechos que te voy a hacer el favor de hablar con Joe. Llámame el lunes, rubia», le había dicho el tipo por teléfono, en un tono soez y amenazante.

Sintiéndose profundamente humillada, Emily salió al pasillo de la planta veinte. No podía usar la tarjeta de crédito, gracias a Jimmy, y lo único que le quedaba era vender el apartamento, lo cual estaba fuera de toda discusión, o robar, o dedicarse al juego…

«Jimmy Catalano, maldito seas…», masculló para sí.

Abrió las puertas de cristal. Sobre ellas estaba grabado el flamante logo dorado de la empresa. Valhalla Property Development… Dejó el bolso, encendió el ordenador y se dedicó a examinar el desastre de papeles que la sustituta le había dejado sobre el escritorio.

—Ah, genial. Estás aquí.

Emily se dio la vuelta bruscamente. Zac estaba en la puerta. Al verle allí, vestido con un elegante traje de firma, algo ocurrió en su interior. La mente se le quedó en blanco. El corazón le dio un vuelvo y comenzó a latir sin ton ni son. No podía respirar y sentía un extraño cosquilleo en la piel, como si alguien soplara sobre ella, poniéndole la carne de gallina.

–¿Todo bien?

–Todo bien –le dijo ella, esbozando una sonrisa tirante.

–Entonces empecemos –le dijo él, claramente ignorando lo que le ocurría–. Entra.

Emily tragó en seco, agarró su libreta y fue a sentarse frente al escritorio de Zac. Él se dejó caer sobre su mullida silla de cuero y se acomodó con autosuficiencia. Su mirada la recorría de pies a cabeza.

–Llevas lentillas –le dijo él de repente.

–Sí –dijo ella, sorprendida.

–Pero no en el trabajo.

Emily empezó a pasar las páginas de la libreta de manera compulsiva.

–No.

–¿Por qué no?

–Me gustan las gafas –hizo una pausa–. ¿Qué quieres que haga con el asunto de VP Tech?

Él se recostó en la silla, con una expresión desenfadada, casi desafiante.

–Estás mucho mejor sin ellas.

–Gracias –dijo Emily–. Supongo que querrás organizar una rueda de prensa para anunciar…

–¿Tienes los ojos azules por tu padre?

–Mi madre –Emily se subió las gafas sobre el puente de la nariz.

A Zac le gustaban todas las mujeres; era un mujeriego por naturaleza. Siempre flirteaba con todas las chicas y tenía una larga lista de candidatas que se morían por estar con él, así que ¿por qué flirteaba con ella? ¿Y por qué…?

«Oh, no», pensó Emily para sí. Rápidamente pasó una página de la libreta y trató de concentrarse en otra cosa. El beso… ¿Qué otra cosa podía ser? Sus mejillas se tiñeron del rojo más intenso. De repente, él esbozó una sonrisa sarcástica y pícara.

–Volviendo a lo de VP Tech… –dijo ella, aclarándose la garganta.

Zac se inclinó adelante, apoyó los codos sobre el escritorio y entrelazó las manos.

–No voy a quedarme con la empresa de mi padre.

–¿Qué? –ella parpadeó, anonadada–. Pensaba que…

–Tengo Valhalla. Claramente esto es una estratagema. No es una oferta verdadera. Llevamos muchos años sin hablar y yo no sé nada del negocio del software.

–Oh. ¿Entonces por qué…?

–No lo sé. Pero Victor me amenazó con una rueda de prensa si no accedía a discutirlo con él cara a cara –dijo Zac, apretando la mandíbula, conteniendo la rabia–. Nos vamos a Sydney mañana a primera hora. Vamos a ver a mi padre y a mi hermano, y entonces podremos trabajar en el proyecto Point One. Volveremos a casa el domingo por la mañana.

Emily asintió con la cabeza y anotó todas las fechas. Un nudo de miedo le atenazaba el estómago. Estar tan cerca de Zac durante varios días no era una buena idea.

–Haré todos los preparativos –le dijo, poniéndose en pie.

–Gracias.

Zac volvió a concentrarse en los papeles que tenía

23

sobre el escritorio y entonces Emily sintió una extraña punzada de decepción. ¿Pero qué esperaba? ¿Que alguien como Zac Prescott se arrojara a sus pies y le diera las gracias con fervor?

–Oh, antes de que te vayas…

Emily se dio la vuelta, ruborizada.

–Esas deudas que tenía tu marido… No tienes que preocuparte por ellas. Yo las he pagado.

Emily se quedó de piedra.

Zac levantó las cejas, expectante.

–¿Que has hecho qué?

–He pagado la deuda. Así que puedes…

–No puedes haber hecho eso. Por favor, dime que esto es una broma.

Él frunció el ceño. Claramente esperaba otra reacción.

–Cuando se trata de dinero yo nunca bromeo. La deuda quedó saldada el lunes por la noche.

–¿Pero en qué demonios estabas pensando? Yo ya he… –Emily se dio la vuelta y se pasó una mano por el cabello, arruinando su pulcro moño por el camino–. Ya me han vuelto a liar. Otra vez.

–¿De qué estás hablando?

Emily se volvió hacia él. La sangre palpitaba en su cuello de pura rabia. La traición de Jimmy, las visitas del matón y, para colmo, la intervención de Zac…

–He pospuesto mi ingreso en la universidad –le dijo en un tono tenso–. Voy a recoger el cheque esta tarde… Incluso había conseguido una prórroga para pagar…

«Y Mayer lo sabía y se iba a llevar mi dinero también…».

Jamás se había sentido tan indefensa e impotente, no desde que tenía diez años. Primero habían sido

sus padres, luego Jimmy, y en ese momento… Zac…
Él miró a su comedida asistente con gran interés. Podía ver cómo crecía la tensión en su interior.

–No tenías por qué hacerlo –le dijo finalmente en
un tono que él conocía muy bien.

–No fue nada.

–No –dijo ella, fulminándolo con la mirada–. No
me digas que no fue nada. Yo sé cuánto dinero debía
Jimmy –respiró hondo–. Así que eso significa que me
tienes segura hasta que pueda devolvértelo todo.

–No te enteras de nada, Emily –le dijo él, mirándola fijamente.

–Y tú tampoco –le espetó ella y entonces cerró la
boca.

Pero Zac ya había visto suficiente. Desprecio… Sentía desprecio por él. Furioso, frunció el ceño y la miró
con un gesto implacable. Orgullo… Ésa era la última
cosa que tenía en la mente cuando había salido al encuentro de Louie Mayer. Al principio todo lo que quería era darle una paliza al tipo, pero esa misma noche,
en un ruidoso pub de la zona, había terminado poniendo un fajo de billetes sobre la mesa del corredor
de apuestas más famoso de Gold Coast. Jamás hubiera
imaginado que ella pudiera tomárselo así.

–Mira. Es muy sencillo –le dijo, molesto y cortan-
te–. No se trata de retenerte aquí, ni de chantaje, ni
nada parecido. Tú no tenías el dinero. Yo sí. Te ame-
nazaron. No lo niegues –añadió al ver que ella abría la
boca para protestar–. ¿Preferirías deberle dinero a un
criminal antes que a mí?

Emily apretó los labios y tragó en seco. Su compostura se resquebrajó.

–No…

—Bueno, ahí lo tienes. Por lo menos yo no amenazaré a tu familia si no puedes pagar.

Emily levantó la barbilla con orgullo.

Zac casi se hubiera reído de ella de no ser por lo molesto que estaba consigo mismo.

—Oh, yo voy a pagarte –le dijo ella.

—Sé que lo harás –dijo él, asintiendo con firmeza–. Eres Emily Reynolds.

—¿Y eso qué significa?

—Quiero que seas la gerente del complejo Point One.

—¿Los nuevos apartamentos para ejecutivos de Sydney?

—Sí. No hace falta mudarse. Puedes hacerlo todo desde el despacho por videoconferencia. El sueldo es mejor, es un gran reto…

—Pero…

—¿Crees que no vas a poder con ello?

—No. ¡Sí! –Emily respiró profundamente–. Pero normalmente recurrimos a los servicios de Premier Events.

—Quiero abrir un nuevo departamento interno y tú conoces al personal y a los contratistas. Deberías hablar con Jenna, del departamento de contabilidad. Ella te ayudará a hacer el presupuesto y a reunir a un buen equipo. Cuando estemos en Sydney…

De repente el teléfono empezó a sonar. Zac miró la pantalla, frunció el ceño y entonces descolgó el auricular. Emily sabía que debía de ser alguien de su familia. Él sólo ponía esa cara cuando se trataba de ellos. Hizo ademán de marcharse, pero él la hizo detenerse con una seña.

—Como te decía… –le dijo nada más colgar. Sus ojos verdes denotaban exasperación–. Iremos a ver el terreno de Point One y conoceremos a la gente con la que voy a trabajar. Nos espera un fin de semana ajetreado.

Emily dio media vuelta y se marchó. Un fin de semana con Zac Prescott… Tragó en seco. El enjambre de mariposas volvía a revolotear en su vientre… No quería estar tan cerca de Zac.

«Maldita sea», masculló para sí.

Era una gran oportunidad profesional, pero tampoco quería estar cerca de un hombre que tomaba decisiones sobre su vida sin siquiera consultárselo; un hombre que no la quería como ella quería que la quisiera. Una ola de vergüenza y rabia le subió por las venas. Ella siempre había sabido cuidar de sí misma. La vida la había obligado a crecer muy deprisa. Era la única persona responsable en su familia y a los diez años había terminado en un hogar de acogida. Desde siempre había sabido que no tenía a nadie más, que sólo podía contar consigo misma y no necesitaba que un príncipe azul acudiera a socorrerla. Ni siquiera Zac Prescott.

Capítulo Tres

Igual que cualquier magnate de los negocios, el gran Zac Prescott disfrutaba de todo el lujo que sus millones le podían dar cada vez que viajaba, y Emily sentía una alegría secreta con todas aquellas exquisiteces, aunque no lo demostrara abiertamente. Sin embargo, esa vez era diferente. Apenas podía relajarse y era consciente en todo momento de la cercanía de él, de cada movimiento que hacía al cambiar de postura en la silla mientras trabajaba… Incluso las habitaciones contiguas que había reservado en el hotel de cinco estrellas de Park Hyatt habían cobrado un nuevo significado. Cuando entraron en el ascensor él apretó el botón que los llevaba al último piso y entonces ella sintió su abrasadora mirada.

—¿Traje nuevo?

—No —le dijo ella, lanzándole una mirada fugaz.

—¿Zapatos?

—No.

Él hizo una pausa.

—Te noto algo diferente.

—A lo mejor es que no llevo mis gafas color rosa.

No lo había dicho para hacerle reír, pero, dadas las circunstancias, fue un alivio verle sonreír.

—¿Eso significa que me has perdonado por meterme en tu vida y pagar esa deuda?

—No.

–¿Aunque te haya dado ese trabajo tan solicitado en Point One?

Ella arrugó los párpados y lo miró fijamente.

–¿Lo has hecho por…?

–No –le dijo él, mirándole de frente. Su diáfana mirada no dejaba lugar a dudas–. Una cosa no tiene nada que ver con la otra. Puedes hacer este trabajo sin necesidad de preocuparte por tu seguridad o por la de tu hermana.

«¿Por qué tiene que decirlo así?», se preguntó Emily, apretando los labios con la vista fija en las puertas del ascensor. Sus protestas y objeciones la hacían quedar como una desagradecida, y él lo sabía. Él volvió la vista hacia los números ascendentes de la pantalla y metió las manos en los bolsillos. Todavía sonreía cuando llegaron a la última planta.

Avanzaron por el pasillo y pronto llegaron a sus habitaciones. Emily se puso a buscar la tarjeta en el bolso.

–Te veo en una hora –le dijo él cuando por fin consiguió abrir.

Ella asintió tal y como había hecho miles de veces, sabiendo que él llamaría a su puerta exactamente sesenta minutos más tarde, listo para ponerse a trabajar. Nada más entrar en la lujosa habitación una pesada tensión se apoderó de ella. Arrojó el bolso sobre la cama y se desplomó en un mullido butacón color crema.

«Tienes que controlarte, Emily», se dijo a sí misma.

Se quitó los zapatos, se quitó las lentillas y se frotó los ojos. Trabajo. Estaba allí por trabajo. Además, fueran las que fueran las razones que lo habían llevado a saldar las cuentas de Jimmy, estaba en deuda con él y tenía que pagarle haciendo bien su trabajo.

Emily vio cómo le cambiaba el humor a Zac nada más atravesar las enormes puertas de cristal del edificio de VP Tech, situado en uno de los mejores barrios del norte de la ciudad. La expresión de su rostro era impenetrable, pero su forma de moverse auguraba una batalla. La prisa y la irritación hablaban por sí solos.

«Hazlo rápido y vete de aquí. No dejes que te pillen».

Aquellas palabras sonaron tan claras en su mente que casi pudo ver a su madre allí, de pie, susurrándole al oído con voz de borracha y los ojos dilatados por las drogas y el coñac. Emily contuvo la respiración y se detuvo justo a tiempo para no tropezarse con Zac. Él acababa de pararse frente a las puertas del ascensor. Subieron en silencio y, cuando las puertas se abrieron, salieron al pasillo de la planta de dirección. Un hombre de aspecto imponente los esperaba. El rostro de Zac se volvió hermético de forma automática. Cal Prescott era más alto y corpulento. Sus rasgos refinados denotaban sus raíces mediterráneas. Zac, en cambio, tenía la cara más angulosa, más aristocrática, y su complexión atlética y piel nórdica bronceada le daban un toque que lo distinguía de su hermano.

—Cal —Zac le estrechó la mano a su hermano, pero éste terminó dándole un efusivo abrazo.

Emily los observó en silencio. Cuando Zac consiguió zafarse había una expresión de incomodidad en su rostro. Dio un paso atrás y se aclaró la garganta.

—Ésta es Emily Reynolds, mi asistente personal.

–Un placer, Emily –le dijo Cal, sonriéndole y estrechándole la mano.

Sólo unos pocos clientes de Zac le estrechaban la mano y ver que el heredero del imperio VP Tech, Cal Prescott, estaba dispuesto a hacerlo, era más que sorprendente para ella. Además, a juzgar por la mirada de Zac, él también estaba asombrado.

–Lo mismo digo, señor Prescott.

–Bueno, vamos a la sala de conferencias –Cal le puso una mano sobre el hombro a su hermano–. Victor viene para acá.

–No vamos a quedarnos.

Cal se detuvo.

–¿Por qué no?

–Porque tengo un negocio que atender y, francamente, amenazarme con una rueda de prensa para hacerme venir aquí es una maniobra de lo más infantil. Sea cual sea el juego que Victor se trae entre manos, no tengo ganas de jugar.

–¿Victor te ha amenazado?

–Me dejó un mensaje en el buzón de voz.

–Estupendo. Muy típico de él –dijo Cal–. Bueno, entremos y se lo dices tú mismo –añadió, abriendo las puertas de la sala de conferencias.

Nada más sentarse, Zac volvió a tener aquella ominosa sensación de siempre. Aparte del desconcertante recibimiento de Cal, nada había cambiado por allí. Pero él sí que había cambiado. Todos los años que había pasado labrándose su propio futuro, lejos de la asfixiante influencia de Victor Prescott, le habían dado una nueva perspectiva de las cosas y le habían abierto los ojos. Aquellos años lo habían convertido en el hombre que era en ese momento.

–Bueno, ¿qué tal estás, Zac?

Su hermano mayor estaba sentado frente a él y su pregunta enmascaraba una gran curiosidad y expectación. Zac lo miró fijamente. Cal había sido lo único que le había dolido dejar atrás al marcharse de allí. Entonces sabía que iba a perder el respeto de su hermano al abandonar, pero tampoco había esperado aquel silencio cruel que había durado tanto tiempo.

Y un día, de repente, en el mes de agosto, había recibido una invitación a su boda; una invitación que había abierto las viejas heridas que tanto le había costado curar. No había asistido a la boda, pero, aun así, el clan Prescott se las había ingeniado para hacerle daño de nuevo.

–Todo va bien –le dijo Zac–. Hay mucha gente comprando en Gold Coast, gracias al escandaloso impuesto territorial de Sydney.

–Pero he oído que tienes un nuevo proyecto aquí.

Zac asintió.

–Unos bloques de apartamentos en Point One.

Cal miró a Emily y ella le devolvió la mirada con una sonrisa cortés. Abrió la libreta y se dispuso a tomar notas.

–¿Dónde te hospedas? –le preguntó Cal a su hermano.

–En el Park Hyatt.

–Qué bonito.

Se hizo un silencio incómodo que duró varios segundos.

–¿Tienes algo que hacer el quince de marzo?

–¿Por qué?

–Porque me caso. Segundo intento –añadió con una sonrisa.

–¿Y qué pasó con…? –Zac cerró la boca. Eso no era asunto suyo.

–¿No viste los periódicos?

Zac negó con la cabeza.

–Ava se desmayó. La llevaron al hospital. Hemos decidido posponerlo hasta que nazca el bebé en enero.

Zac frunció el ceño, desconcertado, sin saber qué decir.

–Enhorabuena, señor Prescott –dijo Emily de repente, pasando las páginas de la agenda–. Zac, tienes una reunión el día trece… –levantó la vista y se encontró con su mirada–. Pero no está confirmado –añadió con diplomacia.

–¿Vas a volver a rechazar mi invitación? –le dijo Zac con incredulidad.

Zac no sabía qué pensar. ¿Qué estaba ocurriendo? Después de varios años sin saber nada de su hermano, de repente irrumpía en su vida con una invitación de boda.

En ese momento entró Victor y la conversación cesó. Igual que todos los grandes hombres de negocios, Victor Prescott tenía una presencia poderosa.

«Prestigio, autoridad, carácter y derecho… Si consigues que la gente crea que tienes todas esas cualidades, entonces te respetarán…», solía decirle su padre. Zac tragó con dificultad. El lema de vida de Victor Prescott había estado presente en cada una de las lecciones que le había enseñado a su hijo. Pero lo más irónico de todo era que Zac había hecho uso de aquel consejo muchísimas veces a lo largo de los últimos tres años.

–Papá –dijo por fin, intentando sonar neutral e indiferente.

–Zac –dijo Victor, inclinándose sobre la mesa para darle la mano.

Zac le devolvió el apretón de manos y entonces volvió a sentarse.

–Mira, tengo una reunión esta tarde –dijo sin más preámbulo–. Así que os lo pondré fácil y rápido. Estoy aquí. ¿Qué queréis?

Victor hizo una pausa. Miró a Zac y después a Cal. Este último hizo un leve movimiento con la cabeza.

–Ya te lo dije. Tan pronto como firmes los papeles serás el nuevo director general de VP Tech. Al principio serás copresidente en la junta directiva –dijo Victor, ignorando el gesto malhumorado de su hijo pequeño–. Después, tras seis meses de prueba, cuando llegues a conocer bien el negocio, nuestros productos y clientes, asumirás el puesto de director general. Eso significa que…

–Espera un momento –dijo Zac, haciendo un gesto de impaciencia y fulminando a Cal con la mirada–. ¿Era cierto lo que dijiste el jueves pasado?

Cal asintió con la cabeza y Zac atravesó a su padre con la mirada.

–Tú eres el director general de VP Tech. ¿Adónde te vas?

–Creo que ya es hora de retirarse.

–¿Que te vas a retirar? –exclamó Zac, sin creérselo.

–Por así decir.

–Victor… –empezó a decir Cal, pero Victor lo hizo callar con una mirada y finalmente suspiró con un gesto de cansancio.

–Hace unos meses me operaron. Ahora me encuentro bien –dijo Victor–. Pero los médicos me advirtieron que debía trabajar menos.

–Entiendo –dijo Zac, mirando a su hermano mayor con sospecha y escepticismo–. ¿Y qué pasa contigo?

–Cal tiene una familia de la que ocuparse –dijo Victor con frialdad–. No necesita el estrés y la presión de este trabajo.

«Qué problema. Supongo que te llevarías un buen disgusto», pensó Zac para sí con sarcasmo.

–¿Y yo sí?

–Zac… –dijo Cal, pero la mirada incisiva de su hermano lo hizo callarse.

–Después de todos estos años –dijo Zac–. Después de pasar casi veinticuatro horas al día matándote a trabajar, ¿vas a abandonar el puesto más jugoso?

La expresión de Cal era impenetrable.

–Tal y como ha dicho Victor, ahora tengo una familia.

Zac los miró a los dos sin entender nada. Aquello era simplemente increíble.

–Así que los dos habéis pensado en mí para haceros el trabajo sucio. Una gran oportunidad para volver al rebaño de los Prescott. Qué bonito –escupió Zac con mordacidad.

Una ola de rabia incontenible empezaba a bullir en sus venas. En un tiempo pasado había hecho lo indecible por conseguir la aprobación de su padre, pero las mentiras y la manipulación de Victor se lo habían arrebatado todo.

«No puedo volver ahí», se dijo a sí mismo.

Se levantó rápidamente y se dirigió a la puerta.

–No. Gracias. Buscaos a otro.

–¡Zac! –Victor también se puso en pie y dio un paso adelante.

Zac se detuvo.

–Por lo menos, piénsalo. Se lo debes a…

–No, digas, ni, una, palabra, más –dijo Zac, recalcando cada palabra con furia. El pasado había vuelto de golpe, nublándole la mirada y el sentido.

–Eres un Prescott. Te guste o no –le dijo Cal con elocuencia–. Es parte de ti. Y esta empresa también.

Zac dio media vuelta y apretó los labios. Miles de comentarios envenenados luchaban por salir a la luz, pero consiguió tragárselos todos.

–Ése es tu sueño, Cal. Yo nunca lo he querido. Y te puedo asegurar que no voy a dejar que me involucréis en esto haciéndome sentir culpable –dijo y salió de la sala dando un portazo.

Emily salió tras él, desconcertada.

Mientras el ascensor bajaba, Emily se atrevió a mirar a Zac. Ella sabía que esa reunión era lo último que deseaba, pero el tumulto de emociones que atenazaba su bello rostro decía mucho más que eso. Al abrirse las puertas, Zac se lanzó hacia la salida dando largas zancadas. Para cuando atravesaron la puerta de salida, ya había vuelto a ser el de siempre, con su aire tranquilo y desenfadado.

–Tenemos una reunión con el equipo de Point One dentro de una hora.

–Bien –él miró el reloj y en ese momento empezó a sonarle el móvil.

Miró la pantalla y se lo guardó en el bolsillo.

–Vamos –le dijo a Emily.

–¡Zac! Espera.

Ambos se volvieron al tiempo que Cal salía por la puerta principal. De repente echó a correr para alcanzarlos. Emily miró a Zac. Éste asintió con la cabeza y ella se dirigió al coche.

—Pensaba que me había explicado con claridad —dijo Zac, dándose la vuelta lentamente.

—Sí, lo has dejado todo muy claro. Y no te culpo.

Zac puso cara de sorpresa y Cal soltó una carcajada.

—¿Crees que no conozco a Victor? ¿Tienes idea de todas las cosas por las que ha tenido que pasar en los últimos meses?

—Sí, gracias por incluirme.

—No seas imbécil, Zac. Sean cuales sean los errores de Victor, y ambos sabemos que ha cometido muchos, lo está pasando mal. Él...

—No quiero saberlo, Cal. He dejado todo esto atrás, por si lo habías olvidado.

—Sí. Lo has hecho.

—¿Y eso qué significa? —exclamó Zac, molesto por la pulla que le había lanzado su hermano.

—Te marchaste, no una sino dos veces. La primera vez, si no recuerdo mal, tenías dieciocho años y habías conseguido una plaza en aquella universidad de Suecia. Tenías que hacer las cosas por ti mismo, valerte por ti mismo. Pero la segunda vez, cuando te graduaste, viniste a casa una semana y a la siguiente ya no estabas. Ni una llamada, ni un correo electrónico... ¿Qué demonios querías que pensara?

Zac frunció el ceño.

—¿Habría supuesto alguna diferencia? Tú estabas del lado de Victor. Tú siempre...

Cal masculló un juramento.

—Eres mi hermano, Zac. Me debes una explicación.

—Victor pensó que también se la debía a él y mira cómo resultó todo.

Recuerdos afilados se abrieron camino entre sus pensamientos, asfixiándole.

—Oye, y si se trata de buscar culpables, ¿por qué demonios no te has molestado en llamarme hasta ahora? —se volvió hacia el coche. No estaba dispuesto a sentirse culpable por el remordimiento que asomaba en la cara de su hermano—. Tengo que irme.

—Zac…

Dio media vuelta y fue hacia el coche, hacia Emily, lejos del pasado.

Capítulo Cuatro

Siete. Zac miró el teléfono siete veces, pero no contestó a la llamada. A lo largo de la reunión con el equipo de Point One, se había dejado distraer más de una vez por el teléfono, lo cual no era propio de él.

–¿Te encuentras bien? –le preguntó Emily cuando la reunión llegó a su fin.

–¿Eh? Sí. Estoy bien –le dijo él, guardándose el teléfono en el bolsillo–. ¿Tienes alguna pregunta?

–Todavía no. Gracias –añadió cuando Zac le quitó de las manos la bolsa llena de documentos–. Tenemos que ir a ver el terreno a las cuatro. ¿Pido que nos traigan la comida?

Él asintió sin prestarle mucha atención. Su mente estaba a miles de kilómetros de allí, y Emily se preguntaba si pensaba en el negocio que se traían entre manos o en VP Tech.

Para cuando regresó a la suite, aquel estado de ánimo taciturno se le había contagiado; tanto así que apenas disfrutó del servicio de habitaciones que tanto le gustaba. Una y otra vez repasaba los papeles, pero sus pensamientos se iban a otra parte. Finalmente, a las tres en punto, se dio por vencida. Se puso en pie, inquieta, y caminó hasta las enormes puertas de corredera que daban al balcón. Apoyó la frente en el cristal y se permitió un instante de placer para recordar los labios de Zac, su aroma…

***

–Ya estamos aquí.

Acababan de llegar a Point One. Zac aparcó el vehículo y Emily miró por la ventanilla. El suelo estaba cubierto de plástico de construcción y de aglomerado. Inclinándose adelante, levantó la vista. Según lo que había leído el complejo iba a tener veinticinco pisos, veinte plantas de apartamentos, un gimnasio y muchas cosas más.

–Nos esperan en la suite del ático –añadió él, bajando rápidamente y ayudándola con el maletín.

Emily memorizó los nombres de todos los miembros del equipo; el ingeniero, el especialista en acústica, el de acondicionamiento... Sin embargo, los que verdaderamente captaron su atención fueron los hermanos de Sattler Design, la mayor empresa de diseño de interiores de la ciudad. Steve y Trish Sattler parecían modelos de portada de revista; sobre todo ella, una joven muy vistosa con una larga melena negra y unos enormes ojos marrones que no se apartaban de Zac. Éste, sin embargo, no se daba cuenta de eso. Estaba demasiado enfrascado en la discusión de trabajo. Emily levantó la vista de los bocetos justo a tiempo para ver la mirada de Trish. La joven miraba a Zac con algo que no podía ser más que lujuria, y en sus labios asomaba una sonrisa disimulada. Al ver que Emily la estaba observando, levantó una ceja y esbozó una sonrisa, de ésas de mujer a mujer. Sin darse cuenta, Emily bajó la vista y volvió a estudiar los bocetos.

«Otra ex en potencia...», pensó para sí. Cada semana tenía que responder a unas cuantas llamadas de ese tipo.

40

Fueron descendiendo desde la planta veinticinco hasta terminar en el vestíbulo del futuro restaurante balinés. La reunión había terminado. Emily les estrechó la mano a todos con una sonrisa. Por el rabillo del ojo pudo ver que Trish se acercaba a Zac.

–Solo quería darle las gracias por esta magnífica oportunidad, señor Prescott –empezó a decir la joven con una sonrisa que no hacía sino resaltar su llamativo pintalabios.

–Zac, por favor.

–Zac –dijo ella, casi susurrándolo.

Emily la observaba con disimulo, fingiendo mirar el teléfono para ver sus mensajes.

–Sattler Design tiene una gran reputación, señorita Sattler.

–Llámame Trish, por favor.

«Trish, por favor», repitió Emily para sí mientras examinaba su lista de llamadas.

–¿Tienes algún plan para la cena? Steve tiene otro cliente, pero he pensado que tú y yo podríamos discutir los últimos detalles y concretar mejor lo que realmente necesitas.

«Oh, por favor», pensó Emily, poniendo los ojos en blanco.

Zac, sin embargo, acababa de sacar el teléfono.

–No. Creo que de momento todo está bien como está. ¿Emily?

–¿Sí? –Emily parpadeó varias veces.

Zac y Trish la miraban fijamente.

–¿Tienes algo que concretar con Trish?

«Sí. Eres una más en una larga lista», pensó Emily, mirando a la joven.

Sonrió y sacudió la cabeza.

–Ahora mismo no. Pero seguro que necesitaremos hablar más adelante.

Zac le estrechó la mano a Trish y le dio las gracias por todo. El rostro de Trish no delataba sentimiento alguno, pero Emily sabía que aquella chica ya estaba recalculando la estrategia, buscando otra manera para conseguir su propósito. Era el mismo baile de siempre...

–¿Emily? ¿Te encuentras bien?

De repente sintió una mano en el hombro. Parpadeó varias veces y, al levantar la vista, se encontró con Zac. Había preocupación en sus ojos. Emily volvió a la realidad de golpe y se apartó rápidamente.

–Estaba pensando en Point One. Es... diferente a lo que sueles hacer normalmente.

–Llega un momento en que las grandes mansiones ya no son suficiente y entonces tienes que buscar un desafío mayor –le dijo él con una sonrisa al tiempo que le abría la puerta de cristal.

–Cierto. Los desafíos me gustan.

Él subió al coche detrás de ella y se ajustó el cinturón.

–¿Puedes con ello, Emily?

Sus ojos la hechizaban, con aquella expresión divertida y seria al mismo tiempo. De repente empezó a hacer mucho calor dentro del coche.

–Sí –dijo ella con un hilo de voz.

Él esbozó una sonrisa. Emily sintió que se le encendían las mejillas y al final terminó tosiendo.

–Sí –repitió con más firmeza–. Puedo con ello.

–Genial –dijo él, sin perder aquella sonrisa endiablaba. Se puso las gafas de sol y arrancó el coche.

Capítulo Cinco

La cena es abajo a las seis, habían metido la nota por debajo de la puerta.

Estaba firmada con una «Z» mayúscula.

Ella tenía pensado comer sola en su habitación, para así revisar los archivos y concretar su plan de acción. No quería compartir una cena íntima con él.

«No. Íntima no. Es sólo una cena de trabajo», se dijo, intentando restarle importancia. Hablarían de trabajo, tal y como habían hecho muchas veces. Ignorando la pequeña punzada de decepción que no podía evitar sentir, se dirigió hacia el restaurante del hotel a las cinco y cincuenta y ocho, con la vista al frente, los hombros erguidos y la cabeza bien alta. El Harbour Kitchen & Bar era uno de los mejores restaurantes de la zona.

En cuanto vio a Zac, sentado en una mesa junto a la ventana, se puso tensa como la cuerda de una guitarra. Él le apartó la silla para que se sentara y ella le dio las gracias con un hilo de voz. Su corazón latía desbocado y un extraño cosquilleo corría sobre su piel.

–¿Todavía llevas la ropa de trabajo?

–Sí.

«Preferiría que tú me la hubieras quitado», dijo una vocecilla traviesa dentro de su cabeza.

–Una vista maravillosa –murmuró finalmente, contemplando la extraordinaria puesta de sol.

–Siempre lo es –dijo él.

Por el rabillo del ojo le vio agarrar la carta y entonces hizo lo mismo. Mientras examinaba los manjares del restaurante, le observaba con disimulo. Su manos, bronceadas y varoniles, mostraban las cicatrices del trabajo duro, pero, aun así, se veían limpias e irresistibles. De repente él la miró y ella apartó la vista bruscamente.

–No sabía que habías estado casada.

–No es algo de lo que me guste hablar –dijo ella.

–¿De qué te gusta hablar? –le preguntó él, abriendo la carta.

Ella frunció el ceño.

–Vamos, Emily –dijo él–. Ya lo sabes todo de mí, sobre todo después de hoy.

–Eso no es cierto.

–Bueno, ¿qué quieres saber?

–Ya sé suficiente –ella levantó la carta para esconderse un poco, pero él puso su mano sobre el libro y la hizo bajarlo, obligándola a mirarle a los ojos.

–Tú me organizas, me das de comer, me das todo lo que necesito, cuando lo necesito. También lo sabes todo de mi vida privada, de mi familia. Eres casi como mi esposa profesional.

–¿Qué?

Él sonrió.

–Mi esposa profesional; una relación entre un hombre y una mujer basada en el trabajo. ¿No lo has oído nunca?

Ella sacudió la cabeza y fingió examinar los cubiertos.

–Pensaba que… después de tanto tiempo trabajando juntos, yo sería una especie de amigo; alguien en quien puedes confiar.

Emily levantó la cabeza bruscamente.

–¿Alguien que se mete en mi vida y salda mis deudas sin preguntar siquiera?

Él la miró fijamente. Parecía que había dolor en su mirada.

Arrepentida por lo que acababa de decir, Emily se mordió el labio inferior. Un rubor intenso inundó sus mejillas.

–Lo siento. No he debido decir eso.

Zac esbozó una media sonrisa.

–Supongo que me lo merecía. Por no haberte preguntado primero.

Ella guardó silencio. Sus diáfanos ojos azules no parecían dispuestos a perdonarle todavía.

–Me pasé de la raya. Y lo siento.

–De acuerdo.

Él la miró fijamente, tratando de descifrar aquella expresión impenetrable.

–¿Amigos? –le preguntó.

–De acuerdo –repitió ella, parpadeando rápidamente, y entonces bebió un poco de agua.

Zac apoyó los brazos sobre la mesa y esperó a que el camarero se acercara. Después de pedir la cena, la observó atentamente unos instantes. Ella no dejaba recolocar los cubiertos una y otra vez. La había visto desenvolverse sin problemas en innumerables comidas de negocios, pero las cosas habían cambiado. Él mismo las había cambiado al meterse en su vida privada. Había cruzado una línea, pero no era capaz de detenerse. Sentía un deseo irrefrenable por saber quién se escondía bajo aquella fría fachada, por descubrir quién era la verdadera Emily Reynolds.

–Debió de ser muy duro estar casada con alguien como…

–Zac –dijo ella en un susurro, como si le doliera demasiado–. Por favor, no.

–¿No qué? ¿No puedo lamentar que tu ex te haya hecho daño? A veces… –añadió, muy lentamente–. Los que están más cerca de nosotros son los que más daño nos hacen.

–Sí –dijo ella, apartando la vista. Le dio la vuelta a la copa de vino–. Creo que me tomaré ese vino.

Zac le sirvió un poco de vino blanco y decidió hablar de cosas de trabajo. Pasaron el resto de la velada hablando del proyecto Point One y, para cuando terminaron, la botella de vino se había acabado.

–Gracias –dijo Emily con entusiasmo cuando el camarero le puso el postre en la mesa. Era una deliciosa tarta de queso con frambuesas, su favorita.

El corazón de Zac empezó a latir con más fuerza al verla tan animada.

–¿Te gusta la tarta de queso con frambuesas?

–Me encanta. En esa pastelería que está enfrente de Valhalla hacen una tarta de queso buenísima –puso los ojos en blanco–. Con chocolate caliente. Está de muerte –añadió, tomando un bocado de tarta.

Zac se quedó en blanco.

–¿Cómo…? –tuvo que hacer un gran esfuerzo para seguir la conversación–. ¿Cómo lo conociste?

–¿A quién?

–A tu ex.

Emily dejó caer el tenedor sobre el plato con un pequeño estruendo y terminó de tragar antes de contestar.

Zac suspiró.

–Mira, no quiero que pienses que el dinero que te di estaba sujeto a unas condiciones. Pero me gustaría saberlo. Si tú quieres contármelo. Aparte de tu hermana, creo que no confías en mucha gente.

Emily guardó silencio unos segundos y, cuando por fin contestó, sus palabras sonaron cautas y calculadas.

–Mi historia no es tan interesante. Tenía veintitrés años. Era joven y estúpida, y estaba enamorada, o eso pensaba yo. Jimmy resultó ser un mentiroso y entonces murió.

–No creo que nunca hayas sido estúpida.

–Oh, te sorprenderías –le dijo ella con una pequeña carcajada.

Ambos guardaron silencio, mirándose fijamente. Los segundos se hacían interminables, pero había una pequeña esperanza. Parecía que aquella dura armadura se estaba resquebrajando, aunque sólo fuera una pequeña grieta. Zac se llenó de confianza.

–Se ahogó –dijo ella finalmente, bajando la vista–. Para ser surfista, es un poco irónico, ¿no crees?

–Lo siento.

–No tienes por qué –dijo ella, agarrando la copa de agua–. Ojalá estuviera vivo para darle una buena patada en el trasero.

Zac esperó a que se terminara la copa de agua.

–¿De verdad quieres saberlo? –le preguntó ella finalmente. Sus ojos brillaban como si se tratara de un pequeño desafío.

–Sí.

–Muy bien. Conocía a Jimmy hace tres años en un pub de Brisbane donde solía cantar con su grupo de rock. Él se creía una especie de dios del rock y esa imagen de rockero duro le funcionaba muy bien. En realidad era muy bueno, pero le faltaba disciplina y motivación. Al final la banda le echó. Hacía lo que le daba la gana y no se presentaba en los conciertos.

Zac asintió con la cabeza. No quería interrumpirla.

—La última vez que supe de él fue cuando firmó los papeles del divorcio, hace cosa de un año. Y ahora sé por qué. Estaba muy ocupado intentando encontrar una forma para quedarse con todo mi dinero —hizo una pausa al ver la cara que ponía Zac—. ¿Qué?

—Sólo estaba pensando que… —vaciló un momento—. No lo veo claro. ¿Tú, asidua de discotecas y pubs, casada con un rockero?

—¿Es que soy demasiado estirada y organizada para eso? —exclamó ella.

—Te gusta mantener el orden —dijo él—. Pero, sí, no parece propio de ti.

Emily sintió una punzada en el corazón. Aquella confesión no había satisfecho su curiosidad, tal y como ella esperaba.

—A lo mejor ésa fue mi pequeña rebelión —dijo, levantando la barbilla—. Emily, la rebelde. Ésa soy yo. O a lo mejor sólo quería…

«Que me quisieran…», pensó, aunque no lo dijera en voz alta. Mortificada, se mordió el labio. Creía que estaba enamorada de Jimmy, pero se había equivocado, igual que con todos los demás.

—¿Qué? —preguntó Zac.

—Nada.

—A lo mejor… Sólo querías soltarte un poco el pelo.

Ella frunció el ceño. Él se estaba pasando de la raya.

—Tú no…

–¿Que no te conozco? –su expresión permaneció impenetrable–. Sé que eres incapaz de irte a casa si tu escritorio no está perfectamente organizado.

–Ves mi escritorio decenas de veces al día –le dijo ella, restándole importancia.

–Te comes el sándwich de jamón sin patatas fritas.

–Eso…

–Te encanta el rosa y el azul, pero siempre te vistes de negro. No te permites ni un solo capricho. El maquillaje y las joyas te dan igual. Tienes el pelo rubio, pero te haces mechas cada dos meses –su mirada recorrió el rostro de la joven hasta posarse en sus labios–. Hueles a jengibre y a noches de verano –su voz se volvió profunda y aterciopelada–. Y sabes a…

–¡Para! –gritó ella–. ¿Cómo sabes a qué…? –hizo una pausa y entonces se dio cuenta–. Lo recuerdas.

Él esbozó una sonrisa culpable.

–Y tú también.

–Pero tú…

–Sólo estaba siendo caballeroso, esperando a que tú me dijeras algo. Pero como no lo hiciste, pensé que era un tema tabú del que no podíamos volver a hablar.

Emily abrió la boca para decir algo, pero las palabras se le atragantaron.

–No quería… –atinó a decir finalmente.

–Lo sé.

–Yo sólo…

–Lo sé.

–No volveré…

–Emily –dijo él en un tono brusco.

Ella se calló de inmediato.

–Ya basta de disculpas.

La expresión de su rostro era tan dulce y vulnerable que Zac se preguntó qué haría si intentaba besarla.

–Ni siquiera fue un beso. Más bien fue como un… –Emily le miró los labios–. Un roce. Un no-beso –añadió y entonces suspiró.

Al oír aquel leve suspiro Zac sintió que todo su cuerpo despertaba de un largo letargo.

–Sal conmigo –le dijo, sin pensar.

Emily dejó el tenedor en el plato.

–¿Qué?

Zac se acercó un poco más y respiró profundamente, aspirando su aroma.

–Sal con-mi-go –repitió cuidadosamente, enfatizando cada sílaba.

Una expresión de sorpresa y pánico afloró en el rostro de Emily durante una fracción de segundo.

–Muy gracioso –le dijo finalmente.

–No es una broma.

–Claro que no –dijo ella.

–No es una broma –repitió él, frunciendo el ceño.

–Déjalo ya, Zac. No tiene gracia.

–Yo no me estoy riendo –dijo él.

Ella bajó la vista hacia el plato.

–Seguro que hay un montón de mujeres mucho más apropiadas que estarían encantadas de…

–Pero yo te lo estoy pidiendo a ti.

Ella levantó la vista. Aquellas gafas de pasta de montura gruesa escondían unos ojos maravillosos. Zac sintió ganas de quitárselas.

–¿Por qué yo? Soy…

Él sonrió.

–Eres alguien que trata de esconderse detrás de esos trajes mustios y esos zapatos sobrios.

Ella se sonrojó y trató de esquivar su mirada.

–Y, a pesar de todos tus esfuerzos por parecer insignificante, me siento atraído por ti.

–¿Por ese no-beso que nos dimos?

–Sí –dijo él, intentando simplificar las cosas.

Parpadeando rápidamente, se quitó la servilleta del regazo.

–Trabajamos juntos –dijo, doblándola sobre la mesa.

–¿Y?

–No es muy profesional.

–¿Y quién lo dice? Yo soy el jefe.

–Exactamente. La gente empezará a hablar –por fin se atrevió a mirarle.

–No quisiera repetirme a mí mismo, pero ¿qué pasa con eso?

–Te debo dinero.

Él se echó para atrás en la silla y la miró fijamente mientras hablaba.

–Y acabas de saldar las deudas de mi ex, me has subido el sueldo y…

–¿Cuánto tiempo llevamos trabajando juntos?

–¿Qué clase de pregunta…?

–Cerca de dos años, ¿no?

–Sí.

–¿Y durante ese tiempo te he dado algún motivo para pensar que podría chantajearte, a ti o a alguien, de esa manera?

Ella guardó silencio, avergonzada.

–No quería decir eso.

–Bueno, pues lo has hecho.

–Mira, Zac –Emily respiró hondo y se echó hacia delante–. No nos estamos entendiendo. Te agradezco la oferta, pero…

Él frunció el ceño, visiblemente enojado.

–¿Me agradeces la oferta?

–En serio. Me siento halagada, pero…

–¿En serio?

–No, lo digo de verdad. Cualquier mujer se moriría por salir contigo, pero…

–Pero tú no.

Ella sacudió la cabeza.

–Definitivamente yo… no soy tu tipo.

Él se acercó un poco y ella retrocedió.

–¿Y cuál es mi tipo?

–Oh, alta, despampanante, con unas piernas larguísimas… Rica. Cualquiera de tus exnovias encaja muy bien en el perfil –hizo una pausa–. Trish Sattler encaja muy bien en el perfil.

Zac frunció aún más el ceño y le clavó una mirada que no dejaba dudas. Emily le observaba fijamente desde detrás de aquellas lentes gruesas, sintiéndose protegida detrás de ellas.

«Oh, Dios mío…», se dijo de repente.

–Lo dices en serio.

–Muy en serio.

–¿Sabes que los de contabilidad han puesto en marcha una porra para ver quién será tu próxima conquista?

Él se llevó la mano a la nuca y se alborotó el cabello.

–¿Y qué?

–¿Eso no te molesta?

–No mucho –dijo él, encogiéndose de hombros–. ¿Adónde quieres llegar?

–No es una buena idea –murmuró ella, como si hablara consigo misma.

–¿Vas a volver con lo del dinero? –le preguntó él, suspirando.

–¿Y cómo quieres que lo olvide así como así?

–Pues deberías. No es para tanto. Es lo que haría un amigo. Esto… –dijo, señalándola a ella y después a sí mismo–. Es algo totalmente distinto.

–Entiendo –dijo Emily, sintiendo un cosquilleo por dentro que la hizo apartar la vista.

–¿Y bien? ¿Qué me dices?

–Te digo que…

«Creo que estás loco», pensó para sí.

–Las aventuras en el trabajo nunca salen bien. Y cuando todo se tuerce, ya no hay remedio.

–¿Y qué te hace pensar que todo se va a torcer?

–Siempre es así.

Él guardó silencio un momento.

–¿Hablas por experiencia propia?

–No –dijo ella.

Él levantó una ceja con un gesto de escepticismo y ella tragó en seco.

–Yo no soy como tu ex, Emily.

–No. No lo eres –dijo ella, alisando el mantel una y otra vez.

–¿Y?

–¿Y qué pasa si resulta un desastre?

–Somos adultos, Emily. Si resulta un desastre, entonces pasaremos un par de semanas fastidiados, evitándonos el uno al otro, y después volveremos a ser colegas en el trabajo. Haremos nuestro trabajo, tú me devolverás ese dinero y después volverás a estudiar.

Emily se puso en pie de repente.

–Tengo que… irme.

Zac también se puso en pie.

–Te acompañaré a tu habitación.

–No es necesario.

–Lo es.

–No –dijo ella, fulminándolo con una mirada.

–No lo creo –dijo él, esbozando una pícara sonrisa.

–¿Qué?

–Me estás mirando de esa manera.

–¿De qué manera?

–Esa mirada de «no te metas conmigo, chaval».

Ella frunció el ceño y él se echó a reír.

–Es la mirada que pones con todos los clientes difíciles. Yo le llamo la mirada del Rottweiler. Nadie se atreve a llevarte la contraria cuando te pones así –la agarró de la cintura y la condujo al exterior.

–Muy bonito. ¿Acabas de compararme con un perro?

Él se reía sin parar. Cuando llegaron al ascensor, ella levantó la barbilla, enojada.

–¡Sí lo has hecho!

–He dicho que tienes una actitud muy canina. Hay una gran diferencia.

Las puertas se abrieron y ambos entraron. Zac apretó el botón y se recostó contra la pared. En sus labios había una sonrisa complaciente. Emily mantenía la vista fija en la pantalla electrónica. Cuando el ascensor se detuvo por fin, Emily salió como si un demonio la persiguiera. Al llegar a la puerta de su habitación, buscó la tarjeta en el bolsillo de la chaqueta con manos temblorosas, consciente en todo momento de la presencia de Zac.

Pasó la tarjeta una vez, y después otra, pero la luz no se ponía verde.

Mascullando un juramento, volvió a intentarlo. Seguía roja.

–Déjame a mí –dijo él, quitándole la tarjeta de las manos.

La pasó una vez, pero la luz siguió roja. Volvió a intentarlo.

–¿No podemos entrar por tu habitación? –le preguntó Emily, impaciente.

–Podríamos, pero…

–Entonces vamos.

Él la miró un instante, se encogió de hombros y sacó su propia tarjeta. El cierre se puso en verde a la primera; una gran ironía. Él empujó la puerta con el hombro y la dejó entrar primero. Emily atravesó el área del salón rápidamente y se dirigió hacia la puerta que comunicaba ambas habitaciones. Salió al descansillo entre ambas habitaciones y trató de abrir la puerta de su propia habitación. Estaba cerrada.

–Está cerrado.

–Lo sé –dijo él.

Emily se dio la vuelta de golpe y se lo encontró mirándola fijamente, con los brazos cruzados.

–¿Y por qué no lo has dicho antes?

–Lo intenté, pero estabas empeñada en huir de mí. Ella parpadeó varias veces.

–¡Yo no estaba huyendo de nadie!

–Muy bien –dijo él. De repente fue hacia ella y trató de quitarle las gafas.

–¿Qué haces? –le preguntó ella, echándose hacia atrás y agarrándole el brazo.

Demasiado tarde. Él se las quitó fácilmente.

Las examinó unos segundos y entonces se sacó un pañuelo del bolsillo.

–Eres miope.

–Sí –dijo ella, frunciendo el ceño.

Él sopló sobre los cristales y empezó a frotarlos con el pañuelo. Una sonrisa traviesa acechaba en sus labios.

–No tienes que…

Se detuvo al verle soplar de nuevo sobre los cristales. Su aliento cálido empañaba la superficie.

De pronto sintió un agradable cosquilleo. ¿Cómo sería sentir esos labios sobre la piel? ¿Ese aliento?

No podía verle bien, pero sí sabía que estaba sonriendo, y eso significaba que sabía exactamente qué estaba pensando.

–No deberías usar estas gafas.

–Las necesito para ver –dijo Emily parpadeando a propósito–. Ahora lo veo todo muy borroso.

Él se movió y entonces pudo verle mejor.

–¿Así mejor?

Ella retrocedió un poco. Un torrente de sangre caliente recorría su cuerpo como una avalancha.

–Eh… No.

Antes de que pudiera decir otra palabra, él la agarró de la nuca y le dio un beso. La sorpresa la mantuvo inmóvil durante un segundo, pero entonces un calor inesperado la inundó por dentro, reviviéndola. Su boca cálida era firme y habilidosa. La besaba como si llevara toda la vida practicando. Era un beso experto, profesional. Él sabía lo que hacía, sabía cómo dar placer a una mujer. A través del sopor del deseo, Emily le sintió moverse, pegándose a ella, trasmitiéndole su propio calor. Sus labios se fundieron y ella gimió suavemente. Podía sentir las palmas de sus manos sobre las mejillas, acariciándola. De repente su virilidad pulsante empezó a crecer entre ellos y, poco a poco, como si sólo hubiera sido un sueño, Emily sintió que él se apartaba, que retrocedía. Aquéllos habían sido los segundos más deliciosos de toda su vida...

–Emily.

Ella abrió los ojos y le miró fijamente.

–No puedo... No puedo –dijo, tragando con dificultad.

–Em...

Ella agachó la cabeza y huyó hacia la puerta, con la vista baja. Zac fue detrás de ella, pero no lo bastante rápido. El estruendoso portazo puso punto y final a la frase que no había podido terminar.

–... ily –dijo, ante la puerta cerrada.

Con un suspiro de frustración, Zac miró hacia el techo y cerró los ojos.

«Maldita sea...».

Capítulo Seis

Él se quedó inmóvil durante una eternidad, intentando controlar su propio cuerpo.

De repente llamaron a la puerta.

Abrió la puerta de par en par. Era ella, cegada por la luz del sol, parpadeando sin cesar. Se había desabrochado la chaqueta. Debajo llevaba una camisa blanca por dentro de una falda que resaltaba cada una de sus curvas.

–Mi tarjeta funciona, pero necesito…

Zac no le dio tiempo para terminar la frase. La agarró de los brazos y tiró de ella hacia dentro, cerrando la puerta de una patada. Sin perder ni un segundo la acorraló contra la pared y la besó. Ella trataba de decir algo, pero no podía. Él le bajó la chaqueta hasta los hombros, le sacó la camisa de dentro de la falda, desesperado por sentir su piel.

«Sí», susurró para sí, cerrando los ojos y palpando su suave torso. Ella tenía las manos atrapadas detrás de la espalda, todavía en las mangas de la chaqueta.

–Quítate esto –le susurró él, tirándole de la camisa.

Ella guardó silencio y eso fue suficiente para Zac. Le abrió la camisa, haciendo saltar los botones, y se la quitó de los hombros. Emily por fin logró zafarse de la chaqueta y entonces abrió los ojos. Él seguía explorando cada rincón de su cuerpo, sin darle una tregua.

Aquello era lo que siempre había deseado, lo que

necesitaba. Y cuando él le levantó la falda hasta la cintura y le separó las piernas con la rodilla, ella gimió de placer. Llamaradas de un placer inimaginable la recorrieron por dentro cuando él le metió la mano por dentro de las braguitas y agarró su sexo desnudo. Podría haberse caído si él no la hubiera sujetado con firmeza contra la pared. Y cuando sus dedos se deslizaron dentro de ella y encontraron el punto más sensible de su feminidad, ella gimió y arrancó sus propios labios de los de él.

Era demasiado.

–Zac… ¿Qué estamos haciendo?

Él le agarró la barbilla con la otra mano.

–Te estoy tocando. Suéltate el pelo.

Con manos temblorosas ella se soltó el moño. Su copiosa melena le cayó sobre los hombros, sobre el rostro… Zac le apartó unos cuantos mechones de la cara. Aquellos ojos casi negros estaban llenos de deseo. Su aliento abrasador le acariciaba la mejilla.

–Suéltate por mí, Emily.

Ella pareció perder la razón. Cada latido de su corazón la hacía crepitar por dentro y la sangre corría por sus venas como una bola de fuego. Por fin logró asentir con la cabeza y enseguida Zac comenzó a besarla con voracidad. Un momento después deslizó un dedo dentro de ella y entonces el mundo se detuvo. Y cuando ya pensaba que iba a desmayarse, él tomó las riendas, marcando una cadencia firme y regular que cada vez aceleraba más y más. Emily vibraba de gozo. Él había prendido fuego a su piel y sus dedos jugueteaban con el lugar más sensible de todo su ser, una y otra vez, sin parar, hasta hacerla jadear sobre sus labios implacables, suplicante.

Su caliente humedad mojaba la mano de Zac. Su rostro estaba congelado en un gesto de puro placer.

–¡Emily! –exclamó él, tratando de mirarla a los ojos.

Pero ella le rehuía la mirada y trataba de empujarla hacia atrás.

–Vine a buscar mis gafas –murmuró ella.

Aprovechando el momento de desconcierto, se apartó de él y se arregló la ropa.

El aire estaba cargado con el aroma del sexo. El silencio era absoluto. Zac trató de recuperar la compostura. Ella estaba deliciosa con aquel aspecto desaliñado; el cabello revuelto, los labios hinchados… Todo lo que deseaba era llevársela a la cama y hacerle el amor toda la noche. Pero la expresión de su rostro era hermética y sus ojos bullían, confusos. Con sumo cuidado, buscó sus gafas y se las puso en la mano, cerrándole los dedos uno a uno.

–Buenas noches, Zac.

Todo lo que podía hacer era asentir con la cabeza.

Ella dio media vuelta y prácticamente huyó de la habitación.

Cuando la puerta se cerró, Zac soltó el aliento.

El sábado había pasado entre reuniones. Por la tarde Zac había aprovechado para reunirse con un posible cliente y le había dado la tarde libre a Emily. No la veía desde por la mañana.

Ya casi se había hecho de noche y al día siguiente regresaban a casa. Zac estaba sentado en la terraza de su habitación, en silencio. Detrás del hotel, el sol, como una bola incandescente, colgaba del cielo azul, tiñendo de rojo el firmamento y bañando de colores la Casa de la Ópera. De adolescente había estudiado el color, las formas y el juego de luces y sombras de Elizabeth Bay en numerosas ocasiones desde la ventana de su habitación. Había dibujado muchas de aquellas casas, algunos apartamentos, un edificio... ¿Dónde estaban esos dibujos?

No tenía ni la menor idea. Bebió otro sorbo de cerveza. A los dieciocho años había cambiado Australia por Suecia. Había rechazado una plaza en la Universidad Tecnología de Sydney para estudiar arquitectura en la Universidad de Lund. Victor se había enfurecido tanto que lo había dejado sin un centavo. Agarró la copa con fuerza. La vieja melancolía ya se estaba apoderando de él. Por mucho que fuera una leyenda en el sector, Zac conocía al verdadero Victor Prescott. Un mentiroso, un hipócrita... De repente oyó un ruido a su derecha que le puso los pelos de punta. Miró y entonces el mundo se detuvo un instante. Una fila de altas macetas dividía su balcón del de Emily y, gracias a la luz que brotaba de su ventana, podía ver su silueta claramente a unos metros de distancia. Ella estaba inclinada hacia delante, con las manos cruzadas sobre la barandilla. La camiseta rosa de manga larga que llevaba puesta le marcaba la cintura, insinuando unas caderas generosas. Los pantalones de chándal se le ceñían en el trasero. Zac recorría cada centímetro de su cuerpo con la mirada.

Ella estaba canturreando algo. Decía algo de una fiesta, que empezaba esa misma noche... Lionel Ritchie... Zac sonrió. De pronto ella se dio la vuelta, con los ojos cerrados y una sonrisa en los labios. Y entonces comenzó a bailar.

«Dios mío», se dijo Zac, observándola, extasiado.

Era absolutamente maravillosa. Sus caderas se movían al ritmo de la música, y sus hombros también. Zac entreabrió los labios y dejó escapar el aliento. Incapaz de aguantar más, puso los pies en el suelo. La cerveza se le derramó un poco. Pero ella seguía bailando, sonriendo y pronunciando la letra de la canción.

Y fue entonces cuando sonó el móvil. Zac lo agarró rápidamente y trató de apagarlo.

Demasiado tarde. Emily se había quitado los auriculares y no tardó en percatarse de su presencia.

—¿Zac?

—¿Sí? —le dijo él, sorprendido in fraganti.

—¿Me estabas…?

Zac no pudo evitar sonreír.

—¿Observando?

—Sí —le dijo él.

—Oh… —Emily entrelazó las manos, las soltó y entonces las puso sobre los muslos, avergonzada.

—¿*Dancing on the Ceiling*? Te gustan los ochenta, ¿eh?

Ella levantó la cabeza y asintió.

—Lionel Ritchie, Michael Jackson, Duran Duran… Prince. De todo un poco. *Baby I'm a star* es una canción muy buena para hacer footing.

—¿Haces footing? —Zac trató de no mirarle las piernas, pero no pudo.

—Casi todas las mañanas.

—A mí me gusta más el rock comercial.

—Oh, pues no sabes lo que te pierdes —dijo ella.

Ambos sonrieron y entonces empezó a sonar el teléfono de Zac.

—Yo… —Emily miró hacia su suite—. Debería ir a darme una ducha. Y tú deberías contestar.

Él apagó el teléfono y se puso en pie.

–Puede esperar… Ven aquí.

–¿Por qué?

Él sonrió de oreja a oreja al oírla contener la respiración.

–Para que pueda besarte.

–Ah…

Zac avanzó con impaciencia y finalmente se detuvo muy cerca de ella.

Emily apenas podía respirar teniéndole tan cerca. Retrocedió un paso, pero él le rodeó la cintura con el brazo y entonces sintió que se derretía contra él; una pared de músculos duros y macizos, una piel que se moría por probar… De repente él empezó a besarla en el cuello, probando su piel palpitante, y ella perdió la razón. Él era todo un hombre, caliente, fuerte… Unos brazos poderosos la rodearon, vigorosos y protectores. Ella lo sentía todo y su cuerpo se retorcía de placer, anticipando lo que ya había conocido la noche anterior. Tragó con dificultad y cerró los ojos. Él la besaba por el cuello, dejando un rastro de besos ardientes. Gotas de sudor corrían por la espalda de Emily y su cuerpo vibraba de deseo. Un ansia irrefrenable se apoderó de Zac de repente, obnubilándole el sentido, hinchando su entrepierna y arrebatándole el aliento. Ella sabía tan bien… Sus pechos turgentes se apretaban contra su pectoral. Siguió besándola, deslizando las manos sobre sus brazos, hasta la cintura, sobre su trasero… Ella gemía en sus labios.

–¿Puedes sentirlo?

Ella asintió con un jadeo que más bien parecía una súplica.

Zac se apartó poco a poco y la miró a los ojos.

–Emily, mírame –le dijo en un susurro.

Ella parpadeó un poco y finalmente le miró. Aquellos ojos azules, diáfanos y tranquilos, brillaban con la incertidumbre del momento.

–¿Puedes sentirme pero no puedes mirarme a los ojos?

Ella se mordió el labio inferior.

–Zac… Tengo que…

Él le puso un dedo sobre los labios.

–Sólo un beso. Y entonces puedes irte.

Con los ojos entreabiertos ella suspiró. Su cálido aliento acariciaba la cara de Zac, apagando las llamas que ardían bajo su piel.

–Muy bien.

Se besaron durante unos segundos y entonces él la sintió apartarse. Sus manos la sintieron alejarse en dirección a la puerta del balcón.

Cuando la puerta se cerró, Zac masculló unos cuantos juramentos, agarró la copa vacía y volvió al interior de la habitación. Al entrar se dio cuenta de que había alguien en su puerta y, teniendo en cuenta la energía con la que llamaban a la puerta, quien fuera debía de llevar allí un buen rato. Fue hacia la puerta de inmediato y agarró el picaporte.

–Zac, soy Cal.

En vez de abrir, miró por la mirilla.

–¿Qué quieres?

–Victor está muy enfermo. Lo sabes.

–¿Qué?

Cal hizo una pausa.

–No contestas a mis mensajes. ¿Podemos hablar cara a cara?

Mascullando otro juramento, Zac abrió la puerta.

Cal levantó las palmas de las manos con un gesto conciliador.

–No he venido para pelearme.

–¿Y entonces por qué estás aquí?

–Una tregua. Una pausa, lo que haga falta… ¿Puedo entrar? –preguntó Cal un momento después.

Zac se encogió de hombros, dio media vuelta y fue hacia la barra. Cal entró y cerró la puerta tras de sí.

–No tengo nada que decir. Todo el mundo sabe que VP Tech es tuyo.

–Sí, bueno… –la expresión de Cal era una mezcla de tristeza y disculpas–. Digamos que convertirme en el próximo Victor Prescott no es precisamente lo que quiero en la vida. El bebé llega en enero y me caso en marzo. Me gustaría poder tener una relación de verdad con mi esposa y mi hijo.

Los dos hombres se miraron durante unos segundos, sabiendo lo que había detrás de aquella frase. Zac no era capaz de recordar a su padre sin reuniones, compromisos, viajes de negocios… Hasta los siete años, momento en que su madre los había abandonado, había crecido en un hogar sin padre. No podía culpar a Cal por desear una vida normal.

–Conmigo no cuentes. Yo dejé de ser parte de esa familia hace mucho tiempo –dijo Zac, abriendo un botellín de cerveza.

–Oh, por favor, ¿qué demonios te hizo para que te volvieras tan cínico? Darle la espalda a toda la gente que… –Cal se detuvo y apartó la vista. Sus ojos echaban chispas.

–¿Se lo has preguntado? –preguntó Zac lentamente.

–Él no habla. Y tú tampoco –dijo Cal en un tono furioso–. Nadie quiere decir nada.

–Cal…

¿Pero qué podía decirle? Para Cal, Victor era su salvador, el hombre que les había sacado de la miseria a su madre y a él. Cal adoraba a su padrastro y Victor sentía predilección por él. Zac siempre se había sentido como la oveja negra, el hijo olvidado…

Cal siempre había sido el práctico, el inteligente, el que tenía los pies en el suelo… Mientras Zac desperdiciaba el tiempo rebelándose contra todo y contra todos, Cal había desarrollado One-Click, el paquete software más importante de toda Australia.

–Eso… pertenece al pasado, Cal –dijo finalmente.

–Tonterías. Está ocurriendo ahora –Cal le miró a los ojos–. Empezó cuando te fuiste a estudiar al extranjero.

Había empezado mucho antes de eso, pero…

–Tenía dieciocho años. De eso hace casi diez años.

–Sí.

–Cal… –le dijo en un tono de advertencia–. No sigas con esto. No te va a gustar lo que vas a oír.

Cal soltó una carcajada amarga.

–Nada de lo haga Victor puede sorprenderme ya. Va a retirarse de la empresa, hace donaciones benéficas, habla de invertir en un negocio pequeño… Y todo eso lo ha hecho un hombre que trató de casarme para no tener que decirme lo del tumor.

Zac se sobresaltó. Dio un paso atrás.

–¿Qué tumor?

–Victor tuvo un tumor cerebral –dijo Cal suavemente–. De hecho se quedó muerto durante un tiempo en la mesa de operaciones. Hubo un momento en que no supimos si lo conseguiría.

Zac se quedó desconcertado. El presente y el pasado se mezclaban en un torbellino de emociones.

–¿Y por qué nadie me dijo nada?

–¿Habrías contestado a mi llamada?

De repente una mano gélida recorrió la piel de Zac. La culpa y la vergüenza le sacudieron la conciencia.

–¿Está…?

–Ahora está bien –dijo Cal con firmeza–. Pero ya sabes cómo es… A Victor le gusta manipular. Eso es lo que sabe hacer. Pero eso no significa que la empresa debería sufrir las consecuencias.

Ambos guardaron silencio durante unos segundos.

–Muy bien –dijo Cal finalmente–. No quieres hablar conmigo. Después de todos esos años de silencio, no te culpo.

–Cal…

–No. Lo entiendo. Yo tampoco querría hablar conmigo… ¿Podemos dejarlo a un lado un momento? Necesito tu ayuda. Puede que no quiera estar al frente de la empresa, pero tampoco quiero ver cómo se estrella.

Una punzada de culpa sacudió las entrañas de Zac.

–¿Entonces lo dejas de verdad?

–Hay algo más en la vida que el trabajo.

–Dios mío, que Victor no te pille diciendo eso.

Ambos se rieron. Zac sacó otra cerveza del minibar y se la ofreció a su hermano.

–Así que los dos somos muy malos hermanos –señaló, sentándose en el sofá–. ¿Quieres sentarte?

Cal vaciló un instante.

–Si tú quieres… –dijo Cal finalmente.

Zac sintió el remordimiento en todos los rincones de su ser. Había una brecha de muchos años entre ellos y él era el culpable.

–Por favor. Siéntate –le dijo.

Capítulo Siete

El vuelo de las nueve sufrió un retraso de una hora. Emily siempre se había reído de AJ cuando hablaba de los presagios y el destino, pero, en ese momento, sentada junto a Zac en la sala VIP de Virgin Blue en el aeropuerto de Sydney, la idea ya no le hacía tanta gracia. Frunció el ceño, bebió un sorbo de capuchino y le miró disimuladamente. Él estaba sentado frente a ella. Sus ojos estaban escondidos detrás de unas caras gafas de sol, pero ella sabía que la estaba mirando, aunque también estuviera muy ocupado con su teléfono.

–Cal vino a verme ayer.

Emily levantó la vista.

–¿En serio?

Zac hizo una pausa.

–Le sugerí que sacara la empresa a Bolsa y que buscara a un director general. La idea no le pareció mal.

–Eso es bueno.

–Sólo si logra convencer a Victor.

–¿Y la boda? Ese fin de semana estás libre –le recordó ella.

–No sé. Hay muchas… –titubeó, como si estuviera buscando las palabras adecuadas–. Cosas difíciles de olvidar –dijo finalmente.

Ella asintió con la cabeza.

–A veces es mejor pasar página y mirar hacia delante.

–Exactamente –dijo él, mirándola de arriba abajo, estudiando la expresión de su rostro.

Llevaba una chaqueta gris oscuro, falda larga, una discreta camisa color crema, tacones de altura media…

Gris, discreta, sensata… Eso era lo que él veía, lo que todo el mundo veía… Pero él captaba algo más debajo de aquella fachada tan profesional y aburrida; algo que le había llamado poderosamente la atención… Aquel pellizco de placer la tomó por sorpresa, pero entonces anunciaron el vuelo y el momento se hizo añicos.

Pasaron veinte minutos, un tiempo interminablemente largo. Subieron a bordo del avión en silencio y en cuestión de segundos estuvieron en el aire. De repente bajó la presión y la sensación de mareo se disipó. Sin embargo, Emily seguía tensa, consciente en todo momento de la presencia del hombre que estaba a su lado, leyendo el periódico. La auxiliar de vuelo les ofreció café. Él aceptó con una sonrisa, bebió un sorbo y puso la taza en el portavasos que estaba entre ellos, rozándole el brazo accidentalmente. Ella parpadeó y bajó la vista, nerviosa. Él esbozó una sonrisa disimulada, se acercó un poco y puso su mano sobre la de ella. Emily no tuvo ni tiempo de sorprenderse.

–Zac…

–Emily.

–Estás… –miró furtivamente por encima del hombro–. Me estás tocando la mano.

–Sí, así es –cambió de postura y le rozó la pierna. Ella casi saltó en el asiento.

–Y ahora me estás…

–Tocando la pierna. Lo sé. ¿Y sabes qué más? –se

inclinó y le habló en un tono de conspiración–. Creo que voy a tener que besarte.

Aquella revelación tan directa la dejó petrificada, viendo cómo se acercaban sus labios sin poder evitarlo.

–No puedes –atinó a decir ella.

–Sí puedo –le dijo, sonriendo–. Y lo haré.

–Pero…

Su protesta fue sofocada cuando los labios de él le rozaron la mejilla, abrasándole la piel. Finalmente se posaron sobre el lóbulo de su oreja. Aquel aliento cálido se propagaba por su cuerpo, alborotando mariposas en su estómago.

–Alguien podría vernos –dijo ella, desesperada.

–Sí –dijo él, mordisqueándole la oreja.

Ella se tuvo que morder el labio para reprimir un suspiro de placer.

–No… –tragó en seco–. No podemos hacer esto aquí.

Él deslizó los labios sobre su cuello.

–Entonces dime dónde y cuándo.

Emily abrió la boca para decir algo, pero no era capaz. Eso era lo que tantas veces había soñado y, sin embargo… Él debió de sentirla vacilar.

–¿Esta noche? –le preguntó, insistiendo.

¿Esa noche? Emily cerró los ojos y trató de ignorar las caricias de sus labios sobre las mejillas.

–Tienes… lo de Josh Kerans esta noche –le dijo.

Él se detuvo y frunció el ceño, visiblemente irritado.

–Ya. La reunión informal en su casa de la playa. Tú también deberías estar allí.

–¿Por qué? –ella retrocedió. El calor que tenía en las mejillas ya empezaba a disiparse.

–Porque es un cliente y me ha invitado. Y ahora yo te he invitado a ti.

–Esto no… No –dijo Emily sacudiendo la cabeza.

–Esto es trabajo, Emily, no una cita. Jason, Mitch y June también estarán allí. Y tu compromiso con Point One significa que la gente necesitará verte como algo más que mi asistente. Y como yo voy, tú vas –para no sonar tan autoritario, Zac sonrió–. El trabajo en equipo es fundamental. Pero te prometo que… –esbozó una sonrisa pícara–. Te compensaré mañana.

Emily tragó con dificultad, pero no fue capaz de apartar la vista de él. Aquellos ojos profundos y ardientes lanzaban un mensaje.

«Quiero hacerte muchas cosas y sé que vas a disfrutar…», parecían decirle.

–Esto tiene que quedarse fuera de la oficina –dijo ella al final.

A juzgar por la expresión de su rostro, eso no era lo que Zac esperaba.

–Adiós a mis fantasías de sexo en la oficina.

–Lo digo en serio, Zac –dijo ella muy en serio–. No será de ti de quien hablen. Tú eres el jefe. A ti no te pondrán ninguna etiqueta.

–¿Por qué eso me suena…? –dijo él, arrugando los párpados.

–No importa cómo suene. No puede haber miraditas secretas, ni comentarios subidos de tono, nada de tocarse… Durante el día nuestra relación será estrictamente profesional.

Él guardó silencio durante tanto tiempo que Emily empezó a sentir mareos de tanto contener la respiración. Finalmente él asintió con la cabeza.

–Te recogeré a las ocho esta noche –agarró otro periódico y empezó a leer.

Emily miró a lo largo del pasillo. Una descarga de emoción recorría su cuerpo. ¿Cómo iba a sobrevivir al lunes, por no hablar de esa misma noche, sabiendo lo que le esperaba a la noche siguiente?

El opulento dúplex de doce habitaciones, propiedad de Josh Kerans, había sido todo un éxito para Valhalla. Era un diseño de Zac, con grandes ventanales que mostraban las maravillosas vistas de Broadbeach Waters en todo su esplendor. Emily contemplaba el atardecer. El murmullo de la gente, sus trajes caros y lujosos, las luces sutiles y los suaves acordes de la música de Mozart no parecían interesarle mucho.

«Cielo rojo vespertino, la esperanza es del marino…», se dijo, sonriendo para sí, y entonces miró a su alrededor. Los invitados se saludaban efusivamente, bebían champán y charlaban entre risas. Los ricos y famosos… en su salsa. Ninguno de ellos se hubiera fijado jamás en aquella espectacular puesta de sol para surfistas. Las olas rompían contra el descomunal yate de Kerans, que estaba amarrado al muelle. De repente sintió que alguien se acercaba. Era Zac. Sólo él podía producir ese cosquilleo en su cuerpo. Se volvió hacia él.

–Esto es increíble, Zac. Un gran trabajo.

–Gracias. ¿Quieres champán? –le dijo, ofreciéndole una copa y mirándola de arriba abajo. Al menos llevaba la falda por encima de la rodilla. Ése era el único cambio que se había permitido para la velada. Pero aún seguía vestida de negro y todavía llevaba aquellos zapatos de gruesos tacones, por no hablar de aquella horrible chaqueta. Zac la miró con un gesto de resignación. Él mismo le había dicho que se trataba de trabajo, así que no podía esperar otra cosa

Ella aceptó la copa con un gesto nervioso y entonces bebió un poco, intentando no derretirse bajo su insistente mirada.

−Es…

−¡Zac! ¡Estás aquí! *Hur mar du?* −dijo una voz aterciopelada. Una mujer alta y morena se abría paso entre la multitud. Llevaba un vestido negro sin mangas que insinuaba un cuerpo escultural y un escote de infarto.

Haylee Kerans, la hija del cliente… Emily agarró con fuerza la copa. Otra de las ex de Zac, de ésas que nunca se daban por vencidas.

Zac se volvió hacia ella y Emily se quedó paralizada, sin saber qué hacer, escuchándoles charlar en sueco.

−*Kan du talar Svenska?*

Al ver que Emily se quedaba con cara de póker, la mujer esbozó una sonrisa condescendiente.

−¿No hablas sueco? Oh, deberías. Es una lengua muy musical. Zac es medio sueco y lo habla perfectamente −frunció el ceño con afectación−. Tendré que enseñarte… Emma, ¿no?

−Emily −dijo Zac.

Emily vio cómo se zafaba de la joven.

−Oh −los ojos de Haylee se volvieron afilados−. La guardiana de Zac. Tú eres la que desvía todas sus llamadas.

Emily parpadeó, sorprendida y molesta. ¿Acaso era su culpa que Zac fuera todo un experto en huir de las mujeres?

–Soy la asistente personal de Zac –dijo con ecuanimidad–. Él manda y yo hago.

Haylee levantó una ceja y miró a Emily de arriba abajo de la manera más descarada. Sin embargo, antes de que pudiera replicar, Zac intervino.

–¿Sabes dónde está tu padre?

La joven volvió a mirar a Zac y le dedicó una espléndida sonrisa.

–Donde siempre está –Haylee señaló la multitud de invitados–. Cerca de la barra, hablando de negocios, rodeado de sus amigos y colegas. Zac… –con un gesto juguetón, Haylee deslizó la punta del dedo índice por el brazo de Zac–. Deberías llamarme. Podríamos dar un paseo en ese coche tan potente que tienes –se inclinó hacia delante, buscando un beso.

Por cortesía, Zac dio un paso adelante y fue a besarla en la mejilla. Sin embargo, en el último momento, ella se giró y sus labios aterrizaron directamente sobre los de ella.

–Para más tarde –le dijo en un susurro y entonces fulminó a Emily con una mirada triunfal.

Zac agarró a Emily de la cintura y la hizo alejarse de allí.

–¿Que me va a enseñar? –masculló ella, furiosa.

–Ignórala –dijo él, abriéndose paso entre la gente.

–Oh, he querido hacerlo, pero es un poco difícil. Preferiría practicar la natación entre tiburones.

Él sonrió y entonces miró por encima del hombro. Haylee seguía donde la habían dejado. La sonrisa se le había borrado de la cara y su dedo meñique tamborileaba rítmicamente sobre la copa de champán. Nunca sería capaz de entender a las mujeres. Lo de Haylee había sido divertido durante un par de meses. Ella era impulsiva y desenfadada. No parecía tan obsesionada por estar perfecta, al menos no tanto como sus otras ex. Además, como había crecido en la opulencia, no se había dejado deslumbrar con sus millones. Sin embargo, con el tiempo, ese entusiasmo despreocupado se había convertido en una obsesión asfixiante. Siempre tenía que saber dónde y con quién estaba, cuándo volvería… Aquello le había hecho dar marcha atrás sin pensárselo dos veces.

—Lo siento —murmuró.

—¿Por qué?

—Por haberte puesto en el medio del fuego cruzado.

Ella se encogió de hombros.

—No te preocupes. He visto cosas peores.

—¿En serio?

Ella se detuvo de golpe, obligándole a detenerse también.

—Yo soy la que contesta al teléfono, Zac. Tengo que deshacerme de todas tus ex todas las semanas. Me gritan, me engañan, me amenazan… Algunas incluso me suplican y se ponen a llorar.

—Estás de broma.

—No.

Zac se le quedó mirando, desconcertado. Abrió la boca para decir algo, pero en ese momento alguien le puso una mano en el hombro.

—Zac, ¿cómo va todo por Sydney?

Era Joe Watts, el ingeniero jefe de Valhalla.

Emily se quedó a su lado en silencio mientras él charlaba con Joe. Miró a su alrededor y sus ojos se toparon con Haylee Kerans una vez más. La morena era el centro de atención en un grupo de hombres. Aquella exhibición constante sólo indicaba una cosa: ella siempre necesitaba ser la protagonista. La hija del millonario no era de las que se dejaban eclipsar y sólo tenía que manipular un poco a su padre para conseguir lo que quisiera. Una mujer peligrosa… Emily la vio devorar a Zac con la mirada una y otra vez. Rápidamente se disculpó y fue al cuarto de baño.

Capítulo Ocho

El viaje de vuelta fue igual que el de ida. La música aliviaba el incómodo silencio. Zac miró a Emily de reojo. Ella miraba por la ventanilla. Se había desabrochado el último botón de la blusa y se había desarreglado un poco el moño. Varios mechones de pelo flotaban alrededor de su cara.

–¿Qué tal van los preparativos del lanzamiento? –le preguntó. No había sido capaz de verbalizar el piropo que tenía en los labios.

–Tendré las últimas estimaciones mañana –dijo ella.

–Muy bien –dijo él, sonriendo.

–Y… –ella hizo una pausa al tiempo que el coche doblaba la esquina, pasando por delante del Currumbin Surf Club a la derecha.

–Estoy esperando que me llamen de la Universidad de Queensland, para ver si puedo empezar en el segundo semestre. En abril.

–¿Puedes hacer eso?

–Depende. Y ya tengo un plan para devolverte el dinero.

–No hay prisa –la miró un momento, pero fue incapaz de saber qué estaba pensando.

–No me gusta deberle dinero a la gente.

Finalmente llegaron a su calle y él detuvo el vehículo junto a la acera. Al apagarse el motor, sólo quedó un pesado silencio entre ellos. Nubes oscuras ocultaban la luna y estaba muy oscuro. Zac abrió la puerta del conductor y entonces se encendió la luz interior. Se volvió hacia ella lentamente, obligándola a mirarle a la cara.

–Emily –le dijo, sujetándole un mechón de pelo detrás de la oreja.

–¿Sí?

Él vaciló. De repente no sabía qué decir.

«Admítelo. Todas esas mujeres te han malcriado; esas mujeres seguras de sí mismas y atrevidas que sabían lo que querían e iban directamente a por ello».

En realidad era algo más que eso. Le habían convertido en un cínico que era incapaz de emplearse a fondo para seducir a una mujer. En ese momento ella entreabrió los labios y Zac se rindió. Agarrándola de la nuca, tiró de ella y le dio un beso en los labios. Fue tan delicioso y dulce como antes. Sus labios eran suaves y turgentes, exquisitos. Mientras la besaba sintió que su propio cuerpo volvía a la vida. Exploró su boca, buscando las curvas, los rincones, su lengua… Al principio ella la escondía, pero finalmente la enredó con la de él hasta hacerle perder la razón.

«Para…», se dijo Zac a sí mismo. Emily le acariciaba la nuca suavemente, pero eso era más que suficiente para él. Tenía que parar antes de que las cosas se descontrolaran. Haciendo un gran esfuerzo, se separó de ella con un gruñido. Ella frunció el ceño y abrió los ojos de golpe.

–Mañana por la noche –le dijo, bajando del coche–. En mi casa.

Ella asintió rápidamente y salió a la acera.

–Gracias por el viaje.

–Ha sido un placer –le dijo él, cruzando los brazos y apoyándose contra el capó del coche.

Ella dio media vuelta y se dirigió hacia las escaleras sin mirar atrás. Cuando llegó a la puerta se volvió un instante y entonces entró.

Zac subió al coche y arrancó. Las luces del salón se habían encendido. No sin reticencia, echó a rodar rumbo a Surfers. Las veinticuatro horas siguientes se le iban a hacer muy largas.

Después de salir a correr por la playa, igual que hacía todas las mañanas, Emily se dio una buena ducha y se preparó para ir al trabajo. Sin embargo, ese día no se puso el perfilador y el bálsamo labial que solía usar a modo de pintalabios, sino que agarró el untuoso y sensual brillo de labios que su hermana le había regalado para su cumpleaños. En lugar de hacerse el moño de siempre, se recogió el cabello en una coleta y se fue a trabajar. Al entrar en el vestíbulo del edificio, se dirigió hacia los ascensores. No había nadie por allí, ni el guardia de seguridad, ni los trabajadores habituales. Al llegar al despacho, dejó el bolso, puso el café sobre la mesa y encendió el ordenador. De repente vio el teléfono de Zac y una nota pegada al teclado.

Estoy en una reunión, decía el papel.

Emily arrugó la nota y la metió en la trituradora. En ese momento entró el mensajero de la empresa. El hombre sonrió y le dejó un montón de cartas sobre la mesa.

–Gracias –dijo ella y, justo en ese momento, comenzó a sonar el teléfono de Zac.

Era un número desconocido… Un mensaje de texto… Activó la pantalla táctil y desplegó el mensaje.

¿Viste mi foto la otra noche?

Emily se recostó en la silla y empezó a mover una pierna. Los clientes de la empresa solían enviarle fotos de la casa a Zac, pero ¿por qué no estaba ése en su lista de contactos?

El teléfono volvió a sonar y Emily saltó en el asiento.

Ésta es mejor. Llámame.

Cuando apretó el botón del adjunto, se quedó de piedra. Era Haylee, lanzando un beso a la cámara, desnuda de cintura para arriba. Emily puso el teléfono sobre el escritorio rápidamente. El corazón se le salía del pecho. Zac no podía haberlo hecho. Él no era así, pero… Siempre le daba el número de teléfono de la oficina a sus novias, nunca el móvil. Agarró el móvil nuevamente y buscó la lista de llamadas entrantes. El número de Haylee aparecía entre tres y cinco veces al día. Intentando mantener la calma volvió a dejar el teléfono sobre la mesa. Sólo había una explicación razonable. Haylee le estaba acosando. Entrelazó las manos detrás de la cabeza y levantó la vista al techo.

«Piénsalo bien. Has conocido a esa mujer. Conoces a Zac…».

Cuando Zac volvió, una hora más tarde, ya estaba preparada.

–¿Alguna llamada? –le preguntó él con una sonrisa al tiempo que ella le daba el correo y el móvil.

–Cal ha llamado de nuevo.

–¿Y Victor? –preguntó él, poniéndose serio.

–No. Pero Haylee te ha mandado un mensaje.

–¿Qué quería?

–Era una foto.

Sus ojos debieron de delatarla porque la mirada

de Zac se oscureció de inmediato y entonces masculló un juramento.

–Lo siento. Pensaba que había zanjado el tema. Déjamelo a mí –se volvió hacia su despacho.

–Te está acosando.

Él se detuvo en la puerta y sacudió la cabeza lentamente.

–No. Es que Haylee está un poco…

–¿Loca?

–Es un poco obsesiva –dijo él con una sonrisa–. La traté con sutileza, pero ella se lo ha tomado como una invitación a intentarlo con más entusiasmo.

Zac nunca era desagradable. Ella era la que siempre se ocupaba de comprar el ramo de flores; ése que le enviaba a sus novias cuando rompía con ellas, acompañado de una nota. Y ése debía de ser el motivo por el que muchas de sus ex se negaban a darse por vencidas. Emily suspiró.

–¿Quieres que te consiga un nuevo número de móvil?

–Es buena idea –dijo él, asintiendo con la cabeza y lanzándole el teléfono.

Ella lo agarró con destreza.

–¿Estás lista para ponerme al día con lo de Point One?

–Sí –dijo ella. Agarró una carpeta y se puso en pie.

De repente se dio cuenta de que él la miraba con insistencia.

–¿Llevas un nuevo peinado?

La joven guardó silencio.

–Me gusta.

–No es ése el motivo del cambio –dijo ella, frunciendo el ceño.

Él sonrió con escepticismo.

–Esta tarde tengo unas cuantas inspecciones, así que llegaré a casa a eso de las siete y media –añadió, dejando caer el comentario.

Pero la información se quedó en el aire. Emily guardó silencio y se dedicó a preparar los documentos para realizar su exposición. Mezclar el placer con los negocios nunca era buena idea.

Capítulo Nueve

Emily apartó de su mente todo lo que no fuera trabajo y consiguió pasar el día sin perder la cordura. Por suerte, Zac se había marchado a las dos y ya no regresaría ese día. Había sido una jornada ajetreada, pero tampoco había ocurrido nada especial. Cal y Victor habían llamado y algunos empleados le habían hecho algún comentario sobre su pelo, pero nada más. A las siete apagó el ordenador, cerró el despacho y se preparó para irse a casa. A las siete y cuarto aparcó en la esquina de la casa de Zac, apagó el motor y se quedó en el coche en silencio. Era la hora. Conocía todos los códigos de acceso a la casa y tenía la llave.

Justo cuando se disponía a abrir la puerta vio las luces de un coche que se acercaba por el espejo retrovisor. Titubeó un instante y un segundo después un elegante deportivo pasó por su lado lentamente. De repente, tras pasar por delante de la casa de Zac, el vehículo aceleró y salió a toda velocidad. Emily sacudió la cabeza y respiró hondo. Agarró el bolso y bajó del coche.

Si hubiera podido ir a ciento veinte por la congestionada Pacific Highway, lo hubiera hecho. Demasiado lento. Demasiado lento. El corazón de Zac latía rápidamente y el tráfico se movía al ritmo de las tortugas, parando en los semáforos una y otra vez. Nubarrones oscuros se cernían sobre la ciudad, cargados de lluvia. El volante se quejaba bajo su agarre de hierro. Quería tenerla en sus brazos en ese momento, quería sentir sus labios, su aliento cálido, su piel aterciopelada, quería sentir sus piernas alrededor de la cintura. Miró el reloj. Eran las siete y cuarenta. Masculló un juramento.

–Vamos… Vamos… ¡Por fin!

En menos de cinco minutos llegó a casa y, justo cuando estaba metiendo el coche en el garaje, empezaron a caer las primeras gotas. Agarró los paquetes que tenía en el asiento del acompañante, cerró el vehículo y entró por la puerta del garaje. Dejó las llaves en la mesa del vestíbulo y avanzó por el pasillo. Se detuvo un momento en el salón y puso la bolsa de comida para llevar sobre la mesa.

–¿Emily? –su voz retumbó en la quietud de la noche.

–¿Sí?

Se dio la vuelta. Ella estaba de pie frente a la ventana. Su oscura silueta se dibujaba sobre la vista del océano embravecido y las nubes negras que descargaban su torrente de agua.

–¿Has ido de compras? –le preguntó ella.

Él encendió una lámpara.

–He comprado comida –le dijo, notando cómo sujetaba el bolso contra su pecho, como si fuera un escudo protector.

Con un dedo levantó el otro paquete por las finas asas.

–Y esto es para ti.

–No tenías que comprarme… –dijo ella, frunciendo el ceño.

–Pero quería hacerlo. Hay una gran diferencia.

–Zac…

–Sólo pruébatelas. Si no te gustan, las devolveré. Por favor –añadió con una sonrisa.

Ella parpadeó y agarró la bolsa. Vaciló un momento y finalmente se rindió con un suspiro.

–Muy bien.

–Adelántate –le dijo él–. Yo subiré la comida y las bebidas.

Emily subió las escaleras lentamente, consciente de su mirada en todo momento. Se detuvo en lo alto. La pequeña entrada se prolongaba hasta convertirse en el dormitorio en el ático de Zac. Apenas se fijó en los muebles oscuros, las fotos de la pared, la ventana que daba a la bahía… Su corazón latía demasiado rápido como para fijarse en otra cosa que no fuera la cama deshecha. La cama de Zac… El lugar donde dormía con otras mujeres… No. Emily dio media vuelta y se miró en el espejo. Se sacó la blusa de la falda y se desabrochó los botones. Debajo llevaba ese sujetador de algodón blanco con florecitas azules que tanto le gustaba. Esa mañana había intentando ponerse uno rojo, mucho más seductor, pero el tejido le daba tantos picores que no lo había podido soportar ni un minuto. Al final lo había metido en el bolso y había recurrido a su sostén de algodón de siempre. Limpio y bonito, pero sencillo y, al fin y al cabo, de algodón. De pronto reparó en el regalo que él le había dado. Debía de ser lencería. Los hombres eran así de predecibles. Sacó la caja de la bolsa. Era demasiado grande como para ser lencería. Eran zapatos. Abrió la tapa y entonces se llevó una gran sorpresa. Su corazón empezó a latir con más fuerza. Dentro había unas maravillosas sandalias con los tacones cubiertos de terciopelo blanco y pétalos plateados de organdí que caían desde el tobillo hasta los dedos.

–Oh, Dios mío –exclamó para sí. Se las probó y, al mirarse en el espejo, tuvo que contener la respiración. Aquellas sandalias maravillosas no sólo eran preciosas, sino que también le hacían las piernas más largas y esbeltas.

–Zapatos mágicos –se dijo, mirándose una y otra vez.

De pronto reparó en el sujetador nuevamente y entonces se decidió a sacar el sostén rojo del bolso. Se lo puso. Era demasiado pequeño. Por mucho que intentara acomodar sus pechos dentro de las copas, siempre sobresalían demasiado por encima del escote. Resignada, se concentró en el pelo. Se hizo una coleta y trató de darle un poco de volumen.

Y fue en ese momento cuando Zac la vio; arreglándose el pelo frente al espejo, con la falda medio subida hasta los muslos y esas extraordinarias sandalias que hacían interminables sus piernas. En ese momento ella se incorporó y Zac casi derramó el vino. Ella tenía los pechos más exquisitos que jamás había visto, apenas contenidos en aquel sujetador rojo fuego. Era una pieza de lencería tan escotada que casi se le veían los pezones.

Soltó el aliento de golpe y Emily se dio la vuelta, ruborizándose de inmediato.

–No te muevas –le dijo él.

Ella se quedó quieta, con las manos entrelazadas. Él la observaba, recorriendo su cuerpo con la mirada.

–¿Te gustan los zapatos? –le preguntó finalmente, dejando la bolsa y el vino sobre una mesa.

–Sí –dijo ella, después de aclararse la garganta–. Son absolutamente maravillosos.

Zac sirvió una copa de vino y se la ofreció. Ella la

aceptó con temor y cautela. Era divertido verla así, fuera de contexto, en falda y sujetador, y con unos tacones de doce centímetros.

–Gracias –le dijo antes de beber un sorbo de vino.

Él deslizó un dedo sobre su antebrazo desnudo y entonces ella retrocedió, derramando un poco de vino sobre su propia mano.

–Lo siento –murmuró, interceptando unas gotas de vino que corrían por la superficie de la copa antes de que llegaran a mancharla.

–Te has manchado un poco –dijo él.

–¿Dónde?

–Aquí –con una mano firme la atrajo hacia sí, se inclinó sobre ella y le lamió el labio inferior.

Ella contuvo el aliento, parpadeando. Zac sonrió. Bebió un sorbo de vino y entonces le dio otro beso. Ella se tragó el vino y gimió suavemente. Él la sujetó con fuerza y empezó a besarla con más energía, embriagado por el alcohol y desesperado por el deseo. Ella empezó a sentir un dolor palpitante en los pechos y entonces empezó a apretarse contra él, gimiendo una y otra vez. Él le metió la pierna entre los muslos.

A través de una tupida cortina de deseo, Emily sintió que la empujaba hacia atrás y, de repente, cayó sobre la cama. Ambos se fueron abajo. Él amortiguó el golpe, sin dejar de besarla. Ella sintió que la carne se le ponía de gallina al entrar en contacto con la sábana de satén, pero él le puso las manos sobre el vientre y ella se estremeció. Al oírle reírse, abrió los ojos. Estaba encima de ella, y el pelo, demasiado largo ya, le caía sobre la frente, dándole un aire libertino y salvaje. De repente, él le agarró un pecho, buscó su pezón endurecido y empezó a juguetear con él, dejándola sin aliento. Lentamente le quitó el sujetador y empezó a lamerla.

–Zac, por favor…

–¿No quieres que siga? –le preguntó él, sonriendo mientras le lamía un pezón.

–Sí… No… Es que… –contuvo el aliento mientras él le lamía el pezón–. Es demasiado.

–Hmmm –murmuró él. Cuando se apartó de ella, ella abrió los ojos de par en par. Haciendo alarde de una gran concentración, deslizó la mano a lo largo de su vientre, pasando por encima de su ombligo y deteniéndose allí donde se le había abullonado la falda. Una ola de pánico se apoderó de ella cuando él empezó a moverle las caderas para quitarle la falda. No había tenido tiempo de cambiarse las braguitas blancas de algodón, pero tampoco tenía que haberse preocupado tanto. Él la miraba a la cara fijamente, observando su reacción. Lentamente puso la mano sobre su sexo, cubierto por el fino tejido de la braguita, y empezó a tocarla en la parte más íntima, desencadenando olas de placer que la recorrían de arriba abajo.

–¿Demasiado? –le preguntó de nuevo, sonriente.

Sin esperar una respuesta, deslizó un dedo por dentro de la cinta elástica de sus braguitas y lo introdujo dentro. La urgencia de sus besos era inconfundible. Sus labios y su lengua no hacían otra cosa que avivar el fuego que ardía entre ellos. Ella no se pudo resistir cuando él le apartó las piernas y comenzó a masajearla en sus labios más íntimos. Estaba tan excitada, tan húmeda… Gimiendo, se apartó de ella un instante, se quitó la camisa y después los pantalones, hasta quedarse completamente desnudo. Buscó una cajita de preservativos en la mesita de noche, sacó uno y se lo puso. Se reunió con ella en la cama, le quitó las braguitas con un gesto ágil, se colocó entre sus piernas y entró en su sexo caliente y húmedo. Ella contuvo el aliento, pero esa vez pareció que el aire le salía del alma, más que de los pulmones. Arqueó la espalda, echó atrás la cabeza y se dejó llevar. Con los dientes apretados, él comenzó a moverse adelante y atrás; una sensación exquisita… Fricción, caliente y placentera. Apenas tenía aliento y el corazón le latía muy rápido, como si pudiera explotar en cualquier momento. Empujó con fuerza, muy adentro, y Emily gimió de gozo. Ella se movía con él, agarrándole de las caderas, con los labios sobre su oreja.

Zac le agarró el trasero y empujó más adentro. Ella jadeó, gritó, hundiendo los dientes en la carne de su hombro. Y justo cuando pensaba que las cosas no podían llegar más lejos… Ella le mordió, levantó las caderas y enroscó las piernas alrededor de su cintura.

–Zac… –le miraba fijamente, con las mejillas encendidas y la boca entreabierta.

–Yo… Es…

–Agárrate –le dijo él, acelerando el ritmo.

Ella hizo lo que le pedía y escondió el rostro contra su hombro. Dentro de ella podía sentir cómo se le contraían los músculos, preparándose para el orgasmo. Con un gemido gutural, él la besó de nuevo y entonces ocurrió. Con un grito profundo, ella echó atrás la cabeza y se contrajo por dentro, vibrando de gozo. Él ya no pudo aguantar más. Clavándole las uñas en la piel, se dejó llevar por la ola de lujuria. El orgasmo los sacudió a los dos con una fuerza arrolladora. Él llenaba cada rincón de placer, y sus cuerpos se estremecían al ritmo del éxtasis. Una felicidad infinita crecía dentro de ella. Nunca había estado tan cerca del… paraíso.

Capítulo Diez

Se podía aprender muchas cosas de la forma en que una mujer movía las manos al hablar. Algunas gesticulaban mucho, y otras usaban las manos de forma inconsciente, o bien para conseguir un efecto concreto. Emily era de éstas últimas.

Zac se quedó mirando la puerta cerrada un momento, pensativo, y entonces miró los restos de la hamburguesa que acababa de comerse. Recogió todo y lo echó a la basura. Se levantó de la silla y abrió la puerta.

–Cancélalo todo para la una –dijo, consciente de que su voz sonaba un poco dura–. Voy a salir.

–¿Estarás de vuelta para las tres y media? –Emily asintió y descolgó el teléfono.

Nada de preguntas, ni miradas interrogantes, nada más que aceptación y complacencia… Esa compostura imperturbable; esa eficiencia impasible lo volvía loco.

–Sí.

Salió del edificio a toda prisa y se subió en el coche. Un impulso repentino de conducir se había apoderado de él. Y eso fue lo que hizo. Condujo rumbo al norte, por la carretera de Gold Coast y se dirigió a Seaworld. Pasó por delante de Palazzo Versace, del Sheraton Mirage, varios restaurantes… El brazo oeste de Gold Coast Spit apareció a su izquierda. La península y la manga de mar estaban repletas de yates y pescadores ociosos.

La carretera siguió adelante, atravesando los árboles de Main Beach Park hasta llegar al aparcamiento. Se detuvo. La gravilla crujió bajo los neumáticos.

Bajó del vehículo y respiró hondo. La lluvia de la noche anterior aún se podía oler en el ambiente. Siempre le había gustado mucho ese lugar, mucho más que la playa privada que estaba delante de su casa. Sacó una bolsa del maletero, se puso el traje de neopreno y se dirigió a la caseta donde alquilaban las tablas. Diez minutos más tarde corría en dirección al mar con una tabla de surf bajo el brazo…

La puerta de cristal se abrió de repente. Emily levantó la vista. Era Zac. Tenía el pelo alborotado y parecía más bronceado que antes. Se pasó una mano por el cabello y el corazón de Emily dio un vuelco.

–Tu padre ha llamado.

–Muy bien. Gracias –le dijo él en un tono seco–. Ya lo llamaré luego.

–Pero no quieres hacerlo.

Él guardó silencio.

–Zac, sea lo que sea lo que pasara entre tu padre y tú…

–No es algo de lo que quiera hablar.

Sus palabras sonaron tan cortantes que Emily no supo qué decirle.

–Lo entiendo. Pero cuando yo tenía diez años, mi hermana se fue de casa, y yo pasé trece años sin saber si estaba viva o muerta. Cuando por fin me encontró, ¿crees que a mí me importaban esas estúpidas peleas que habíamos tenido diez años antes?

Él abrió los ojos, sorprendido.

–La gente toma decisiones basándose en emociones, no en cosas lógicas –añadió ella rápidamente–. Y así cometen errores. Si Victor está haciendo el esfuerzo, por lo menos deberías escucharle.

Sin decir ni una palabra más, Zac dio media vuelta y se dirigió hacia la puerta de su despacho. Emily respiró hondo. ¿Cómo podía comportarse como si lo de la noche anterior no hubiera ocurrido en absoluto?

–¿Emily? ¿Tienes un momento?

Él estaba en la puerta. Emily podía sentir su presencia sin necesidad de darse la vuelta. De forma instintiva, se puso erguida y maximizó el documento de Point One en la pantalla.

–Estoy en medio de…

–Es importante.

Ella se quedó quieta, con la mano sobre el ratón, y entonces suspiró, resignada.

–Si quieres que lo dejemos, lo entiendo.

–¿Tú quieres dejarlo? –le preguntó él–. Yo no –añadió.

–No –dijo ella, levantando la barbilla.

–Muy bien.

–Muy bien.

Ambos guardaron silencio un momento. Zac la miraba con la misma cara que ponía cuando había un problema importante.

–Emily.

Ella le miró por encima del hombro.

–¿Estás libre esta noche?

Y así, los recuerdos de la noche anterior la inundaron por dentro, como una película erótica. Aunque no quisiera sentirlo, no podía evitar el cosquilleo que le recorría la piel.

–Sí.

Él esbozó una media sonrisa y enseguida volvió a ser el Zac de siempre.

–Entonces te veo después de las ocho.

–Claro –dijo ella. De repente se sentía más incómoda que nunca.

Capítulo Once

Las dos semanas siguientes transcurrieron sin novedad. Zac seguía siendo frío y profesional durante el trabajo, pero siempre le preguntaba si estaba libre por las noches. Y ella siempre decía que sí, excepto los fines de semana. Esos días eran suyos y de nadie más.

–¿Tienes algún plan para el sábado por la noche? –le preguntó él un viernes por la tarde después de una reunión.

–Trabajo. Un buen libro y un baño –le dijo ella, ignorando el resplandor de su mirada. Cuando regresaron a su despacho tuvo que repetírselo de nuevo. Él frunció el ceño, pero ella no le hizo mucho caso.

Sin embargo, el domingo, después de haber leído, y de haber tomado un buen baño, se puso unos viejos pantalones de chándal y una camiseta ceñida y abrió el ordenador. Después de dar los últimos retoques al lanzamiento de Point One, apretó la tecla de «guardar» y entonces sintió una gran sensación de alivio. Eso era lo que debería haber hecho entre semana, en lugar de retozar con Zac todas las noches. Ésa era su carrera, su vida… Si hacía las cosas bien, llegaría a tener muchos contactos que le abrirían todas las puertas cuando decidiera poner su propio negocio. De repente sus manos dejaron de teclear. No había pensado en eso desde… Hacía días, semanas, incluso. No había vuelto a saber nada de la universidad y tampoco se había molestado en llamar. Los placeres carnales la habían absorbido por completo. ¿Qué pasaría tras el lanzamiento de Point One? ¿Qué pasaría cuando por fin hubiera saldado la deuda con Zac?

«Seguirás adelante con tu vida. Pasarás página, sin mirar atrás…», se dijo.

Sin embargo, al imaginárselo con otra mujer, haciendo las cosas que habían hecho juntos, no pudo evitar sentir una angustia terrible. Se levantó, tiró la almohada al otro lado de la habitación y fue a la cocina. Se sirvió un vaso de agua y se lo bebió de un trago. Necesitaba volver a la normalidad… No obstante, horas más tarde, su mente seguía dándole vueltas a la cuestión. Atormentada, soñaba con exuberantes mujeres que reclamaban la atención de Zac a toda costa. Se despertó antes del amanecer; un extraño sentimiento le agarrotaba el estómago. Rodó sobre sí misma, agarró sus gafas de ver, abrió las cortinas y miró por la ventana. Los primeros rayos de sol asomaban en el horizonte.

Unas horas más tarde, ya en el trabajo, recogió unos papeles y fue a llevarlos al despacho de Zac. Los enormes cristales tintados de las ventanas le devolvían su reflejo. En ellos veía a una rubia de veintiséis años vestida con un sobrio uniforme de ejecutiva; falda larga y negra, zapatos discretos, pantis, un suéter azul cielo de manga corta… Dejó los papeles en la bandeja de Zac y se acercó un poco a la ventana para verse mejor. Se volvió un poco y se miró con atención. La tela se le ceñía a las caderas y el cinturón negro y fino le acentuaba la cintura. Frunciendo el ceño, se alisó el suéter sobre el abdomen y después sobre los glúteos. ¿Acaso había perdido peso?

De repente la puerta se abrió y Emily giró sobre sí misma, sonrojada hasta la médula. Era Zac.

Sus miradas se encontraron y el tiempo se detuvo durante un par de segundos. Él la miró de arriba abajo, con una sonrisa en los labios.

–Ese color te queda bien.

–Gracias.

–Pero odio esos zapatos.

Ella levantó la barbilla, a la defensiva, pero él se limitó a sonreír.

–A lo mejor por eso me los pongo.

–Primero me dices que lo del nuevo peinado no es para impresionarme, ¿y ahora te pones unos zapatos que odio? –fue hacia ella y se detuvo a un centímetro de distancia, todavía sonriendo.

–¿Qué tal el fin de semana? –le preguntó suavemente, mirándole los labios.

«Maldito Max Factor, maldito pintalabios…», pensó ella, intentando mantenerse impasible.

–Bien.

–Me alegro.

–¿Y qué pasó con tu reunión?

–La hemos pospuesto para otro día –estiró el brazo y le quitó una pelusa de la manga del suéter.

–Acabo de mandarte un mensaje.

Ella asintió con la cabeza y dejó que el silencio se apoderara del despacho. De repente él se inclinó hacia delante. Ella se sobresaltó y se golpeó la cadera con el borde del escritorio. Él sonrió. Sus labios estaban muy cerca de la oreja de Emily, tan cerca que podía sentir el calor de su aliento.

–¿Necesitabas algo?

–Ah… No.

–¿Estás segura? –le susurró. Emily sintió su aliento en la oreja, y después sus labios.

La joven se mordió el labio inferior.

–¿Estás segura de que no necesitas esto?

Empezó a besarla a lo largo del cuello.

–No… –dijo ella finalmente, tratando de ignorarle.

–¿Y esto? –le preguntó él, deslizando un dedo sobre su cuello hasta llegar al escote.

–En serio, Zac… No puedes.

–Sí puedo. Acabo de hacerlo –le dijo él, sonriendo.

–Estamos en tu despacho –le dijo ella, sintiendo las yemas de sus dedos sobre un pecho.

Él encontró uno de sus pezones duros y empezó a masajearlo, apoyándose en el escritorio con la otra mano, acorralándola. Emily tragó con dificultad. Un deseo incontenible palpitaba debajo de su piel. Su cuerpo la traicionaba. De pronto ya no pudo aguantar más. No importaba que estuvieran en el despacho. Todo lo que deseaba en ese momento era besarle, dejarse besar por él, dejar que la desnudara, que le hiciera el amor. En ese momento empezó a sonar su teléfono, que estaba en el despacho contiguo. Emily se apartó de él bruscamente, se recolocó las gafas y se alisó el suéter.

–Te lo dije, Zac… –le dijo, fulminándolo con la mirada–. En el despacho no. ¿Qué hubiera pasado si hubiera entrado alguien?

–Entonces hubieran ganado la porra de la oficina –le dijo él, encogiéndose de hombros con indiferencia.

Emily sintió una ola de rabia e indignación.

–¿Qué?

–Sé todo lo que pasa en esta empresa, Emily –cruzó los brazos–. Son muchos los que han apostado por ti como mi nueva conquista.

–¿Qué? –exclamó ella, avergonzada.

–Mira, no te preocupes. A nadie le importa…

–A mí sí.

–¿Por qué? ¿Por qué te importa tanto lo que piense la gente?

Un torrente de sangre caliente palpitaba en su cabeza. La vergüenza era insoportable, tanto así que no sabía qué decir.

–Porque no quiero que me juzguen por nada que no sea mi trabajo –le dijo finalmente–. Y ahora tengo que volver a trabajar –añadió y salió rápidamente.

Capítulo Doce

Emily abrió la puerta de su casa de par en par, pero no era el repartidor de pizza. Era Zac.

–Demos una vuelta –le dijo en un tono casual. Tenía el brazo apoyado sobre el marco de la puerta.

–¿Qué? –le dijo ella, parpadeando.

–Vamos a algún sitio, oscuro, con música alta.

–Yo… yo…

Él entró y ella se echó a un lado automáticamente.

–Estoy esperando una pizza –le dijo al final.

–Vaya, ya veo que te estás dando la buena vida –le dijo, dándose la vuelta hacia ella.

–También estoy trabajando.

Ella cruzó los brazos. No estaba dispuesta a dejar que su penetrante mirada la distrajera.

–He hablado con Cal sobre lo de VP Tech y tengo que desahogarme un poco. Pensé que te gustaría venir conmigo.

Emily tragó en seco.

«Admítelo. Estás encantada de haber sido su primera opción y de que haya venido hasta aquí para preguntarte. Sí que quieres ir».

–¿Y qué pasa con la pizza?

–Yo espero mientras vas a cambiarte –le dijo él.

–No sé si…

Él la hizo callar con un beso, profundo e intenso.

–Emily –le dijo finalmente en un susurro–. Yo sí lo sé. Iremos a algún sitio oscuro en el que nadie nos reconozca. Confía en mí.

Estaban en el Heaven, una de las discotecas más populares entre los surfistas, famosa por la música dance, los buenos precios y la seguridad. Era un día entre semana, pero el lugar estaba abarrotado.

–Vamos a bailar –dijo Zac, y entonces la atrajo hacia sí, apretándola contra su cuerpo.

–No es esa clase de baile –le dijo ella, sintiendo sus brazos alrededor de la cintura.

–No me importa –dijo él, rozándole el cuello con el aliento.

Lentamente, comenzaron a moverse. Él deslizó las manos sobre su espalda, por encima del top, metiendo los dedos por debajo de los tirantes.

–¡Eh, Zac! Sabía que eras tú. ¿Cómo estás?

Él se apartó de golpe y, cuando Emily se dio la vuelta, se encontró con una espléndida rubia, besando a Zac en los labios. Él se la presentó y, después de intercambiar unas cuantas palabras con ella, la chica se marchó. Emily estaba furiosa.

–¿Pero quién se cree que es? –masculló entre dientes, mirando hacia la multitud. Era evidente que les había visto bailando entre la gente, y por eso le había besado y se había pasado un rato flirteando con él.

Zac la observaba atentamente.

–Josie trabaja para las aerolíneas escandinavas –le dijo–. La conocí durante un vuelo a Europa.

–¿Era…? –Emily se mordió los labios para no terminar la pregunta. No quería sonar celosa.

Sin embargo, Zac se había dado cuenta de todo. La agarró de la cintura y la atrajo hacia sí.

–No fue mi novia. No –le dijo él, contestando a su pregunta. Y entonces la miró fijamente un instante bajo las luces estroboscópicas de la pista–. ¿Por qué?

Emily no podía decírselo. No podía decirle que se moría de celos.

–Tus ex no conocen límites –le dijo ella. De pronto sintió sus manos sobre el trasero y contuvo la respiración.

–No fue mi novia. Pero tienes razón –dijo él, avanzando lentamente hacia la pista–. No conocen límites.

El enorme telón de la pista cayó como una nube negra detrás de ellos, envolviéndolos en un manto de sombras. Los labios de Zac se posaron sobre su cuello y ella se estremeció.

–A lo mejor no fue una buena idea venir –le susurró él.

–¿Por qué? –le preguntó ella.

–Por esto –se movió y Emily sintió la potencia de su duro miembro erecto.

Ella gimió y, por un instante, quiso permanecer así para siempre, segura, a salvo, protegida… Pero entonces las luces dieron un fogonazo e iluminaron a toda la multitud durante cinco segundos. Y durante ese tiempo Emily pudo distinguir a alguien que los observaba fijamente entre la gente. Dio un traspié, pero Zac la sujetó. Cuando volvió a mirar, Louie Mayer ya no estaba.

De repente quiso salir de allí. No podía concentrarse en la música, ni en las caricias de Zac.

–¿Nos vamos? –sugirió suavemente.

Los ojos de Zac se oscurecieron. Asintió con la cabeza, la tomó de la mano y juntos se abrieron camino entre la gente rumbo a la salida.

Tumbada en la cama de Zac, Emily miraba al techo, sabiendo que tenía una sonrisa tonta en los labios. ¿Cómo no iba a sonreír como una tonta después de hacer el amor con Zac Prescott?

—¿Te encuentras bien?

—Sí —dijo ella, volviéndose hacia él y apoyando el codo—. Pero tus escaleras son muy malas para la espalda, y creo que me he clavado una astilla en el trasero.

Él sonrió de oreja a oreja.

—La próxima vez te pones encima. De hecho…

La tomó en brazos y rodó sobre sí mismo, poniéndose encima de ella. Deslizó las manos sobre su cintura hasta llegar a sus pechos. Empezó a masajearla, tomándose su tiempo con cada uno de los pezones.

—¿Qué quieres que haga? —le preguntó.

Ella cerró los ojos, extasiada.

—Sólo… sólo…

—¿Sí?

—Yo no… —ella se meneó un poco, sin saber qué decir.

—Mírame —le dijo él. Aquel imperativo no admitía un «no» por respuesta.

Ella suspiró y abrió los ojos lentamente.

—Tú mandas, Emily —le dijo él. Dime qué quieres que haga.

Y justo cuando pensaba que ya no podía disfrutar más, ella se mordió el labio inferior, y Zac sintió que perdía la cabeza. Un torrente de fuego corrió por sus venas.

–Quiero… –dijo ella, ruborizada–. Quiero que me beses por todo el cuerpo.

Reprimiendo un gruñido de placer, Zac deslizó una rodilla entre sus piernas, palpando su sexo desnudo.

–Estás húmeda.

Ella cerró los ojos y asintió.

Lentamente él deslizó una mano a lo largo de su vientre y la puso sobre su sexo.

–Voy a besarte, Emily –le dijo.

Otro murmullo, otro suspiro.

–Primero en la boca –le agarró la cabeza con una mano y la besó sutilmente–. Relájate –le dijo, besándola en la mandíbula–. Quieres que te bese por todo el cuerpo, ¿no?

–Sí –dijo ella, casi arrepintiéndose de lo que le había pedido. Aquella mano sobre su sexo era una distracción muy grande.

–Entonces déjame besarte.

Durante unos segundos la besó en el cuello, en los pechos, en el vientre, en el ombligo… Emily sabía adónde se dirigía. Sin embargo, cuando sus labios se posaron por fin sobre el centro de su feminidad, el contacto repentino la hizo saltar de la cama con un suspiro. Él murmuró algo y se colocó mejor, agarrándole el trasero con ambas manos y dedicándose a la tarea de darle placer. Emily no podía respirar, no podía pensar, no podía hacer nada excepto sentir. Sus manos fuertes, su lengua juguetona, su aliento cálido, incluso su barbilla, su barba de unas horas… Lo sentía todo en la piel y la fricción se hacía casi insoportable. Emily apretó los párpados. Las ondas de placer eran cada vez más frecuentes. Y Zac siguió adelante, lamiéndola y lamiéndola, chupando, besando… Los temblores no tardaron en llegar, primero en las piernas y luego en todo el cuerpo, hasta hacerla vibrar de pies a cabeza. Todo se volvió brillante y después negro. Su cuerpo se contraía como si le hubieran dado una descarga eléctrica. A través de aquel sopor de gozo, sintió que Zac volvía a besarla en los labios y, un segundo después, le sintió dentro de ella, moviéndose, llenándola con su pasión, mirándola fijamente… Fue la culminación del acto más íntimo. Él se movía dentro de ella, le hacía el amor y la miraba a los ojos. Cuando por fin llegó al borde del precipicio, ella se fue con él y sus gritos de placer sonaron al unísono en la oscura quietud de la habitación.

Emily trató de recuperar el aliento, pero Zac pesaba demasiado.

–Te estoy aplastando, ¿no? –le dijo él, haciéndole cosquillas en la oreja con su aliento.

–Un poquito.

Rodando sobre sí mismo, la hizo colocarse encima de él. Bajo la mejilla, Emily podía sentir cómo le latía el corazón. Los minutos pasaban lentamente. Zac recuperó la sábana y la tapó un poco.

–Me han llamado de la secretaría de la universidad –dijo ella de repente.

–Has entrado.

–Sí.

–Eso es bueno.

Con una sonrisa ella rodó sobre sí misma y se tumbó a su lado.

–Es mejor que bueno. Es… –parpadeó, buscando las palabras adecuadas–. Significa que voy a progresar, a mejorar. Voy a alcanzar una meta. Es algo que he querido durante mucho tiempo.

Se hizo un silencio profundo entre ellos.

–¿Te gustaba vivir en Perth? –le preguntó él.

–No mucho –dijo ella–. Es una ciudad bonita, con unas playas preciosas. Pero prefiero Queensland.

–¿Y qué me dices de tu familia? ¿Amigos? –le preguntó él. La luz de la luna se reflejaba en sus serios ojos.

–¿Qué pasa con ellos?

Él no dijo nada. Ella suspiró.

–Mi tío murió hace tres años y me dejó su casa. Me fui a vivir allí –dijo, cambiando de postura y llevándose la sábana con ella–. Mi hermana AJ vive en Robina. No tengo a nadie más.

Él la miró en silencio. Había algo serio y sincero en aquella mirada.

–Cuando tenía diecisiete años, empecé a trabajar de forma temporal para una agencia de Perth –era más fácil hablar en la oscuridad, donde sus ojos no podían verla con claridad–. Ganaba un buen sueldo y el trabajo era interesante, pero yo quería algo estable, así que envié el currículum para un puesto de gerente en Hardy, Max & Taylor.

–¿La empresa de contabilidad? Eso no está en tu currículum.

–No. Me fui seis meses después.

–¿Por qué?

–Uno de los jefes me acorraló en un balcón durante una fiesta de Navidad. Trató de propasarse. Lo del acoso laboral era un tema caliente en las empresas de este país.

Zac soltó un gruñido, a medio camino entre un juramento y un suspiro. Al mirarle a la cara, Emily se llevó una gran sorpresa. Estaba furioso.

–¿Lo denunciaste?

–No –dijo ella–. Tenía veintidós años. No tenía dinero, ni poder para meterme con una de las empresas más poderosas de toda Australia. Mi denuncia hubiera terminado filtrándose a los medios y se hubieran cebado conmigo. No quería esa clase de publicidad para mí. Además, no fue para tanto. Al final no llegó a hacer nada.

–Eso es una tontería. Y lo sabes.

De repente ella se incorporó, tapándose con la sábana.

–No hagas una montaña de esto, Zac. Le di una patada en la entrepierna. Él me amenazó con denunciarme por acoso, así que me fui. Fin de la historia.

–¿Entonces me estás diciendo que esa historia no te ha dejado secuelas a largo plazo?

–¿Qué quieres que te diga? No dejé de salir con hombres, aunque tampoco tuve mucha suerte con ellos. Me casé con Jimmy, pero eso no me impidió vivir mi vida.

–Bien –dijo él–. Una vida que incluye sexo en secreto con el jefe –se levantó de la cama con brusquedad.

–Estás enfadado.

–Claro que lo estoy –le dijo él en un tono seco.

–¿Entonces qué? ¿Me estás diciendo que quieres cambiar nuestro acuerdo?

–Estoy diciendo… –dijo él, vistiéndose con rabia–. Que alguna vez me gustaría salir, juntos, en público, en lugar de escondernos como si formáramos parte de una conspiración.

–¿Y lo de esta noche?

–Eso no cuenta. Yo no me avergüenzo de lo nuestro. ¿Y tú?

Zac supo que había puesto el dedo en la llaga en cuanto ella soltó el aliento. No soportaba ver su rostro pálido, herido.

—Mira, Emily… —le dijo, arrepentido.

—No. No tienes que decir nada —ella se deslizó hasta el otro lado de la cama—. Creo que… debería irme.

—No tienes que…

—Sí que tengo —recogió su ropa—. Es tarde.

—Quédate.

Ella le miró un instante con una expresión indescifrable.

—No puedo —bajó las escaleras—. Te veo mañana en la oficina.

Capítulo Trece

Fue como si la noche del lunes hubiera tenido lugar en un universo paralelo. Durante esa semana, Emily le llevó la comida, le organizó las citas con los clientes e hizo todo lo que hacía una secretaria eficaz como ella. Nada de miradas furtivas, nada de tensiones... Cada vez que él le decía algo, ella le escuchaba con seriedad y profesionalidad. Se quedaba hasta tarde en el despacho, sola, trabajando. No recibió más mensajes ni invitaciones nocturnas.

Sin embargo, después de unos días, Zac empezó a preguntarse si podía haber hecho algo más. El muro de silencio que ella había levantado se le hacía insoportable y, de alguna manera, nunca encontraba las palabras adecuadas.

—Bueno, ¿por quién vas a apostar?

Zac levantó la vista. Daniel, el de recursos humanos, estaba en el umbral con una papeleta de apuestas en la mano. Emily se retiró rápidamente.

—La carrera. ¿La Copa Melbourne? –dijo Daniel con una sonrisa–. Estamos en la sala de reuniones número tres. Gracias, Em –añadió, cuando Emily le entregó unos documentos–. Hay algo para picar, bebidas y una enorme pantalla. Sólo faltan tus apuestas.

Emily miró a Zac, y después a Daniel.

—Ven, Daniel –le dijo finalmente con una sonrisa–. Te daré algo de dinero.

Zac se había olvidado completamente de la Copa Melbourne, el día más importantes de las carreras en Australia. Todo el país se paraba durante unas horas para ver las carreras de caballos. Dejó lo que estaba haciendo y se dirigió hacia la sala tres. Casi todos los empleados estaban allí. Ella también. Varias veces le sorprendió mirándola, pero entonces apartó la vista. Una media hora más tarde se decidió a ir hacia ella, disimulando, deteniéndose aquí y allí.

–¿Estás libre esta noche?

Ella estaba frente a la mesa de la comida. Tenía un pequeño quiche en la mano. A medio camino de la boca, su mano se detuvo.

–Tienes una cena con un cliente –le dijo, apartándose un mechón de pelo de la cara–. A las ocho, en el Palazzo Versace.

Él frunció el ceño.

–Y yo estaré trabajando –añadió ella, bebiendo un sorbo de vino–. Faltan menos de cinco semanas para el lanzamiento.

–Muy bien –dijo él.

De pronto sonó el teléfono de ella y Zac no tuvo más remedio que alejarse.

–Emily. Él se dedicó a mirar los distintos manjares. Escogió un palito de apio.

–¿Hola? –decía ella.

Otra pausa. Entonces frunció el ceño y colgó.

Él volvió junto a ella. El silencio entre ellos se hacía insoportable. Justo en ese momento Jenna Perkins, una de las arquitectas más jóvenes, se acercó a ellos y Emily le ofreció la mejor de sus sonrisas. Alguien encendió la televisión y él se alejó por fin, dejándole un poco de espacio.

Emily le vio alejarse, pensando que tendría que haberle puesto cota a aquella situación mucho antes.

–Debo de estar loca –murmuró para sí.

–¿Disculpa?

Emily levantó la vista y se topó con Jenna.

–Nada. Sólo hablaba conmigo misma. ¿Qué me decías?

–Decía que…

El teléfono de Emily volvió a sonar, pero quien fuera colgó de inmediato.

–Te preguntaba por Zac, si salía con alguien –dijo Jenna, dándole un empujoncito en el hombro.

–¿Por qué? ¿Estás interesada en él?

–¿Salir con el jefe? ¡Por favor! –Jenna se rió. Estaba mirando a un hombre que estaba al otro lado de la sala.

Emily siguió su mirada.

–Mal se encarga de la porra, ¿verdad?... ¿Hmmm? –preguntó Jenna.

Al ver que Emily guardaba silencio, Jenna se volvió hacia ella con una mirada inocente.

–¿Qué? ¡No! Jen… –dijo Emily, suspirando–. Ya sabes lo que pienso de eso.

–Vamos… Sólo vamos a divertirnos un poco –Jenna puso los ojos en blanco–. A Zac no le importará.

–Apostar por la vida sexual del jefe no es precisamente mi idea de diversión.

–Lo que tú digas –dijo Jenna, terminándose la copa de vino de golpe–. Vaya, cualquiera diría que eres tú la que sale con él, a juzgar por cómo lo proteges.

Emily la vio alejarse con una exclamación en los labios.

Una hora más tarde Emily regresó al despacho. Había escogido un caballo que nadie quería y, para su sorpresa, se había llevado trescientos dólares. Total Surrender había ganado la carrera, pero eso no era excusa para dejar las cosas sin hacer. Tenía mucho trabajo pendiente y no quería desaprovechar la tarde. Entró en el despacho de Zac con suavidad y entonces se detuvo un instante. Algo no estaba bien; lo sentía en el ambiente. Había un extraño olor, una fragancia que no era la de Zac. ¿La de otro empleado? Excepto los empleados de limpieza, nadie más tenía llaves. Rápidamente comprobó los cajones. Todos seguían cerrados con llave. Miró el archivador donde guardaban los planos. Todo estaba en orden. No faltaba nada. Volvió a su escritorio. Dentro del cajón superior había una nota pegada.

«Mira por la ventana», decía.

Zac seguía en la fiesta, así que no podía ser él. Fue hacia la ventana con paso vacilante, apartó las cortinas y miró hacia el concurrido centro comercial de Broadbeach. Todo parecía igual que siempre, el mismo ambiente bullicioso de cualquier día entre semana. De repente levantó la vista hacia las ventanas del Sofilel Hotel. Al mismo nivel del despacho de Zac había otra nota pegada en una ventana.

«Sólo tú. Donde compras el café por las mañanas. En diez minutos».

Emily sintió una ola de pánico y después rabia. Alguien había estado en el despacho, revolviendo entre sus cosas. Se puso erguida, respiró hondo y salió por la puerta. Siete minutos después caminaba hacia Bennetti's. Después de mirar con atención a los pocos clientes y empleados que estaban en el local en ese momento, reparó en un extraño que le resultaba demasiado familiar. Estaba sentado en una mesa alejada, bebiendo una taza de café solo. Nada más verla, Louie Mayer esbozó una sonrisa escalofriante. Emily contuvo la respiración.

–Te veo muy bien, Emily –le dijo, echándose hacia atrás en la silla.

Emily levantó la barbilla y lo miró con todo el desprecio que pudo.

–Si no recuerdo mal, tu jefe consiguió su dinero. ¿Qué quieres?

El matón se puso en pie. Era realmente enorme. Estiró el brazo y le apartó la silla derrochando falsa galantería. Ella sacudió la cabeza.

–Parece que te van muy bien las cosas –le dijo, cruzando los brazos.

–¿Qué?

–Oh, parece que llevas tiempo disfrutando de las atenciones de Zac Prescott fuera del trabajo –dijo, esbozando una sucia sonrisa.

Emily sintió ganas de darle una bofetada.

–Eso no es asunto tuyo.

–Ah, sí que lo es –dijo, sonriendo de oreja a oreja. Llevaba un casquillo de oro en un diente–. Sí que es asunto mío –se acercó un poco–. Tu novio rico saldó la deuda de Jimmy en un abrir y cerrar de ojos y eso me dice un par de cosas –hizo una pausa para mirar a dos rubias que en ese momento se acercaban a la barra–. Uno: sois algo más que compañeros de trabajo, sobre todo ahora que os he visto en acción. Dos: está podrido en dinero.

–¿Me estás chantajeando? –le preguntó ella, sintiendo que el miedo le agarrotaba el estómago.

–Yo no diría eso –dijo Louie. Extendió el brazo para tocarle el pelo, pero ella se apartó–. Llámalo in-

112

versión. Tú me pagas todos los meses, y la prensa no sabrá nada de la vida privada de Zac Prescott, lo cual incluye una aventura con su secretaria y un… problema con el juego.

–Pero ya te di todo mi dinero. ¡No tengo…!

–Usa la cabeza, rubia –le dijo en un tono severo–. Te acuestas con un multimillonario. Eso nunca sale gratis.

Emily creyó que el corazón le iba a explotar.

–Necesito tiempo –dijo finalmente.

Mayer se encogió de hombros y miró el reloj.

–Tienes una semana. Estaremos en contacto –le guiñó un ojo, le dio una palmadita en el hombro y se marchó.

«¿Estás libre luego? ¿Nos vemos en mi casa a las once?», decía el mensaje de Zac.

Emily estaba en su coche, en el aparcamiento de la empresa. No eran más de las cuatro y media, pero había decidido marcharse pronto. Era incapaz de concentrarse en nada. Tenía que encontrar una solución. Nerviosa, apretaba el embrague una y otra vez, sin saber qué hacer. No quería irse a casa. Quería presionar el botón de rebobinado y volver atrás.

«Allí estaré», le contestó en otro mensaje y arrancó.

Zac estaba en el salón cuando oyó que abrían la puerta. De pronto las luces se apagaron, dejándolo a oscuras.

–¿Emily? –dijo, dándose la vuelta.

En cuanto vio la silueta que se movía de la puerta a la ventana, supo que era ella. ¿Qué llevaba puesto? ¿Un abrigo largo?

—¿Qué llevas puesto?

Ella no dijo nada. Encendió una pequeña lámpara de lectura y Zac se quedó sin aliento nada más verla. Llevaba el cabello en un alborotado moño y se había maquillado a conciencia. Sus ojos parecían misteriosos y enigmáticos, y sus labios… Tragó en seco. Sus labios carnosos estaban pintados del rojo más intenso. Apenas podía respirar.

Ella dio un paso adelante y después otro, moviendo las caderas y avanzando lentamente. Sus tacones golpeaban el suelo pulido. Zac bajó la vista. Llevaba unos taconazos de aguja de color rojo con los dedos al descubierto. Se los había comprado él la semana anterior.

Ella se detuvo a unos metros de distancia y comenzó a desabrocharse el cinturón del abrigo.

—¿Qué estás…?

—No hables.

Empezó a abrirse los botones del abrigo, con la vista fija en él, muy lentamente. Y entonces Zac lo comprendió todo. Se estaba desnudando para él. Incapaz de moverse ni de pensar, la observó con atención mientras echaba atrás una solapa del abrigo, y después la otra. Debajo sólo había un fino tirante de raso negro. Zac la miró un momento a los ojos y vio vacilación en ellos. ¿Cómo era posible? ¿Acaso no sabía lo irresistible que era? Ella respiró hondo, casi como si estuviera buscando coraje para seguir adelante y entonces se abrió el abrigo. Zac reprimió un gemido. Aquel sujetador negro contenía sus maravillosos pechos a la perfección, creando un erótico valle entre ellos que terminaba en una pequeña joya en la unión de las dos copas de la prenda. Las braguitas negras se le ceñían a las caderas, acentuando su escultural figura. Llevaba una fina cadena de plata alrededor de la cintura de la que colgaba una hilera de estrellitas que le caía justo debajo del ombligo. Una descarga de lujuria sacudió a Zac de pies a cabeza. Tenía un cuerpo perfecto.

–Emily…

–¿Zac? –ella seguía sujetando el abrigo a ambos lados, mirándole fijamente.

Él se abalanzó sobre ella y comenzó a besarla con voracidad, con desesperación; tanto así que terminó dando un traspié y precipitándose sobre las escaleras, con ella encima. Le quitó el abrigo de los hombros y le inmovilizó los brazos detrás de la espalda. Ella sonrió con picardía y el cabello le cayó sobre los hombros. Él se incorporó y capturó sus labios, besándola sin aliento.

Y entonces sonó el intercomunicador.

–Zac… –murmuró ella.

Él retrocedió un poco y le mordisqueó la oreja. Ella contuvo el aliento.

El intercomunicador volvió a sonar.

–Si nadie se está muriendo, me da igual –dijo él.

Ella se rió suavemente.

–Date prisa y mándalos a su casa –dijo, apartándose de él con una sonrisa.

–No te muevas –dijo él, yendo hacia la puerta–. ¿Quién es?

–Hola, Zac.

Aquella voz de mujer le resultaba muy familiar. Con un movimiento rápido, Emily recogió el abrigo y se lo puso.

–¿Qué quieres, Haylee? –dijo Zac, mascullando un juramento.

–No has contestado a mis correos.

Emily arqueó las cejas, estupefacta.

–Hemos terminado, ¿recuerdas?

Ella suspiró.

–Mira, ¿puedo hablar contigo un momento? Es importante.

Zac miró a Emily, pero ella se limitó a hacer un gesto con la mano, se abrochó el cinturón y se metió en la cocina. Eso era decisión de él. Desde allí vio entrar a Haylee en la casa. La joven llevaba una minifalda de cuero negro, unas botas hasta los muslos con tacones de aguja y una blusa tan transparente que se le veía todo.

Emily sintió un nudo en el estómago.

–¿Qué quieres, Haylee? –dijo Zac, sin mucha paciencia.

–Tenía que verte –dijo la joven. Tenía las manos en la cintura y la cadera echada a un lado, en un gesto provocador y sensual.

–¿Para qué? –le preguntó Zac, con cara de pocos amigos.

–¿Necesito una razón para verte, Zac? Lo pasábamos bien juntos… Te deseo, Zac. Aquí y ahora –dijo y entonces se acercó a él, apretándose contra su pecho.

Emily sintió que le clavaban algo en el corazón. Apretó los puños y se clavó las uñas en la piel.

Zac agarró a Haylee de las muñecas y la apartó de un empujón.

–Pero yo no te deseo a ti. Ni ahora, ni nunca. Deja de molestarme. Deja de llamar a mi despacho. Deja de hacer todo lo que haces –le dijo, mirándola de arriba abajo con desprecio.

Emily casi sintió pena por ella.

–¡Me estás rechazando! –le dijo, furiosa–. ¿Cómo te

atreves? ¿Pero quién te crees que eres? Conozco a una docena de hombres que estarían encantados con lo que te ofrezco.

–Entonces vete con ellos –dijo Zac, agarrándola del brazo.

–¡Eh, Eh! –gritó ella, forcejeando con él.

Zac la agarró de los hombros, la hizo girar y la empujó hacia la puerta.

–No te atrevas a tocarme –le dijo ella, tropezando.

–Vete. Ahora.

Mascullando un juramento, Haylee dio media vuelta y se marchó.

Perpleja, Emily regresó al salón. Zac tenía la cabeza apoyada en la puerta.

–Vaya… Eso ha sido… –empezó a decir Emily–. ¿Crees que te traerá problemas?

–No sé… Kerans es un hombre muy influyente.

–Bueno… –Emily respiró hondo–. Si hay algún problema, tendrán que vérselas con un testigo.

Él guardó silencio.

–¿Harías eso? –le preguntó, sorprendido.

–Sí.

Él sonrió y avanzó hacia ella.

–Ven aquí.

Ella se echó a sus brazos con alegría y besó sus labios con un suspiro de satisfacción, dejando que sus manos y su boca borraran aquel momento tan desagradable. No quería pensar en nada de lo ocurrido en esas veinticuatro horas. Zac le llenaba los sentidos, la mente, el cuerpo… Y en ese momento, eso era todo lo que necesitaba.

Capítulo Catorce

Emily jamás hubiera pensado que los contactos de Jimmy pudieran venirle tan bien, pero después de unas cuantas llamadas, logró averiguar el paradero de Rafe Santos. Después de pasar por cinco discotecas distintas y dos garitos de striptease, estaba en el Romeo's. Las luces de neón rosa la dejaban ciega. Más allá de la barra, en la planta intermedia, oculta entre las sombras, estaba el área VIP. Y allí estaba Santos. Emily se puso erguida, respiró hondo y echó andar hacia allí, en dirección al grupo que estaba en el recinto privado, con la vista fija en el tipo que estaba en el sitio de honor, abrazando a una rubia despampanante. Al verla acercarse, Santos la miró un momento y después miró al tipo que estaba de pie a su lado. Con sólo levantar un dedo, hizo callar al guardaespaldas y entonces se volvió hacia ella, mirándola de arriba abajo.

El guardaespaldas se volvió con cara de pocos amigos.

–Éste es un recinto privado… –le dijo, dando un paso adelante–. Tiene que…

–John.

Bastó con una palabra para que el guardaespaldas retrocediera.

–¿Vas a deshacerte de una chica guapa sin saber por qué nos busca siquiera?

De repente Emily sintió una ola de pánico. Estaba

118

allí, por fin, delante de uno de los corredores de apuestas más conocidos de la ciudad.

–¿En qué puedo ayudarla, señora Catalano? –le preguntó Santos con suavidad. Su voz modulada y educada resultaba carismática y atractiva. La mujer que estaba con él le puso un brazo alrededor de los hombros y le lanzó una mirada de desprecio a Emily.

–¿Sabía que iba a venir?

–Cuando una mujer guapa viene a mi local y pregunta por mí, a mí me gusta saber quién es –le dijo con una sonrisa–. Yo conocía a su marido.

–Mi exmarido –dijo ella.

–Siéntese, por favor –dijo Santos, señalando el sofá.

–Tengo que pedirle un favor.

–Aah. Un favor para una chica guapa. Me gusta cómo suena eso.

Emily tragó en seco. La forma en que expresara su petición era lo más importante.

–Sé que usted es un hombre muy poderoso, señor Santos –dijo Emily, rezando por dentro–. Un hombre influyente… Yo lo respeto. Y le doy las gracias por su paciencia con las deudas de Jimmy.

–Y yo le agradezco que haya pagado tan rápido –el hombre se recostó en el sofá.

Emily asintió. Tenía los nervios tan tensos como cuerdas.

–Me preguntaba… –soltó el aliento, parpadeó y respiró hondo–. Me gustaría que retirara su última petición.

Rafe Santos arrugó los párpados. El humo que salía del puro que se estaba fumando debía de escocerle en los ojos.

–¿De qué petición estamos hablando?

–Le pido que deje de pedirme dinero a cambio de guardar silencio sobre mi relación con el señor Prescott.

Él guardó silencio un momento.

–Entiendo –dijo y volvió a darle otra calada al puro. Soltó el humo y vio cómo ascendía en el aire.

El corazón de Emily latía cada vez más deprisa.

–¿Y qué es lo que me ofrece a cambio? –le dijo, mirándola de arriba abajo.

De repente Santos levantó la vista hacia la multitud.

–Creo que tenemos visita.

Emily se volvió y miró más allá de los guardaespaldas. Un hombre se acercaba con paso decidido.

Zac…

–Me alegro de verle de nuevo, señor Prescott –dijo Santos, sonriendo y haciéndole señas a los guardaespaldas para que lo dejaran pasar–. ¿A qué debo el placer de tenerle aquí?

Zac miró a Emily con ojos de hielo y entonces se volvió hacia Santos.

–He venido a buscar a Emily.

–¿Me has estado siguiendo? –le preguntó ella, perpleja.

–He recibido una llamada anónima.

Emily frunció el ceño y miró a Santos, que no hacía otra cosa que mirar la punta del puro. Cuando por fin la miró, sus fríos ojos no revelaban nada. Ella fue la primera en apartar la vista.

–Emily –dijo Zac en un tono inflexible.

Pero ella siguió sentada, fulminándole con una mirada.

Santos suspiró.

–Si se van a poner a discutir, ¿podrían hacerlo en otra parte, por favor?

–No –dijo Emily rápidamente–. He venido para hablar con usted de… lo que le dije antes –añadió en un tono misterioso–. Vete a casa, Zac –le dijo–. Por favor.

–Sólo si vienes conmigo.

–Esto no tiene nada que ver contigo.

–Yo creo que sí.

–¿Y cómo lo sabes?

–Él tiene razón –dijo Santos–. Si yo la estuviera chantajeando a cambio de guardar silencio acerca de su relación, entonces él tiene derecho a saberlo.

–¿Qué demonios…? –dijo Zac, dando un paso adelante.

En ese momento sintió una mano enorme sobre el hombro y se dio la vuelta bruscamente, listo para luchar. Emily se puso en pie.

–¡Basta! –gritó Santos de repente y todo el mundo se detuvo.

–Señorita Reynolds, el señor Prescott y usted pueden irse.

–¿Pero qué pasa…?

Santos la miró con unos ojos de hielo y Emily sintió que el corazón se le aceleraba.

–No me importa cómo pagó su deuda, señorita Reynolds. A mí sólo me importa que fue pagada. El chantaje no es mi estilo. Es un negocio muy arriesgado y no hay garantías de ningún tipo, por no decir que es muy peligroso para mi salud. Y yo aprecio mucho mi vida –dijo, sonriendo ferozmente–. Le agradezco que me haya informado del tema y tenga por seguro que el señor Mayer no volverá a visitarla. ¿Entendido?

–Sí –dijo Emily, asintiendo.

–Vámonos –dijo Zac, agarrándola de la muñeca con firmeza.

Ella se puso en pie, aliviada. Pero antes de que pudiera escapar de allí, sintió la mano de Santos sobre la suya propia.

–Si alguna vez se aburre de jugar sobre seguro… –le dijo, acariciándole los nudillos y sonriendo.

Emily se ruborizó. Zac le apretó la mano. Había una advertencia en su boca, a punto de salir. Santos le miró fugazmente, se encogió de hombros y entonces la soltó, riéndose a carcajadas.

–¿En qué demonios estabas pensando? –le dijo Zac al salir de la discoteca.

Ella se zafó de él con brusquedad y se detuvo.

–Pensaba que podría hacerle cambiar de opinión.

–¿Vestida así? –le preguntó él, mascullando un juramento–. Ha sido peligroso y estúpido, Emily.

–No me ha pasado nada.

–¿Pero y si te hubiera pasado? Te estaban chantajeando. ¿Por qué no hablaste conmigo? ¿Qué estabas dispuesta a hacer?

Se fulminaron con la mirada durante unos segundos. Ella retrocedió.

–Yo… No lo sé… Pensé que…

–No vuelvas a hacerlo –dijo él, agarrándola de las manos con brusquedad–. No vuelvas a arriesgarte así y no…

La gravedad de la situación que acababan de vivir cayó sobre él como una pesada losa. ¿Qué quería decir en realidad?

«Eres mía.», le dijo una voz en su interior.

Con un gruñido de frustración, se abalanzó sobre ella y le dio un beso feroz. La sorpresa de Emily no tardó en convertirse en deseo. Entreabrió los labios, le agarró de los hombros y le devolvió el beso con todo su ser. Era un beso furioso, desesperado, surgido de la frustración.

–No vuelvas a hacerlo, ¿me oyes? –le dijo, pasándose una mano por el cabello–. Se trata de nosotros, no sólo de ti o de mí.

En ese momento un grupo de gente salió de la discoteca, haciendo ruido, riendo y gritando.

–¿Dónde has aparcado? –le preguntó él.

–A la vuelta de la esquina.

Él la acompañó, sin decir ni una palabra más. Cuando llegaron al coche, Emily sacó las llaves, avergonzada y sonrojada. Se sentía completamente estúpida por lo que había hecho. Él tenía razón. Parpadeó rápidamente, tratando de ahuyentar las lágrimas.

–Emily…

Zac le puso una mano en el brazo. Emily no quería mirarle a los ojos, pero no tuvo más remedio que hacerlo.

–¿Hay algo más que deba saber? –le preguntó él.

«Creo que te quiero y tengo miedo», dijo una vocecilla en su interior.

–Deberías ir a la boda de su hermano.

–¿Vas a empezar con eso de nuevo? –le dijo él, soltando el aliento.

–Tienes que hacerlo.

–No. No voy a ir.

Ella se recostó en el coche.

–He visto cómo reaccionas cada vez que estás cerca de tu padre. Te pones nervioso y tenso, como si alguien te hubiera dado cuerda. Lleva meses llamándote y tú sigues negándote a hablar con él. Mira, sé que lo que he hecho esta noche ha sido una estupidez, pero por lo menos yo hice algo. Me enfrenté al problema.

Él guardó silencio.

–Cuando tenía diecisiete años… –dijo por fin–. Le dije a mi padre que quería estudiar en Suecia. Y lo que él hizo fue tirar de unos cuantos hilos para conseguirme una plaza en la Universidad de Sydney. Pero yo me fui de todas formas y él me desheredó. Es así de simple –dijo, chasqueando los dedos.

Emily conocía bien todos sus logros y triunfos, pero no sabía por qué había regresado a Australia.

–¿Y por qué volviste?

–Cinco años es mucho tiempo. Tienes tiempo de pensar y de ver las cosas desde otra perspectiva. Y Australia siempre ha sido mi casa. Pensé que volviendo cambiaría las cosas. Pensé que él había cambiado.

–¿Pero?

–Victor Prescott es… –Zac frunció el ceño, batallando con los recuerdos–. Un excelente hombre de negocios, pero no tiene ni idea de ser padre. Mi madre se fue cuando yo tenía siete años –respiró hondo y su expresión se volvió dura–. Recuerdo que le supliqué que me llevara con ella, pero ella no quiso y me dejó con el hombre que le pidió el divorcio en cuestión de semanas; el hombre que destruyó todas las fotos que tenía de ella.

–Oh, Zac…

–Sí –dijo él, cruzando los brazos e intentando ignorar el dolor.

–¿No la buscaste?

Zac guardó silencio un momento, intentando ordenar sus recuerdos.

–Mientras estudiaba, empleé todo el tiempo libre que tenía en buscarla. Pero ella se había esfumado. Yo no tenía mucho dinero para vivir, y mucho menos para pagarle a un investigador, o para sobornar, así que, cuando regresé a Sydney, recibí una carta de su abogado en la que me decía que había muerto y que me había dejado todo su dinero –hizo una pausa y miró a Emily.

Había una dolorosa tristeza en sus ojos.

–¿Y sabes qué fue lo peor de todo? Mientras yo estudiaba en Suecia, mi madre estaba viva y bien. Vivía en una granja en un pueblo cercano –cerró los puños–. Así que Victor y yo discutimos y yo le di un puñetazo. No fue uno de mis mejores momentos –dijo con una amarga sonrisa–. Me fui a hacer surf por toda Australia con el dinero que ella me había dejado y traté de olvidar quién era, de dónde venía. Y más tarde creé Valhalla.

Emily guardó silencio durante unos segundos. Su confesión era la pieza que le faltaba para encajar el puzle. De repente comprendía tantas cosas…

–Zac, lo siento mucho, pero sigo creyendo que tienes que hacer esto. No hay nada peor que los remordimientos; pensar que deberías haber hecho algo que no hiciste. Créeme. Lo sé.

De repente se dio cuenta de que ése era uno de esos momentos. Siguiendo su propio consejo, dio un paso adelante, le agarró de la nuca y le besó frenéticamente, sin darle tiempo a reaccionar. Él se resistió un instante, pero no tardó en rendirse. Se besaron durante varios segundos, en mitad de la calle. Cualquiera podía haberlos visto, pero a Emily le traía sin cuidado.

–Vamos. Te veo en tu casa –le dijo finalmente–.

—Emily…

—Por favor —dijo ella, mirándole a los ojos y usando todos sus trucos de seducción para convencerle.

Él retrocedió con un gruñido y buscó las llaves de su propio coche en el bolsillo.

—Date prisa.

Una hora más tarde yacían en la cama en casa de Zac, después de haber hecho el amor apasionadamente. Ella sabía a zumo de cereza, a vino blanco y a aceitunas. Zac respiró hondo y aspiró el almizclado aroma del sexo, mezclado con los exquisitos olores de los manjares que habían degustado para la cena. Se levantó de la cama rápidamente y le tendió una mano a Emily.

—Ven conmigo.

Ella la aceptó sin vacilar y le siguió hasta el cuarto de baño, que contaba con una claraboya y un spa, por no hablar de la ventana panorámica que ofrecía las mejores vistas del océano Pacífico. Él fue a encender la luz, pero ella le hizo detenerse.

—¿No podrán vernos?

—¿Tú qué crees? —le dijo él, sonriendo.

—Creo que… no.

—Ah, ¿pero lo sabes seguro? —él le quitó el albornoz con manos expertas y la acorraló contra el lavabo hasta que su trasero dio contra los fríos azulejos.

Entonces le agarró los brazos y, con un leve «clic» encendió las luces.

—¿Te molesta, Emily? —le preguntó mientras la besaba—. ¿Te molesta que alguien pueda pasar por la playa y nos vea? ¿O te parece…? —le dijo, deslizando una mano entre sus piernas y tocándola en el centro de su feminidad–. ¿Excitante? ¿Emocionante?

–Sí –dijo ella.

Él conocía su cuerpo a la perfección, sabía cuándo estaba lista para él. De pronto sus labios se posaron en uno de sus pezones hinchados.

–Espera… –le susurró al oído, agarrándola de los hombros y forzándola a darse la vuelta hacia el espejo.

Ella miró su propio reflejo un instante. La mujer del espejo tenía el cabello alborotado, y estaba totalmente desnuda, inclinada delante de la cintura para arriba. Detrás de ella, Zac deslizó una mano sobre la curva de su trasero.

–Eres tan hermosa –le dijo, observándola a través del espejo.

De repente Emily supo a qué estaba esperando.

–Sí –le dijo ella.

Y él esbozó una sonrisa sensual. La agarró de las caderas, le separó las piernas y la penetró desde atrás.

–Ooooh –exclamó ella, gimiendo de gozo.

Sus ojos se encontraron a través del espejo. Zac tenía el rostro contraído de puro placer.

De repente todos sus sentidos se multiplicaron por dos. Todo parecía magnificado, intenso… Pero Zac no podía retroceder. Ella lo rodeaba por completo, su calor interior, su cuerpo flexible y suave…

Él retrocedió, retirándose lentamente y ella soltó el aliento.

–Zac… –le dijo, suplicante.

Él apretó los dientes, la agarró con fuerza de las caderas y empezó a empujar con frenesí. Ella se mecía con él, en perfecta sincronía. Él deslizó los brazos alrededor de su cintura y se agarró de ella, colmándola de besos a lo largo de la espalda y acelerando el ritmo cada vez más. De pronto la sintió temblar y entonces ella gritó, abriendo los ojos de repente. Y mientras su cuerpo vibraba con las sacudidas del orgasmo, ella se contrajo a su alrededor, sacándole todo lo que tenía para darle…Un rato más tarde tomaron un baño en el gigantesco spa y se lavaron el uno al otro entre tórridos besos. Zac la estrechó entre sus brazos y la hizo sentarse entre sus piernas. Emily respiró el cálido vapor del baño, con aroma a sándalo y a vainilla, y se preguntó si había algo más perfecto que aquel instante. Y entonces, de repente, lo vio todo claro, tan claro como el rojo amanecer que desgarraba el cielo nocturno en ese preciso instante. Estaba enamorada de ese hombre, sin remedio; un hombre con el que sólo tenía algo temporal, fugaz, algo que no podía durar… Apretó los párpados y se aferró a aquel momento, decidida a vivir el presente y a olvidar la cruda realidad.

–Ven conmigo a la boda de Cal –le dijo Zac suavemente, rompiendo el sagrado silencio.

–Es la boda de tu hermano, Zac. Una celebración íntima, familiar… Estoy segura de que no querrían…

–Pero yo sí quiero –tiró de ella y le dio un beso sincero–. No hay nadie en quien confíe más para estar allí.

Emily libró una pequeña batalla interior, pero entonces sintió las caricias de sus labios y el tormento que sufría se disolvió en un mar de deseo.

–Muy bien. Iré contigo.

–Bien –dijo él y entonces la besó.

Capítulo Quince

–¿Por qué? –le preguntó AJ.

Estaban almorzando en Madison's, en el Oasis Center. El calor de marzo abrasaba el asfalto.

–¿Por qué es que aunque una pareja tenga muchos problemas, siempre pueden olvidarlos para hacer el amor?

Emily siguió la mirada de su hermana hasta una mesa alejada. La chica y el chico que un rato antes discutían se estaban dando un beso apasionado.

–Estoy hablando de Zac y de ti –añadió AJ.

–Pues yo no sé de qué estás hablando.

–Tonterías. Tú lo amas. Y él siente algo por ti, dado que ha sido tu príncipe valiente por lo menos dos veces hasta ahora… Vamos a repasar todos los acontecimientos, ¿de acuerdo? –AJ cruzó los brazos y miró a Emily fijamente–. El lanzamiento de Point One fue todo un éxito. Le has hecho ganar muchísimo dinero y le has dado muy buena publicidad para su nueva sección de eventos. Te regala dos pares de Louboutin impresionantes por Navidad, los cuales, por cierto, valen miles de dólares cada uno. Y después te vienes conmigo en vacaciones en vez de irte con el señor Perfecto. Vale… Me siento halagada, pero… –AJ sacudió la cabeza con un gesto divertido–. ¿Pero por qué?

–No lo sé… –dijo Emily, sin saber qué decirle.

–¿Por qué no le dijiste nada a Zac durante el lanzamiento de Point One?

–Estás de broma, ¿no? Apenas tuve tiempo de respirar, por no hablar de discutir temas personales. Además, yo lo conozco bien. No quiero arruinar el tiempo que nos queda. A Zac le encantan las mujeres, pero nunca se enamora de ninguna.

AJ suspiró y puso su mano sobre la de su hermana.

–A veces sólo tienes que escuchar a tu corazón y lanzarte a la piscina –dijo–. Sin importar las consecuencias. Y… –arqueó las cejas y trinchó el tomate que estaba en el plato de Emily con el tenedor–. Esa estúpida porra de la oficina es una tontería, si te vas a ir dentro de un mes.

Media hora más tarde, Emily estaba en el ascensor, de regreso a la oficina. Mientras subía, evitó mirarse en el espejo de la pared. AJ tenía razón. Abrió la puerta, se sentó en su escritorio y colocó el bolso en un cajón. Los meses que quedaban para el lanzamiento de Point One habían volado. Dos semanas antes, había tenido que mudarse a Sydney provisionalmente para supervisar los preparativos y, aunque hubiera sido algo temporal, había empezado a sentir el dolor de la pérdida. Había pasado esos catorce días inmersa en el trabajo, pero cada mañana, cuando abría los ojos, sentía aquel vacío insoportable. La noche del lanzamiento había sido casi dolorosa. Zac iba de un lado a otro, poderoso, elegante y radiante, pero apenas le había dedicado una mirada siquiera. En un momento dado le había dado las gracias formalmente delante de aquel grupo de gente influyente y muy rica, y entonces le había dado un gélido beso en la mejilla… Nada más.

Horas más tarde, sin embargo, justo antes del amanecer, su euforia no había hecho sino magnificar el reencuentro.

«Dile lo que sientes…».

Suspirando, Emily agarró una libreta y un bolígrafo y comprobó los mensajes. Anotó unas cuantas llamadas y… No podía concentrarse.

Cada noche disfrutaba de él en toda su plenitud, pero durante el día su relación había empezado a resquebrajarse. Mantener aquella farsa le estaba pasando factura y había acabado convertida en un manojo de nervios. Zac, en cambio, parecía desenvolverse muy bien. ¿Y si se lo decía y él reaccionaba mal? ¿Y si decidía romper con ella por lo sano? Emily se tragó la bola de pánico que le atenazaba la garganta y abrió una carpeta en el ordenador. Tenía que hacer una recomendación al comité de selección de recursos humanos para que pudieran buscar una sustituta. De repente se abrió la puerta del despacho y Emily levantó la cabeza con una sonrisa en los labios.

Era un policía uniformado. A juzgar por las numerosas insignias que brillaban en su chaqueta, debía de ser alguien con un alto rango.

–¿En qué puedo ayudarle, agente? –le preguntó, intentando disimular los nervios.

–¿Está Zac por aquí? –le dijo el policía, quitándose la gorra.

–Déjeme comprobarlo. ¿Cuál es su nombre?

–Soy el sargento Matthews.

Emily se levantó rápidamente, fue hacia la puerta de Zac, llamó y entonces entró.

–Hay un policía que quiere verte.

Él levantó la vista, miró más allá de la puerta y entonces esbozó una sonrisa.

–¡Tim! –Zac se puso en pie y apoyó las manos sobre el escritorio–. ¿Qué puedo hacer por ti?

El policía entró en el despacho con cara de pocos amigos. La sonrisa de Zac se borró.

–Cierra la puerta al salir, Emily. Gracias.

Emily volvió a su escritorio. El pánico se acumulaba en su estómago. No podía ser por ella. No podía serlo. Pero… Respiró hondo. Tenía que ser algo muy serio para que un sargento de policía le hiciera una visita.

De repente oyó una exclamación de Zac y un momento después el policía salió con el rostro serio y circunspecto.

–¿Qué sucede?

Zac miraba los papeles que tenía en la mano y sacudía la cabeza con ojos de incredulidad.

–Haylee me ha puesto una denuncia contra mí por violencia de género –dijo él, tirando el documento sobre el escritorio.

–¿Qué? –Emily entró rápidamente en su despacho y cerró la puerta.

–Una denuncia por violencia –repitió él. Arrugó los papeles y los tiró contra la pared. Ella avanzó un paso hacia él, pero aquella furia repentina la hizo detenerse.

–Está mintiendo, Zac. Ambos sabemos que no hiciste nada.

–Eso no importa –dijo él, apretando la mandíbula–. Tengo que llamar a Josh –descolgó el teléfono y marcó el número.

–Zac –dijo ella, pero él la ignoró.

Avanzó hacia él y cortó la comunicación. Él la fulminó con una mirada rabiosa.

–Yo estaba allí, ¿recuerdas? Y firmaré todo lo que haga falta como testigo ocular.

La expresión de él cambió.

–¿Harías algo así?

–Sí.

–¿Por qué? –él frunció el ceño–. ¿Después de todas las molestias que nos hemos tomado para mantener esto en secreto?

«Porque te quiero», dijo una voz en su interior.

De pronto un miedo atroz se apoderó de ella y la hizo retroceder unos pasos, rehuyendo su mirada.

–Porque es lo correcto –dijo ella, recogiendo la denuncia del suelo y alisando el papel arrugado.

Zac se quedó mirando los papeles un instante. Ella estaba dispuesta a ponerse en el punto de mira por él. Le quitó los papeles de la mano y sacudió la cabeza.

–No.

–¿Qué quieres decir?

–Tengo un abogado. Él se ocupará de todo.

–¿Cómo? –le preguntó ella–. Tienes que comparecer en los tribunales, a menos que ella decida retirar los cargos, lo cual, no creo ocurra tan fácilmente. Es una mujer despechada, Zac, y quiere hacerte daño. Y está dispuesta a hacer lo que sea para perjudicarte.

–Parece que la estás tomando muy en serio –tiró los papeles sobre el escritorio con desprecio–. Y ahora, si me disculpas, tengo que hacer una llamada.

Emily le clavó la mirada y se quedó donde estaba. Él le devolvió la mirada, pero cargada de odio.

–Emily…

–Muy bien –dijo ella, dando media vuelta.

Como era de esperar, Josh Kerans no estaba disponible, así que Zac llamó a su abogado, Andrew, y éste le aconsejó que no se acercara a Josh ni a su hija. A medio día Emily se asomó por la puerta para recordarle que era la hora de comer. Él asintió con la cabeza y volvió al trabajo rápidamente. Sin embargo, un horrible pensamiento empezaba a gestarse en su cabeza, contaminándolo todo. No soportaba la idea de no hacer nada, y eso era lo que Andrew le había dicho que hiciera.

«No llames la atención durante esta semana», le había dicho. «Ve a la boda de tu hermano. Haré que adelanten la vista y entonces podremos negarlo todo en los tribunales».

Subieron al avión rumbo a Sydney a primera hora del viernes y una hora más tarde subieron a bordo de un aparato más pequeño que los llevaría al oeste, rumbo a Parkes. Emily guardó silencio durante todo el viaje en coche y así atravesaron Gum Tree Falls en dirección a Jindalee, el complejo turístico situado en el desierto australiano donde Cal y su prometida iban a contraer matrimonio. Dos veces le había preguntado si se encontraba bien, y él le había contestado con un seco monosílabo.

Por fin, al final de un largo camino de tierra, apareció Jindalee. La finca abarcaba una gran extensión y la portentosa mansión estaba situada en el centro de la misma. Más allá de la casa había jardín muy grande. Una alfombra color azul llevaba hasta la marquesina bajo la que se celebraría la ceremonia. Cuando Emily abrió la puerta del coche, el calor de media tarde la golpeó de lleno, robándole el aliento. Se detuvo un instante y entonces bajó del vehículo. Unos acordes muy conocidos de música clásica flotaban en el ambiente.

–El concierto para dos pianos de Mozart –murmuró, sujetándose el cabello detrás de las orejas.

Zac levantó la vista del maletero. Era la primera vez que la miraba desde que habían salido de viaje.

–¿Te gusta la música clásica?

–Me gusta Mozart –dijo ella, colgándose el bolso del hombro–. He visto *Amadeus* muchas veces. Me han dicho que era la película favorita de mi tío.

–¿El que te dejó el apartamento?

–Sí –cerró la puerta del coche.

Juntos subieron los escalones que llevaban al porche y entonces se abrieron las puertas. Cal y su prometida estaban en la entrada.

Zac saludó a su hermano y a su futura cuñada con educación, pero no con tanta efusividad como demostraba Cal. Su sonrisa era demasiado tensa y sus hombros estaban demasiado erguidos. Sin embargo, que estuviera allí ya era un gran paso. Los llevaron a sus respectivas habitaciones, dos suites contiguas decoradas en tonos crema con una enorme cama con dosel en el centro. Mientras Zac dejaba el equipaje, Emily contempló aquella cama digna de reyes con tristeza. Todo había cambiado entre ellos. Ya nada sería lo mismo.

–Te dejo para que te acomodes –le dijo él de repente en un tono seco. Agarró su maleta y se marchó.

Emily le siguió con la mirada hasta que desapareció al otro lado de la puerta. ¿Por qué había aceptado ir a esa boda? ¿Por qué?

«Por él», le dijo una voz. Se dejó caer en la cama, con la mirada ausente, fija en la puerta del cuarto de baño, la que comunicaba con la suite de Zac. Una mezcla de miedo y emoción se apoderó de ella, haciéndola temblar. Iba a hacerlo. Después de la boda, después de la fiesta… Elegiría el momento adecuado y entonces… Le diría todo lo que sentía, sin importar las consecuencias.

Capítulo Dieciséis

–Callum Stephen Prescott, ¿tomas a Ava Michelle Reilly…?

Emily miró a la novia y se quedó sin aliento. La joven estaba radiante con un precioso traje de satén con escote de palabra de honor y una discreta tiara de diamantes sobre la frente. Y entonces miró a Cal, espléndido y elegante con un traje gris y un pañuelo de cuello azul cielo. Sin embargo, la expresión de su rostro fue lo que más le llamó la atención. Había auténtica felicidad en su cara, orgullo, amor… Emily sintió lágrimas en los ojos al ver cómo miraba a Ava.

–¿Te encuentras bien? –le preguntó Zac de repente en un susurro.

Ella asintió, incapaz de articular palabra. Él le ofreció su pañuelo y ella lo aceptó.

–Es sólo un poco de… –le dijo, frotándose con cuidado debajo de los ojos. Echándose un poco de aire con la mano, soltó una carcajada nerviosa–. Nunca he asistido a una boda.

–¿En serio?

–¡Ssshhh! –exclamó una mujer que estaba sentada a su izquierda.

Emily esbozó una sonrisa de vergüenza y le pidió disculpas en silencio.

–¿No asististe a la tuya propia? –le dijo Zac al oído.

Emily suspiró, contemplando a los novios mientras pronunciaban sus votos matrimoniales.

—Firmamos unos papeles en el ayuntamiento. No hubo ocasión para derramar lágrimas de felicidad —dijo en un tono un poco amargo.

Cuando Cal y Ava se besaron por fin, su alegría era tan evidente que todo el mundo se rió en voz alta y entonces empezaron a ovacionarles al ver que el beso se prolongaba interminablemente. Emily sacudió la cabeza.

—No pensaba que sería tan… tan…

—¿Emotivo?

—Exacto —dijo ella, devolviéndole el pañuelo.

Él la observaba fijamente.

—¿Qué? —le preguntó ella, riendo de forma nerviosa.

—Me encantan tus zapatos.

Ella soltó una carcajada.

—Me los regaló uno de mis novios —le dijo en un tono bromista—. Tengo que reconocer que soy un desastre cuando se trata de comprar zapatos.

Él contempló los zapatos; un exquisito diseño en piel de leopardo con una cadena de perlas alrededor del tobillo.

—¿Te he dicho que estás preciosa?

—No tienes que hacerlo —le dijo ella, sonrojándose.

—Pero quiero hacerlo —le dijo él. Con una sonrisa y un guiño volvió la vista al frente.

Emily tragó a través del nudo que tenía en la garganta. Un halo de esperanza crecía en su interior, un soplo de aire fresco que le envolvía el corazón…

—Zac…

Justo en ese momento llegaron los novios. Cal y

Ava aceptaron su «enhorabuena» y posaron sonrientes para las fotos. Zac no podía quitarle ojo a Emily. Ya no era aquella secretaria eficiente y conservadora. Vestida con una minifalda color limón y un top blanco, la mujer que tenía ante él era elegante e irresistible. Incapaz de resistirse, Zac deslizó una mano sobre su espalda, enredando los dedos en aquellos tirabuzones de oro que le caían sobre la espalda. Ella levantó la vista en ese momento y entonces sonrió. Sus ojos brillaban, todavía llenos de lágrimas. Y entonces ocurrió. Los sonidos de la boda, el cantar de los pájaros, el ruido de las copas de cristal… Todo se desvaneció y el corazón de Zac dio un vuelco. Una emoción indescriptible había emergido en su interior, borrando todo lo demás. Estaba locamente enamorado de Emily Reynolds. No tenía sentido negarlo más. Incapaz de estar quieto ni un segundo más, fue a buscar al camarero. Sabía que era una carrera contra reloj. Ella iba a dejar la empresa al mes siguiente y entonces también le dejaría a él. Seguiría adelante con su vida, igual que había hecho siempre, y él se quedaría atrás, olvidado. Pensativo y silencioso vio acercarse a su madrastra. La esposa de Victor se acercó a Emily y entabló conversación. Zac la observaba embelesado, reparando en cada detalle, en cada movimiento de su rostro, de su cuerpo… Y entonces apareció Victor.

–¿Tú eres la secretaria de Zac y… su acompañante? –le preguntó a Emily sin rodeos.

Zac se puso tenso de inmediato y fue hacia ellos con dos copas de champán en las manos.

–Sí –dijo Emily, aceptando la copa con una sonrisa–. Gracias.

Si Zac no hubiera observado a su padre con tanta

atención, se hubiera perdido aquella expresión fugaz en su rostro, la que decía…

«Te estás acostando con tu secretaria…».

Victor levantó una ceja, pero Zac sabía lo que se escondía detrás de aquella mirada impasible. Reproche, desprecio…

Zac frunció el ceño. Tenía casi treinta años de edad y todavía seguía siendo la oveja negra de los Prescott. De forma involuntaria, apretó con fuerza la copa que sostenía en la mano y un segundo después se la bebió de un sorbo.

«Vete al infierno, papá…», se dijo, embriagado por el efecto el alcohol.

—Empiezo la universidad en abril —dijo Emily.

—¿Y qué vas estudiar?

—Voy a estudiar empresariales. Quiero dedicarme al *coaching* empresarial.

Victor levantó las cejas, sorprendido.

—¿A qué?

Zac se metió las manos en los bolsillos, cada vez más molesto.

—*Coaching* empresarial. Se trata de ayudar a los clientes a definir sus metas y a ayudarlos a conseguirlas.

—Como un consultor, cariño —dijo Isabelle, la esposa de Victor—. Pero más…

—Decisivo —añadió Emily con una sonrisa—. Más personal.

—Muy bien ¿Y hay mucha demanda para ese tipo de empleo? —preguntó Victor.

Zac frunció el ceño. Hasta ese momento había esperado el típico comentario condescendiente con un toque de escepticismo, pero Victor parecía realmente… interesado.

–Bueno, hay mucha demanda –dijo Emily–. Sobre todo en el sector de los negocios, en las grandes empresas, agencias de gobierno… En muchas de estas instituciones contratan esta clase de servicios de forma permanente –Emily miró a Zac–. Trabajar en Valhalla me ha dado una gran experiencia en este campo.

–Por supuesto –dijo Victor en un tono cortés.

Sin embargo, Zac estaba cada vez más enfadado. No le cabía duda de que Victor ya sabía más de Emily que ella misma. Su padre era un hombre que nunca dejaba nada al azar; nada de sorpresas en la trastienda…

Pero era la boda de Cal.

«Por el amor de Dios…», se dijo a sí mismo. Debía alegrarse por su hermano. El hombre lo tenía todo; una esposa encantadora, un bebé maravilloso y un negocio floreciente. Sin embargo, cada vez que miraba a su padre, cada vez que pensaba en VP Tech, sentía una punzada de tensión.

–Vosotros dos tenéis que hablar –le había dicho Cal un rato antes, cuando todavía estaban en la suite–. Haya hecho lo que haya hecho, ha cambiado. Incluso ha accedido a considerar nuestras propuestas. En cuanto se dio cuenta de que así tendría más tiempo para concentrarse en sus propios proyectos…

–No he venido a hablar de negocios, Cal.

–Muy bien –Cal levantó una ceja mientras se ponía la chaqueta–. ¿Entonces a qué has venido?

–Eres mi hermano. Te vas a casar, ¿recuerdas?

–Y Victor es tu padre. No puedes ignorarle para siempre.

–Eso dice Emily –dijo Zac, jugueteando con las arras que Cal le había confiado.

–Una chica lista –le dijo Cal, alisándose los puños de la camisa.

–Sí –Zac no pudo evitar sonreír–. Lo es.

Cal extendió la palma de la mano y Zac le dio los anillos.

–¿Listo? –le preguntó Cal.

–¿Tú lo estás?

Cal respiró hondo y asintió con la cabeza. ¿Quién hubiera pensado que su hermano, siempre ecuánime y adicto al trabajo, pudiera llegar a emocionarse el día de su boda?

–Chaval, llevo meses preparado. Vamos.

El sol se escondió por fin en el horizonte y todos los invitados se reunieron bajo la marquesina para disfrutar del banquete. Zac se quedó rezagado en el porche, mirando a su alrededor con gesto pensativo. Su padre se movía entre la multitud, acostumbrado a ser el centro de atención gracias a sus legendarios millones.

Cuando Victor se dirigió por fin a la casa, Zac se terminó la copa de champán, se tragó todas las emociones y dio media vuelta.

–¡Oh, lo siento!

Era Emily. Podía reconocer su voz en cualquier parte.

–No. Ha sido culpa mía –decía Victor. Había vuelto a salir–. En realidad, la estaba buscando.

Zac vaciló. La curiosidad lo comía por dentro.

–¿Para…? –dijo Emily, sonriendo.

–Me parece muy interesante eso que tiene pensado estudiar.

–¿En serio?

Zac frunció el ceño, sin saber adónde quería llegar. Victor nunca hablaba por hablar.

–¿Y va a dejar el trabajo para estudiar?

–Sí –dijo ella.

–Eso es un movimiento muy arriesgado, teniendo en cuenta la crisis en la que estamos.

–Lo sé. Y la matrícula de la universidad no es nada barata.

–¿Con qué capital cuenta?

–Lo suficiente –dijo ella con cautela.

–Lo cual quiere decir que no es bastante. La mayor parte de los negocios pequeños cierran en los primeros cinco años. ¿Sabe?

–Sí. Señor Prescott…

–Emily. Déjeme decirle una cosa. No sé lo que Zac le habrá dicho de mí, pero…

–Zac no habla mucho de su familia.

–¿En serio?

–Sí. Yo trabajo para él. No tenemos… esa clase de relación.

Zac escuchaba con atención, sin darse la vuelta.

–Pero sí que tienen algún tipo de relación, ¿no?

Emily guardó silencio un momento.

–No creo que se pueda decir así.

Zac sonrió. Estaba orgulloso de ella.

Victor soltó una carcajada.

–No. Supongo que no. Bueno, déjeme ir al grano. Me gustaría hacerle una oferta.

Emily guardó silencio. Zac no se atrevía a darse la vuelta, pero sí oyó cómo ella soltaba el aliento de golpe.

–Eso es mucho dinero, señor Prescott.

A Zac se le borró la sonrisa de la cara.

Sin pensar en lo que hacía, dio media vuelta y abrió las puertas de par en par. Al verle acercarse con paso decidido, ambos se volvieron hacia él. Ella tenía un cheque en las manos y lo miraba con gesto de sorpresa, sonrojada. Victor lo miraba con cara de pocos amigos.

—¿Qué demonios te crees que haces? —le arrebató el cheque y miró la cifra.

—Zac —dijo Emily, intentando guardar la calma—. Tu padre sólo intentaba…

—No podía aguantarte, ¿verdad, papá?

Victor cruzó los brazos.

—Si te callas un momento, verás que todo tiene una explicación.

—A lo mejor deberíais salir fuera los dos.

Zac dio media vuelta y se encontró con su hermano, acompañado de su esposa. Detrás de ellos, los invitados susurraban e intercambiaban miradas cómplices. Sabía que estaba librando una batalla perdida contra sus propias emociones. El yugo del pasado lo oprimía sin tregua y no deseaba más que huir de la asfixiante influencia de Victor Prescott.

—Ya basta de secretos. Él… —Zac señaló a su padre con el dedo—. Le ha ofrecido dinero a Emily. Un montón de dinero.

—¿Pero qué estás sugiriendo? —exclamó Emily, escandalizada.

—¿Por qué no se lo dices, papá? —exclamó Zac, fulminando a su padre con la mirada.

—Zac… —le dijo Cal en un tono de advertencia.

—¿Ibas a aceptarlo? —le preguntó Zac a Emily, ignorando a su hermano.

Ella guardó silencio y lo miró como si se hubiera vuelto loco.

—¿Tú qué crees?

Él se puso erguido y la miró con desprecio, como si ya supiera la respuesta.

–Tú… –dijo ella, devolviéndole la mirada de forma implacable–. Eres un idiota, Zac Prescott –dio media vuelta y se dirigió hacia la puerta.

Zac tragó con dificultad, sin dar crédito a todo lo que ocurría.

–Emily, espera.

Antes de salir por la puerta, se volvió hacia él un instante.

–Tienes que resolver las cosas con tu familia, Zac –le dijo y se marchó.

Cal cerró la puerta tras ella.

Zac se lanzó hacia la puerta, pero Victor lo hizo detenerse con una palabra.

–Ella tiene razón –dijo Victor con toda la calma del mundo–. Eres un idiota.

Zac sintió un arrebato de furia y fue hacia su padre, señalándolo con el dedo.

–No te atrevas a… –le dijo, atravesándolo con la mirada.

–Cierra el pico, Zac –dijo Cal–. Deja que hable.

–¿Y de qué hay que hablar? ¡Ibas a darle dinero para que se alejara de mí porque no es lo bastante buena para un Prescott, ¿verdad? Igual que hiciste con todas las chicas con las que salí, igual que hiciste con mi madre! ¡Ésas son las cosas que se te dan bien, ¿verdad, Victor? –le dijo, riendo con amargura.

Victor miró a su hijo a los ojos con tranquilidad.

–Mira, todas esas chicas estaban interesadas en tu dinero, más que en ti –dijo Victor por fin.

–¿Y eso justifica lo que hiciste? –le dijo Zac, frunciendo el ceño.

–¡Tenía todo el derecho! ¡Te estaba protegiendo!

–¿De qué? ¿De tener mi propia vida? ¿De mi madre?

–¡Tu madre estaba muy enferma, Zac! –le dijo Victor, explotando por fin–. Un día, cuando tenías un año de vida, llegué a casa y te encontré solo en la bañera. Sólo Dios sabe qué podía haber pasado si yo no hubiera llegado en ese momento.

Zac respiró hondo. Cristales rotos se le clavaban en el corazón.

–Sí. No podía hacerse cargo de todo. No podía cuidar de su bebé. No podía ser mi esposa. No era capaz de lidiar con la atención constante, el escrutinio de los medios… Las expectativas… –Victor pareció venirse abajo un momento, pero enseguida recuperó la compostura.

–Ella quería irse y yo la dejé. El acuerdo fue más que generoso.

–Y entonces desapareció.

–Sí.

–¿Sabes qué? –dijo Zac, roto de dolor–. Me llevó mucho tiempo aceptar lo que habías hecho, dijo pasándose una mano por el cabello.

–Te oculté lo de tu madre, y lo siento –dijo Victor, retrocediendo un poco y agachando la cabeza, claramente arrepentido–. No quería que te echaras la culpa.

–Pero nunca me diste una explicación. Yo te preguntaba, pero tú me ignorabas, me decías que no volvería, o cambiabas de tema. Dios, papá, tiraste todas sus cosas, incluso sus fotos.

–Estaba furioso –dijo Victor.

–¡Y yo necesitaba un padre! –Zac se detuvo. La voz se le había quebrado–. No necesitaba la última consola de videojuegos, ni unas deportivas nuevas. Te necesitaba a ti. Necesitaba que me dijeras la verdad, que me dejaras cometer mis propios errores, necesitaba… –tuvo que parar un momento. El dolor lo ahogaba–. ¿Sabes que nunca te he oído decir «buen trabajo, hijo»? Nunca. Ni una sola vez.

–Bueno, yo creo…

–Ni una sola vez, papá.

–Entonces lo siento, hijo –dijo Victor, bajando la cabeza.

Zac miró a su hermano Cal. Éste lo miraba con cara de sorpresa.

–Y no quiero dirigir VP Tech. Yo hago casas, papá. Me encanta mi trabajo y se me da muy bien. No sé por qué estáis tan empeñados en meterme en una empresa que no me interesa en absoluto.

Se hizo el silencio. Los dos hermanos miraban a Victor, demandando una respuesta. Como nadie decía nada, Zac miró a su hermano. Cal se encogió de hombros.

–Porque ésa era la única forma de conseguir que hablaras conmigo –dijo Victor de repente.

–¿Y qué hay de malo en llamar por teléfono?

–Tú no contestabas a mis llamadas –dijo Victor, levantando las cejas–. Tuve que amenazarte para que vinieras.

Zac se frotó la cara con ambas manos. No podía negar que en eso tenía razón. Padre e hijo guardaron silencio unos momentos.

–Mira, cuando me diagnosticaron el tumor, empecé a pensar en muchas cosas… Me arrepentí de muchas. Quise hacer las cosas de otra manera. Y tú estabas al principio de mi lista, hijo –le dijo, sonriendo con tristeza–. Sabía que no había obrado bien contigo. Tú eras mi mayor preocupación.

Zac se quedó anonadado. Jamás hubiera esperado una confesión así de su padre. Victor jamás se disculpaba, ni tampoco hablaba de sus sentimientos. ¿En qué momento habían cambiado tanto las cosas? Victor reconocía que se había equivocado, su hermano Cal quería renunciar al legado de los Prescott, Emily le había abandonado... Emily... Hizo una pausa, respiró hondo.

–¿Para qué era ese dinero?

–Para mi nuevo proyecto –dijo Victor, cruzándose de brazos–. Quiero reflotar unos cuantos negocios pequeños. Ofrezco una sociedad financiera. Ellos hacen el trabajo y yo pongo capital. Ambos salimos ganando.

Zac miró a su hermano.

–Es cierto –dijo Cal.

–Si no hubieras entrado como lo hiciste, hubiera tenido tiempo de explicárselo a ella.

Zac miró a su padre fijamente. Cada día tenía menos pelo, y más blanco. Tenía oscuras ojeras debajo de los ojos y ya no parecía tener la misma mirada autoritaria de siempre. Parecía cansado, agotado... Era una pena que las cosas hubieran resultado de esa manera, sobre todo por todos esos años perdidos.

–Ella nunca lo hubiera aceptado –dijo, sacudiendo la cabeza.

–Hmmm. Bueno... –Victor se aflojó la corbata y suspiró–. Yo sólo trataba de hacer algo bien.

Zac arrugó los párpados. El pasado le había enseñado a desconfiar de su padre y era difícil deshacerse del viejo hábito. Sin embargo, tampoco podía ocultar el sol con un dedo. Miró a su hermano Cal con un gesto de vergüenza.

–Siento haber arruinado tu boda, hermano –le dijo.

–No lo has hecho –dijo Cal–. Y no es conmigo con quien deberías disculparte.

Zac asintió y fue hacia la puerta.

–Tengo que irme.

Capítulo Diecisiete

Mientras caminaba hacia las suites de los invitados, su móvil empezó a sonar. Decidido a ignorar la llamada, miró la pantalla.

Andrew.

–Te he enviado un mensaje, pero no me devolviste la llamada.

–Lo siento. He tenido algunos contratiempos –dijo Zac–. ¿Qué sucede?

–Buenas noticias –dijo Andrew–. Han retirado la denuncia.

Zac se detuvo y se frotó las sienes, aliviado.

–Gracias, amigo. Te debo una muy grande.

–Oh, no he sido yo. Cuando llegué, los cargos ya habían sido retirados.

Confundido, Zac volvió a darle las gracias y colgó. La única explicación era que Haylee hubiera retirado los cargos, lo cual significaba que…

Tocó a la puerta de Emily con impaciencia. Unos segundos después la puerta se abrió. Era Ava. La esposa de su hermano le dedicó una sonrisa, le dio una palmadita en el hombro y se marchó. Emily estaba abriendo la maleta. Al verla ruborizada y descalza, Zac sintió que se le aceleraba el corazón. Ella ni siquiera levantó la vista.

–¿Te vas?

–Bueno, creo que no es apropiado que me quede.

Él guardó silencio y la observó mientras metía un montón de ropa en la maleta.

—Emily... Mira, yo...

—No tienes que darme explicaciones, Zac —dijo ella. Siguió haciendo la maleta como si nada—. No hay problema.

—No, sí que lo hay. ¿Puedes...?

Ella entró en el cuarto de baño, dejándolo con la palabra en la boca. Unos segundos después, incapaz de esperar más, fue hacia la puerta y casi se tropieza con ella al salir.

La agarró de las manos y ella contuvo el aliento, sorprendida. Él la soltó de inmediato.

—¿Puedes parar un momento y escucharme?

Ella retrocedió un paso hacia el interior del aseo, con un neceser apretado contra el pecho.

—¿De qué quieres hablar? —le preguntó en un tono impasible.

—De lo idiota que soy.

Ella siguió mirándolo sin decir ni una palabra.

—Muy bien —volvió a agarrarla de los brazos; esa vez con más firmeza. Ella se estremecía.

Lentamente la condujo de vuelta al dormitorio y la hizo sentarse en un butacón. Él se sentó en el borde de la cama.

—He metido la pata. Lo admito. Y mi única excusa es... Bueno... —se encogió de hombros—. Muy bien. No tengo excusa. Lo siento.

Ella le miró por fin y se tomó su tiempo para contestar.

—¿De verdad pensaste que aceptaría ese dinero? ¿Después de todo lo que ha pasado?

—Ni por un segundo —dijo él con firmeza—. Sólo estaba sorprendido, y furioso con mi padre. Me bloqueé y lo siento. Lleva toda la vida utilizando su dinero para sobornar a la gente de la que se quiere deshacer y, al verlo contigo allí, charlando animadamente…

–Lo hacía por ti.

–¿Por mí?

–Trataba de calmar los ánimos. Intentaba ponerle de buen humor para cuando hablara contigo. Por ti.

–No me di cuenta.

–Bueno, pues eso era lo que hacía –cruzó los brazos y las piernas con determinación. Su lenguaje corporal no dejaba nada claro.

–¿Fuiste a ver a Haylee?

Emily frunció el ceño un instante.

–No. Yo fui a ver a Josh.

Al ver la expresión de Zac, Emily levantó la barbilla, desafiante.

–Me ofrecí a ayudar. Tú te negaste, así que llamé a la secretaria de Josh y averigüé dónde iba a comer.

–¿Qué le dijiste?

–La verdad. Hablamos de unas cuantas cosas. Por lo visto Haylee ya lleva un tiempo comportándose así. Es un poco posesiva con sus ex.

–Ella…

Ambos guardaron silencio unos minutos.

–Eres extraordinaria. Lo sabes, ¿verdad? –murmuró él con una sonrisa–. ¿Qué haría yo sin ti?

Ella se quedó de piedra, mirándole fijamente sin saber cómo interpretar sus palabras.

–Estoy segura de que mi sustituta hará un gran trabajo.

–No es eso lo que quería decir.

Se miraron de nuevo, atravesándose la mirada. El

aire estaba cargado de palabras silenciosas. Zac respiró hondo para decir algo, pero ella se le adelantó.

–Mi madre era una drogadicta, borracha, un desastre… –le dijo de repente–. No sé quién es mi padre. Ella tuvo una aventura con un tipo y luego volvió con mi padrastro, Pete, el padre de AJ. Ella nos enseñó a robar cuando yo tenía cinco años. Un día nos pillaron, y ella y Pete se dieron a la fuga. Los servicios sociales se hicieron cargo de nosotros. Yo tenía diez años. Pasamos muchos años en casas de acogida –hizo una pausa.

Él la miraba con un gesto de sorpresa, sin saber qué decir o hacer.

–AJ se fugó y no volví a verla hasta que tuve veintitrés años. Ella se puso en contacto conmigo cuando murió nuestro tío. Sí. Lo he pasado mal, pero nunca aceptaría el dinero de tu padre. Nunca –se detuvo y respiró hondo, sin dejar de mirarle.

Zac podía ver la angustia que bullía detrás de aquellos ojos cristalinos que lo miraban tan fijamente.

–No te digo esto para que sientas pena por mí –añadió ella, sonrojándose–. Sólo pensé que… Debías saberlo.

El silencio de él, la expresión de su rostro, atravesó el muro que Emily había construido a su alrededor, resquebrajando su compostura. No había planeado contarle tantas cosas, pero, de alguna manera, él ejercía esa influencia sobre ella. La hacía perder el control, la cabeza…

–Soy una chica criada en casas de acogida, abandonada por sus padres. No es de extrañar que huya de las relaciones. Durante muchos años viví sin deshacer nunca la maleta, lista para marcharme en cinco minutos. Tardé muchos años en comprar muebles. Yo nunca... –tragó con dificultad.

La expresión de Zac se suavizó.

–Tu pasado no define quién eres.

–Pero a ti sí que te afecta. Lo sabes. Y es por eso que te dije que «sí». Sólo era sexo. No había emociones en juego.

–¿Crees que eso es todo lo que hubo? –le preguntó él. Era como si acabaran de darle un puñetazo en la cara.

–¿Acaso ha habido algo más? –le preguntó ella, conteniendo la respiración.

–Dímelo tú –dijo él. Su rostro era un maremágnum de emociones imposibles de descifrar.

Emily respiró hondo. Había llegado el momento.

–Yo... –levantó la vista y le miró un momento–. Quiero más. Quiero sentir más. Mira, la realidad es que creo que estoy enamorada de ti, y eso me asusta mucho. Pero eso tampoco significa que...

De pronto Zac se echó hacia delante y terminó arrodillado a sus pies, sin darle tiempo a terminar la frase. La agarró de las muñecas y la miró fijamente.

–Emily... –respiró hondo y cerró los ojos un instante–. Sé que es muy reconfortante saber lo que va a pasar en cada momento. Sé que a ti te gusta el orden, que odias el caos. Pero el amor es así. Es una locura. Es impredecible y está lleno de errores.

–Mira, tú no sabes... ¿Qué? –ella frunció el ceño–. ¿Me estás diciendo que...? ¿Qué me estás diciendo?

–Te estoy diciendo que... te quiero –hizo una pausa y soltó el aliento–. Llevo mucho tiempo enamorado de ti.

Emily se quedó sin palabras.

–¿Em? ¿Cariño? –le sacudió las manos suavemente y entonces sonrió–. Dime algo, por favor.

–Llevo mucho tiempo sin oír esas palabras.

Zac contuvo la respiración. Ella era tan maravillosa. Podía darle el cielo o el infierno con una sola mirada.

–Déjame repetírtelo. Emily Reynolds, te quiero, te adoro. Adoro tu organización, la forma en que te muerdes el labio cuando estás nerviosa… Tal y como lo haces ahora mismo –añadió con una sonrisa–. Adoro tu lealtad, tu sentido del bien y el mal… Y… –se acercó a ella hasta casi rozarle los labios–. Adoro besarte, hacerte el amor. Adoro cada centímetro de tu maravilloso cuerpo.

Todas las palabras que Emily había preparado se esfumaron ante el poder del beso de Zac, sincero y apasionado. Cuando él se apartó por fin, ella creyó que iba a morir de felicidad. Era como si hubiera echado a volar sin levantar los pies del suelo.

–¿Quieres decir algo? –le preguntó él, mirándola con deseo.

–Creo que ya he encontrado a alguien que me sustituya.

Él se rió a carcajadas.

–Creo que eso es imposible. Y ya que hablamos de ese tema…

–¿Sí?

Zac la rodeó con sus brazos.

–Deberías considerar la oferta de Victor. Él sabe ver una buena inversión en cuanto la ve.

–¿En serio?

–Sí.

Una decena de emociones distintas desfilaron por

su rostro, pero Emily sólo reconoció la última. Paz. Cuando sus labios volvieron a besarla, ella se sintió como si fuera la primera vez. Un deseo poderoso corría por sus venas, llenándola por dentro. ¿Era posible ser más feliz?

—Cásate conmigo, Emily —le dijo, deslizando los labios por su cuello—. No voy a perderte. Sé mi esposa.

Sí era posible. Emily acababa de darse cuenta. Retrocedió un instante y lo miró a los ojos. Sus labios dibujaban una sonrisa, pero la expresión de sus ojos era completamente seria. Aquello era mucho más de lo que jamás había esperado, mucho más de lo que se merecía. Una oleada de júbilo se apoderó de ella y entonces sonrió, como nunca antes lo había hecho.

—No vas a perderme y… sí. Me casaré contigo.

Entre risas y lágrimas, volvieron a besarse, una y otra vez, hasta que los besos dejaron de ser suficiente. Unos segundos después su ropa estaba por todo el suelo y ellos yacían en la cama, haciendo el amor.

—Te quiero, Emily —murmuró él.

—Te quiero, Zac.

Las mejores novelas de...
AMOR Y TRABAJO

BRENDA JACKSON
La noche de su vida

A Derringer Westmoreland le persiguió durante semanas la imagen de una mujer cuyo rostro no podía recordar tras una aventura de una única y fantástica noche. Pero deseaba volver a vivir aquella intensa pasión. Y cuando finalmente descubrió la identidad de la misteriosa mujer, se llevó toda una sorpresa; era Lucia Conyers, la mejor amiga de su cuñada. Lucia no estaba por la labor de convertirse en una más de las chicas de Derringer. Por primera vez en su cómoda vida, iba a tener que llevar a cabo un cortejo. Y si quería ganarse el corazón de Lucia, más le valía estar dispuesto a arriesgarse a perder el suyo.

PAULA ROE
Un ardiente amor

A Zac Prescott le llevaba muchas horas dirigir una compañía multimillonaria. Afortunadamente, su eficiente ayudante hacía que la carga de trabajo fuera casi soportable. Su relación era estrictamente profesional... hasta la noche en que Emily Reynolds por fin se soltó el pelo. Y el magnate no dudó en robarle un beso. De repente, lo único en lo que Zac podía concentrarse era en su secretaria. Por desgracia, después del beso ella se marchó. ¿Lograría Zac que volviera sugiriéndole nuevos proyectos... y algo de placer? ¿O acaso Emily buscaba un nuevo puesto... como su esposa?

¡YA EN TU PUNTO DE VENTA!

ALLISON LEIGH
NUBES DE TORMENTA

La tormenta estaba a punto de caer sobre Annie Hess, de hecho ya había comenzado con la llegada de su hija secreta, a la que años atrás había dejado al cuidado de su hermano. Pero las cosas no habían hecho más que empeorar con la aparición de Logan Drake. El hombre que la había rechazado en otro tiempo ahora pretendía llevarse a la muchacha. Ninguno de los dos esperaba que aquel reencuentro despertaría sus sentimientos del pasado. Lo que todavía no sabían era si las duras decisiones que habían tomado años atrás podrían ahora llevarlos hasta encontrar la felicidad.

N.º 482

MARIE FERRARELLA
CORAZÓN AMADO

Si a Micah Muldare le faltaba algo era tiempo. El atareado viudo no tenía horas suficientes para su exigente trabajo y sus dos pequeños hijos. Era evidente que en su vida no había lugar para el amor… hasta que Tracy Ryan llegó a ella.

Tracy ya había sufrido una vez por amor, así que había desistido de la idea de encontrar al hombre de su vida y formar una familia, pero le estaba costando resistirse al guapo Micah, y a sus adorables hijos. Tal vez hubiese llegado el momento de arriesgarse para conseguir tener la familia que siempre había deseado.

JOANNA FULFORD

Desafío a un vikingo

Desde que su enemigo lo capturó y lo encadenó como si fuera un perro, Leif Egilsson solo tenía una idea en la cabeza: vengarse. No volvería a dejarse engañar por la belleza de la traidora Astrid, y su inocencia, que él tanto deseaba, sería suya. Durante su huida, el orgulloso vikingo se propuso conseguir que ella pagara el precio de su traición… ¡en el lecho! Sin embargo, no sabía que Astrid también tenía el corazón de una guerrera, y que no se dejaría domesticar tan fácilmente como él pensaba…

Rendida al vikingo

Lara Ottarsdotter era una muchacha pelirroja con mucho genio. Su habilidad para el manejo de la espada había ahuyentado a muchos pretendientes. Un día, el guerrero vikingo Finn

Egilsson llegó buscando venganza para un enemigo común, y el padre de Lara, en su desesperación, le ofreció barcos y hombres de apoyo a cambio de que hiciera a Lara su esposa.

Finn no tenía ganas de pasar otra vez por el matrimonio, pero su esquiva novia encendió toda su pasión con un solo beso. Por su valor, estaba claro que Lara nunca iba a rendirse en la batalla, pero muy pronto Finn se dio cuenta de que lo que deseaba realmente era su rendición y su entrega… en el lecho conyugal.

No. 87

¡YA EN TU PUNTO DE VENTA!

DESEO

ADRIANA HERRERA

SIETE DÍAS JUNTOS

Cuando Esmeralda Sambrano-Peña heredó inesperadamente el imperio audiovisual de su padre, la noticia levantó ampollas. Nadie se sintió más contrariado que Rodrigo Almanzar. Esmeralda sabía que el protegido de su padre, y examante suyo, quería dirigir la empresa. Para empeorar aún más la situación, la pasión renovada entre ellos se hacía más innegable después de cada reunión de medianoche. ¿Demostraría Rodrigo que podía ser el socio perfecto en los negocios y en el placer… o más bien la ruina profesional de Esmeralda?

EN EL CORAZÓN DE LA TORMENTA

N.º 567

La directora de reparto Perla Sambrano sabía que Gael Montez era el actor perfecto para su nuevo proyecto. Todo saldría bien si era capaz de olvidar la atracción que había entre ellos y dejaba a un lado su corazón.

Los hombres Montez hacían daño a las mujeres a las que amaban. O al menos eso era lo que Gael creía. La única manera de proteger a Perla era mantener su relación estrictamente dentro del ámbito profesional. Sin embargo, una tormenta de nieve los aisló en la casa de él y provocó un milagro de Navidad que ninguno de los dos había planeado…

BIANCA™

MAGGIE COX

VIDAS TORMENTOSAS

Al alquilar aquella cabaña en Irlanda, Karen Ford buscaba un refugio donde esconderse de su pasado, pero sin ninguna intención de establecer una relación con un hombre, y menos con el sombrío extraño al que había conocido aquel aciago día… Desgraciadamente, no había manera de escapar de Gray O'Connell, el solitario hombre de negocios, que resultó ser su casero. Gray era conocido por su comportamiento frío y altivo, de ahí el sobresalto de Karen al escuchar su escandalosa propuesta…

N.º 502

SU JOYA MÁS PRECIADA

El valioso diamante conocido como El Corazón del Valor decía garantizar amor eterno para todos los descendientes de la familia de Kazeem Khan, el emir de Kabuyadir. Pero el jeque Zahir rechazaba tal leyenda. Después de las tragedias sufridas por su familia había decidido que el amor y el matrimonio eran dos cosas separadas y ordenó que se vendiera la joya.

La historiadora Gina Collins sería la encargada de estudiar y tasar aquel valioso tesoro, pero cuando volvió al reino de Kabuyadir se quedó asombrada al descubrir que su misterioso cliente era el hombre con el que había pasado una noche de ensueño tres años atrás, el hombre que le robó el corazón para siempre.

BIANCA.

Durante un año mantuvo las distancias con ella...
Pero, ¡durante una noche no se pudo resistir!

ABANDONADOS AL AMOR

ABBY GREEN

N.º 3177

Cuando Ana Diaz se casó con el magnate Caio Salazar, este le dejó muy claras sus condiciones: un año de matrimonio para poder expandir su imperio y asegurar la libertad de Ana. No obstante, acababan de firmar los papeles del divorcio cuando se vieron obligados a pasar veinticuatro horas juntos debido a una amenaza de seguridad.

Por fin a solas, la novia con la que Caio había soñado se convirtió en la tentación personificada. Era lo último que Caio, que estaba cerrado al caos del amor, quería. A no ser que Ana le demostrase que el vínculo que tenían era más fuerte que su instinto de supervivencia...